Ruth Cardello
Mein Scheich für eine Nacht

Montlake
Romance

Das Buch

Die neue heiße Liebesgeschichte aus der „Legacy-Reihe" von New-York-Times-Bestsellerautorin Ruth Cardello.

Die schöne Zhang ist eine der erfolgreichsten Unternehmerinnen Chinas. Sie hat sich ihre Milliarden selbst erarbeitet, ist tough und unabhängig. Nur aus Spaß hat sie mit ihrer Freundin gewettet hat, dass sie Scheich Raschid noch vor dem Ende der Hochzeit küssen wird. Aber Raschid ist der schönste Mann, den Zhang je gesehen hat – und der Kuss übertrifft alle ihre Erwartungen.

Der arabische Prinz Raschid ist sich seiner Wirkung auf Frauen sehr bewusst, aber er hat anderes im Kopf als ein weiteres Abenteuer: Er muss mächtige politische Verbündete finden und das schnell. Ein guter Grund bei der hochkarätigen Hochzeit von Dominic Corisi Trauzeuge zu sein und aus alten Freunden neue Partner zu machen. Was er überhaupt nicht gebrauchen kann, ist die bezaubernde Zhang, die ihn mehr ablenkt, als er wahrhaben will.

Doch als impulsive Worte zu noch impulsiveren Handlungen führen, zeigt sich, dass etwas, wonach man überhaupt nicht gesucht hat, manchmal das Einzige ist, was man wirklich möchte.

Die Autorin

Nachdem sie zwanzig Jahre lang als Lehrerin gearbeitet hatte, veröffentlichte Ruth Cardello ihren ersten Liebesroman selbst. Mit dem Sprung ihres dritten Buches in die Bestsellerliste der New York Times und von USA Today wurde sie nicht nur in den USA eine gefeierte Autorin, ihr gelang auch der internationale Durchbruch.

Ruth Cardello schreibt lustige, spannende Romanzen mit attraktiven Alphamännern und starken Frauen, die sie zu zähmen wissen. In allen Geschichten ist die Bedeutung von Familie, Vergebung sowie Vertrauen in andere und sich selbst tief verwoben.

Ruth Cardello

Mein SCHEICH für eine NACHT

ROMAN

Aus dem Amerikanischen von Marina Ignatjuk

Montlake
Romance

Die amerikanische Ausgabe erschien 2012 unter dem Titel »Saving the Sheikh« im Selbstverlag.

Deutsche Erstveröffentlichung bei
Montlake Romance, Amazon Media EU S.à r.l.
5 Rue Plaetis, L-2338 Luxemburg
März 2019
Copyright © der Originalausgabe 2012
By Ruth Cardello
All rights reserved.
Copyright © der deutschsprachigen Ausgabe 2019
By Marina Ignatjuk

Die Übersetzung dieses Buches wurde durch AmazonCrossing ermöglicht.

Umschlaggestaltung: semper smile, München, www.sempersmile.de
Umschlagmotiv: © inarik / Getty Images
Lektorat und Korrektorat: Verlag Lutz Garnies, Haar bei München,
www.vlg.de
Gedruckt durch:
Amazon Distribution GmbH, Amazonstraße 1, 04347 Leipzig /
Canon Deutschland Business Services GmbH, Ferdinand-Jühlke-Straße 7,
99095 Erfurt /
CPI books GmbH, Birkstraße 10, 25917 Leck

ISBN 978-2-91980-393-4

www.montlake-romance.de

Für Karen und Heather, meine beiden »Kritikpartnerinnen«, die mir freundlicherweise die Hand gehalten und geduldig jedes Kapitel gelesen haben, egal wie oft ich es umgeschrieben habe. Für meine Schwester Helene, die zeitweise darauf verzichtet, ihre eigenen Schreibprojekte zu verfolgen, um mich zu unterstützen. Für meinen Mann, der mir als Ex-US-Marine wirklich gern dabei hilft zu entscheiden, was die Männer sagen würden. Und für meine drei Kinder (Alisha, Victor und Serenity), weil sie verstehen, dass ihre Mom manchmal Zeit für sich alleine mit ihrem Laptop braucht. Darüber hinaus gilt mein besonderer Dank Caroline Thelemaque, die mir großzügigerweise gestattet hat, ihre Geschichte in meine einzuflechten. Caroline tritt für die Emanzipation und Aufklärung von Frauen in Haiti und der ganzen Welt ein. Auf meiner Webseite www.ruthcardello. com können Sie mehr über sie und ihre Arbeit erfahren. Man stelle sich nur vor, was möglich wäre, wenn jeder von uns einen kleinen Beitrag leisten würde.

Ein Wort an meine Leser

Najriad ist ein fiktives Land mit einer eigenen Geschichte sowie eigenen Sitten und Bräuchen. Die arabischen Kleidungsstücke sind der Realität entnommen, doch die Menschen und Orte, von denen dieser Roman handelt, sind vollkommen meiner Fantasie entsprungen.

Kufiya: eine traditionelle arabische Kopfbedeckung für Männer, in der Regel ein viereckiges Tuch aus Baumwolle.

Agal: ein Kopfband, das einige arabische Männer tragen, um die Kufiya zu fixieren.

Thawb: eine traditionelle arabische bodenlange Tunika für Männer.

Qipao: ein figurbetontes einteiliges chinesisches Kleid für Frauen.

KAPITEL 1

Wer etwas riskiert, verliert hin und wieder auch.

Raschid bin Amir al Hantan versuchte den Anschein zu erwecken, er sei an der Hochzeitszeremonie interessiert. Im Smoking und Schulter an Schulter mit einigen der einflussreichsten Männer der Techindustrie stand er auf dem Rasen seitlich des blumengeschmückten Hochzeitsbogens. Seinem alten Collegefreund Dominic Corisi stand das Glück ins Gesicht geschrieben, als er mit seiner Braut das Gelübde auf der kleinen italienischen Insel Isola Santos ablegte. Doch Selbstvorwürfe hinderten Raschid, an der Freude teilzuhaben.

Die Meeresbrise wehte ihm durchs kurze schwarze Haar und schien ihn spottend daran zu erinnern, dass er sich gegen die traditionelle Kufiya-Kopfbedeckung entschieden hatte. Aber er konnte nicht abstreiten, dass er sich in westlicher Bekleidung wohler fühlte, was seine schlechte Laune nur verschlimmerte.

Ich hätte nicht herkommen sollen.

Sein Blick glitt über die Reihen an lächelnden Gesichtern und er zuckte zusammen. Die Zeremonie fand in einem verhältnismäßig kleinen Kreis statt, nicht mehr als um die hundert Gäste waren anwesend. Dabei war dies eine hochkalibrige Heirat, die noch monatelang in aller Munde sein würde. Seine

Teilnahme aus den Nachrichten herauszuhalten, war völlig unmöglich, auch wenn die Presse ausgeschlossen worden war.

Normalerweise wäre das kein Problem gewesen. Aber Najriad, sein Heimatland, stand an der Schwelle zu ernsthaften politischen Unruhen und es war damit zu rechnen, dass seine Anwesenheit hier gegen ihn verwendet würde – als weiterer Beleg für den Vorwurf, dass ihm sein Volk egal sei. Sogar jetzt, während die Hochzeitsgesellschaft über einen Scherz lachte, den Dominic in sein Gelübde eingebaut hatte, testeten ihre Feinde mit kleineren Übergriffen, wie standhaft die Grenzen Najriads waren. Es würde nicht mehr lange dauern, bis aus diesen Scharmützeln tödliche Angriffe wurden.

Die Bodenschätze, die ihnen Wohlstand gebracht hatten, stellten schon immer eine gefährliche Versuchung für ihre Nachbarn dar. Sein kleines Land verfügte über ein schlagkräftiges Militär und verfolgte eine aggressive Politik gegenüber den angrenzenden Staaten, was diese fast dreißig Jahre lang auf Abstand gehalten hatte.

Bis mein Vater mich nach Hause gerufen und verkündet hat, dass ich seinen Platz einnehmen soll.

Und egal, was passiert, Najriad steht für meine Familie, mein Volk, meine Heimat.

Auch wenn ich nicht der Herrscher bin, den sie haben wollen.

Ich werde meine Pflicht erfüllen.

Ich werde meinen Vater stolz machen.

Raschid verstand, was seinem Volk Sorgen bereitete. Der Scheich war nicht nur eine Autoritätsperson, sondern auch ein geistiges Oberhaupt. Den Titel erhielt man nicht allein durch Abstammung, und in seiner Abwesenheit hatten sogar seine Feinde begonnen zu glauben, dass sein jüngerer Bruder Ghalil einmal der Herrscher sein würde.

Ghalil hatte eine traditionelle Ausbildung in Najriad erhalten.

Er folgte den Lehren seines Volkes.

Und allem voran: Er hat es nie verlassen.

Nicht dass Raschid eine Wahl gehabt hätte. Es war der Wunsch seines Vaters gewesen, dass er im Alter von acht Jahren seine Heimat verließ und eine Privatschule in England besuchte. Amir hatte seinem Sohn aufgetragen, die technologischen Errungenschaften des Westens zu studieren und das Beste davon nach Najriad zu bringen.

Diejenigen, die in der Familie Zwietracht säen wollten, hatten verbreitet, dass Raschid weggeschickt worden war, weil sein Vater erneut heiraten wollte – um diesmal einen Sohn, Ghalil, zu produzieren, der ein Vollblutaraber war, anders als Raschid. Einige flüsterten hinter vorgehaltener Hand, Amir habe Raschid nie verzeihen können, dass seine erste Frau, eine Engländerin, bei seiner Geburt gestorben war.

Was auch immer die Beweggründe seines Vaters waren, Raschid hatte an den ausländischen Schulen hervorragend abgeschnitten und seine Ausbildung in Harvard in den USA abgeschlossen. Damals war ihm das Institute of Technology in Massachusetts zwar als die bessere Alternative erschienen, doch seine englischen Verwandten hatten Beziehungen zu der Eliteuniversität in Cambridge und letzten Endes hatte sich sein Studium dort als äußerst vorteilhaft erwiesen.

Schließlich war es in Harvard gewesen, wo er Dominic Corisi und Jake Walton kennengelernt hatte. Anders als die meisten Menschen, die ihm begegnet waren, hatten sie sich weder für seinen königlichen Titel noch für sein Heimatland interessiert. Beide planten, sich ein eigenes Imperium aufzubauen, und es war schwer, mit dem einen oder dem anderen Zeit zu verbringen, ohne davon inspiriert zu sein und es ihnen gleichtun zu wollen.

Das Konzept für Raschids Unternehmen Proximus Solutions war während eines ihrer Brainstormingtreffen entstanden. Aus jener auf die Rückseite des Schreibblocks gekritzelten Idee waren inzwischen über die ganze Welt verteilte Standorte erwachsen, die für unzählige multimilliardenschwere Unternehmen Schnittstellenlösungen boten. Raschid beabsichtigte zunächst, die Proximus-Solutions-Zentrale in Najriad anzusiedeln, doch Umstände und Zweckmäßigkeit führten dazu, dass er sie letztlich im indischen Bangalore eröffnete. Ein Teil von ihm hatte immer gehofft, dass sein Volk ihn wieder willkommen heißen würde, wenn er viel Geld verdient hatte.

Außerhalb von Najriad war er ein ungeheuer erfolgreicher Geschäftsmann – wohlhabend und einflussreich. Er zweifelte nie an seinen Entscheidungen. Seine Anweisungen wurden unverzüglich und ohne Widerspruch ausgeführt.

In seiner Heimat war er jedoch ein Außenseiter – jemand, der Englisch besser sprach als Arabisch und zurückhaltend auftrat, weil er einfach nicht in seinem eigenen Kulturkreis aufgewachsen war.

Das genaue Gegenteil zu seinem einflussreichen und beliebten jüngeren Bruder.

An diesen Tatsachen hatte Raschids Reichtum nichts ändern können.

Eigentlich hätte sein Vater Ghalil zum Nachfolger wählen sollen, doch er hat es nicht getan. Als Raschid die Entscheidung seines Vaters unter vier Augen infrage stellte, hatte der alte Mann einfach nur gesagt: »Tu es für mich, mein Sohn.«

Mehr brauchte Raschid nicht zu hören.

Ein Kind überlässt es ganz ahnungslos seinen Eltern, die Last der Welt zu tragen, und ein Sohn, ein guter Sohn, übernimmt diese Last dankbar, wenn es für den Vater Zeit ist, sich auszuruhen.

Familie. Verantwortung. Loyalität.

Früher einmal hätte er dieser Aufzählung noch »Glaube« hinzugefügt, aber der war ein weiteres Opfer der Mission geworden, auf die sein Vater ihn geschickt hatte. Mehr als genug Nächte hatte er damit verbracht, die Decke über seinem Bett anzustarren und sich zu fragen, mit welchem Recht er jemanden anführen durfte, wenn er sich selbst verloren fühlte.

Vater, ich habe alles getan, was du von mir verlangt hast. Wie kann es sein, dass ich dennoch so ungeeignet bin?

Eine musikalische Einlage erklang, und der Trauzeuge neben ihm riss ihn für einen Moment aus seinen trüben Gedanken. »Und? Was halten Sie von Ihrem Date?« Richard d'Argenson, der Schwager von Dominics Rivalen Stephan, lächelte fröhlich und strahlte derart stressfrei in die Welt, wie es sich Raschid für seine Person nicht einmal vorstellen konnte. Falls sich der Sandsturm zu Hause je legen sollte, musste er Dominic befragen, was es mit der merkwürdigen Auswahl an neuen Freunden auf sich hatte, die so völlig untypisch für ihn waren.

Doch im Augenblick empfand er sogar das Abstruse als eine willkommene Ablenkung von seinen Gedanken. »Wie bitte?«

»Zhang Yajun.« Da er immer noch verwirrt dreinsah, ergänzte Richard: »Die Frau, mit der Sie gleich den Altar verlassen werden.«

Raschids Blick flog zu den vier Brautjungfern hinüber und blieb an Zhang Yajun hängen. Das zu einem Dutt gebundene ebenholzfarbene Haar und ihr trägerloses Kleid in Anthrazit betonten ihre makellose Haut und den anmutigen Hals. Einen Moment lang gönnte er es sich, diese feingliedrige Schönheit zu begutachten, und stieß dann anerkennend Luft aus. Das eng anliegende Kleid schmiegte sich an ihre zierlichen Kurven, so wie es jeder anwesende Mann wahrscheinlich auch tun wollte. Nach den langen Jahren, die er im Westen gelebt hat, war er an die legere Art gewöhnt, in der Frauen ihre Figur zeigten. Normalerweise machte ihm das nichts aus, aber diese Frau hatte etwas an sich, das in ihm das Bedürfnis weckte, sie vor den anzüglichen Blicken der anderen Männer zu verstecken. Er verwarf dieses seltsam eifersüchtige Gefühl.

Sie bedeutet mir nichts.

Mit »Date« übertrieb Richard d'Argenson ganz bewusst die zeremoniell bedingte Vorgabe, dass nach der Trauung die Brautjungfern mit den Trauzeugen in vorab festgelegten Paaren den Altar verlassen mussten. »Darüber habe ich nicht groß nachgedacht«, antwortete Raschid bestimmt.

»Sollten Sie aber«, erwiderte Richard.

Eine Frau wie Zhang hatte die Unterstützung des Franzosen nicht nötig. Frauen wie sie gingen nur dann allein nach Hause, wenn sie das so wollten.

»Finden Sie?«, meinte er herablassend. So verführerisch sie auch war, im Augenblick gab es in seinem Leben keinen Platz für eine Frau.

Nicht mal für eine, die so sexy ist wie Zhang.

Sie sah ihn von der anderen Seite des Altars her an. Ihre Blicke trafen sich, und es fühlte sich an, als hätte er einen Schlag in den Magen bekommen.

Ganz besonders nicht für eine, die so sexy ist wie Zhang.

Richard ließ nicht locker. »Die Frauen hoffen immer, dass bei diesem zeremoniellen Abgang Liebespaare entstehen.«

Raschid straffte die Schultern. »Ich bin nicht interessiert.«

Stephan Andrade flüsterte den beiden über die Schulter hinweg zu: »Redet nur weiter so laut, dass man den Standesbeamten kaum mehr versteht. Vielleicht vergisst Dominic dann sogar, dass er eigentlich mich am wenigsten leiden kann.«

Raschid funkelte den arroganten blonden Mann finster an. Er traute Stephan nicht. Eine Vendetta ließ sich nicht einfach wie ein Wasserhahn abstellen. Stephan hatte Dominic viel zu viele Jahre lang das Leben schwer gemacht, um jetzt glaubwürdig auf einmal keinen Groll mehr gegen ihn zu hegen. Wendete er die Strategie an, nicht nur mit Freunden ein enges Verhältnis zu pflegen, sondern mit Feinden sogar ein noch engeres? Dominic behauptete, Liebe habe Stephan verändert.

Liebe?

Liebe ist ein von jungen Menschen aufrechterhaltener Mythos und wird allzu oft mit einfacher Geilheit verwechselt.

Es braucht viel mehr als das, um den Charakter eines Mannes zu ändern.

Raschid beschloss, Stephan gut im Auge zu behalten. So viel war er Dominic schuldig, auch wenn er die Hochzeit letztlich mit leeren Händen verlassen sollte. Also reagierte er auf den Scherz des Amerikaners mit einer ernst gemeinten Warnung. »Mag sein, dass er das vergisst, ich dagegen ganz sicher nicht.«

Die Augen des blonden Mannes wurden schmal. »Es wird mir Spaß machen, dabei zuzusehen, wie Sie fallen.«

Raschid versteifte sich. War es etwa ein allgemeines Gesprächsthema, in welcher düsteren Lage er sich befand? Mit vor Wut angespanntem Gesicht entgegnete er: »Das wird nie passieren.«

Stephan feixte und höhnte, schon im Umdrehen begriffen, noch leise: »Da kennst du meine Cousine aber schlecht.«

Der Franzose flüsterte Raschid zu: »Sagen Sie nicht, ich hätte Sie nicht gewarnt. Meine Frau nimmt das Verkuppeln sehr ernst.«

Raschids Wut brach wie eine Welle in sich zusammen. Bei all dem Geschwätz ging es nur um eine Frau?

Erneut blickte er zu der umwerfenden milliardenschweren Unternehmerin auf der anderen Seite des Altars. Richard und Stephan amüsierten sich köstlich über ihn. Wenn sie es tatsächlich darauf angelegt hatten, dass er ihnen glaubte, hätten sie sich ein plausibleres Szenarium ausdenken sollen. Er konnte sich nicht vorstellen, dass Zhang kichernd wie ein Schulmädchen Pläne ausheckte, wie sie ihn herumbekommen würde.

Eine winzige Kriegerin.

Mit gestrafften Schultern und leicht geöffneten Beinen stand sie fest auf dem Boden, als wäre sie sogar in ihrem boden-langen Kleid bereit für den Kampf. Die direkte Art, wie sie ihm in die Augen sah, als sie ihn dabei erwischte, wie er sie musterte, und das stolz erhobene Kinn fand er überraschend sexy.

Diesen Kampfgeist würde ich liebend gern aus ihr herausküssen.

Sie lächelte ihn an, als hätte sie seine Gedanken gelesen. Als Reaktion darauf durchzuckte ihn plötzlich eine Hitze, und er streckte sich verlegen. Der Jacke seines Smokings war es zu verdanken, dass nicht alle hier Versammelten sahen, welche Wirkung sie auf ihn ausübte.

Er richtete seine Aufmerksamkeit wieder auf das frisch ver-mählte glückliche Paar.

Es war schlimm genug, dass Dominic und Jake hoffnungs-los auf die Frauen in ihrem Leben fixiert waren, wodurch Raschid kaum Gelegenheit bekam, mit ihnen über Geschäftliches zu reden. Dabei musste er mit etwas zurückkehren, das seinem Volk beweisen würde, dass seine Zeit im Ausland nicht umsonst gewesen war. Reichtum war nicht genug – er musste seinem Volk zeigen, dass er über Beziehungen verfügte, mit denen seine vorgeschlagene technologische Infrastruktur auch umge-setzt werden konnte. Ein Vertrag mit Dominics Firma Corisi Enterprises würde das bewerkstelligen.

Mir bleibt noch etwas Zeit.

Oft ist es der letzte Schlüssel am Schlüsselbund, der die Tür öffnet.

Die Hochzeit ist noch nicht vorbei.

Er schaute Zhang an, spürte, wie sich daraufhin schlagartig seine Brust zusammenzog, und sah schnell wieder weg. *Wenn ich mich nicht von ihr ablenken lasse.*

Ein Trauzeuge nach dem anderen gesellte sich zu der ihm zugehörigen Brautjungfer und alle folgten Dominic und seiner frisch Angetrauten, als sie den Altar verließen. Zhang hakte sich bei Raschid unter und lächelte unter dichten Wimpern flirtend zu ihm hinauf.

Finster schaute er auf die Versuchung hinab.

Zhangs Hand versteifte sich auf seinem Arm, und er hätte schwören können, dass sie entschlossen die Zähne zusammenbiss, als sie den Blick von ihm abwandte.

* * *

Zhang Yajun wusste, dass sie sich eigentlich auf die Zeremonie konzentrieren sollte, die nur wenige Schritte von ihr entfernt stattfand, doch ihr Herz schlug wie wild und ihre Augen kehrten immer wieder zu dem dunkelhaarigen Trauzeugen auf der anderen Seite des Altars zurück.

Raschid bin Amir al Hantan, Najriads Kronprinz, war mit Abstand der attraktivste Mann, den sie je gesehen hatte – und der einzige, den sie je mit Pfadfinderehrenwort geschworen hatte zu küssen.

Lil, warum habe ich mich nur von dir dazu verleiten lassen?

Aber wenn sie ganz ehrlich war, konnte sie das ihrer neuen Freundin nicht wirklich ankreiden. Ein Blick in seine wundervollen dunklen Augen – auch wenn sie nur digital auf eine deckenhohe Leinwand bei Abbys Junggesellinnenabschied projiziert worden waren – hatte Zhang gereicht, um feststellen zu müssen, dass sich ihre Genitalien selbst nach jahrelanger Vernachlässigung nicht davon abhalten ließen, augenblicklich in Fahrt zu kommen.

So viel zum Thema »rasten und rosten«.

Jahrelang hatte sie *es*, so gut sie konnte, unterdrückt und kam sich jetzt geradezu lächerlich vor, weil ein einziges Foto ausreichte, um ihre Schenkel zum Beben zu bringen. Enthaltsam zu leben, schien unweigerlich zu einer ganz eigenen Form von Wahnsinn zu führen. Das war die einzige

Erklärung dafür, weshalb eine selbstbestimmte, erfolgreiche Geschäftsfrau einen – zweifellos perfekten – Fremden auf der anderen Seite des Altars sehnsüchtig anstarrte. Sie kam sich wie ein Schulmädchen vor, das seinen ersten Schwarm immer wieder anlächelt, voller Hoffnung, dass er es bemerkt, obwohl er die Avancen nicht erwidert.

Und warum sollte er auch?

Männer wie Raschid finden Frauen wie mich nicht attraktiv. Wahrscheinlich hätte jede der neben mir stehenden Frauen hundert Mal bessere Chancen, seine Aufmerksamkeit zu erregen. Abgesehen davon, wie strahlend Abby als Braut aussah, umgab ihre Schwester Lil ein sinnliches Selbstvertrauen, das, sobald sie den Raum betrat, die anwesenden Männer strammer stehen ließ. Nicole Corisi, die Schwester des Bräutigams, verfügte über eine coole weibliche Finesse und war auf eine Art umwerfend, wie Zhang es nur von ganz wenigen Frauen kannte. Sogar Maddy, Stephans jüngere Cousine, die vor Kurzem ein Kind auf die Welt gebracht hatte, bezauberte mit dem verspielten Reiz einer kleinen Schwester, was den männlichen Beschützerinstinkt weckte.

Und was habe ich?

Die Fähigkeit, auch den aggressivsten Gegner in die Knie zu zwingen.

Wow, echt sexy.

Beim Erkennen von Marktbewegungen bin ich allen anderen Monate voraus und mache meine Millionen quasi im Schlaf.

Rechnet man das dazu, dann ergibt das auf der Sexyskala ... wie viel ... minus vier?

Zhang stöhnte.

Das war auch schon mal anders.

Es hatte mal eine Zeit gegeben, das war lange her, als sie geborgen in der Umarmung ihres Liebsten gelacht und sich sexy

18

und unbesiegbar gefühlt hatte. Bis diese Liebe von ihr verlangt hatte, sich zu entscheiden – und das hatte sie getan.

Damals hatte sie am Scheideweg gestanden: Die eine Straße versprach ein Leben, bei dem sie eine ziemlich genaue Vorstellung davon hatte, wie jeder Tag ablaufen würde, die andere dagegen führte zu einem Leben, das mit der Überwindung echter Widerstände verbunden war – aber auch mit der Möglichkeit, ein Bedürfnis zu stillen, das immer in ihr gebrannt hatte.

So weit sie zurückdenken konnte, hatte Zhang alles sehen und so viel wie möglich lernen wollen. Und sie hatte sich geschworen, eines Tages die Lebensbedingungen ihrer Familie und der Frauen ihres Landes zu verbessern. Hochfliegende Ziele für jemanden, der in der Armut eines kleinen chinesischen Dorfes zur Welt gekommen war.

Sie hatte gedacht, Xin Yui verstünde diese Ziele. In seinem ersten Studienjahr hatten sie viele Stunden leidenschaftlich über die Themen seiner Vorlesungen debattiert.

Und sich geliebt.

Jung und dumm.

Wenn jemand ihr Geheimnis entdeckt hätte, wäre der Preis für Zhang sehr hoch gewesen: Schande und Bestrafung.

In der mit Abstand schlimmsten Nacht ihres Lebens hatte Xin sie angefleht, mit ihm durchzubrennen. Er wollte schnell heiraten und dann zusammen mit ihr in sein Elternhaus zurückkehren. Er hatte genug Geld angespart, um mit großzügigen Geschenken die Vergebung ihrer Eltern für diese impulsive Tat zu gewinnen.

Sie hätte nichts weiter zu tun brauchen, als Ja zu sagen.

Ja zum Beiseiteschieben ihrer Träume.

Ja zu einem Leben, für das sie erzogen worden war.

Das hätte eine leichte Entscheidung sein sollen. Denn was Xin ihr bot, war genau das, was eine Frau erwartete, wenn sie heiratete. Ihr Ehemann, seine Familie und das gemeinsam gezeugte Kind wurden zu ihrem neuen Lebensmittelpunkt. Die meisten ihrer Freunde waren mit achtzehn verheiratet. Einige hatten bereits einen Sohn oder eine Tochter. Zhang hatte geglaubt, dass auch sie das wollte, bis Xin sie gefragt und eine Stimme in ihrem Herzen protestierend aufgeschrien hatte.

Nein dazu, ihre Träume beiseitezuschieben.

Nein zu dem Leben, für das sie erzogen worden war.

Nein zu Xin.

Keine einzige ihrer Freundinnen hatte Verständnis für diese Entscheidung. Erst hatten sie sich um Zhang gesorgt, dann war aus Sorge Wut geworden und Zhang wurde angegiftet, als hätte ihre Entscheidung die aller anderen irgendwie infrage gestellt. Sie hatte versucht, ihnen zu erklären, dass sie damit keinesfalls das Leben verurteilen wollte, das sie gewählt hatten. Selbst die Frauen in ihrer Familie distanzierten sich von ihr. Ihre eigene Mutter weigerte sich monatelang, mit ihr zu sprechen.

Xin musste sie wirklich geliebt haben, denn er hatte auf sie gewartet, bis er nicht länger warten konnte. Aus Verzweiflung hatte er sich an ihren Vater gewandt und gehofft, dass der geachtete Ältere Zhang überzeugen würde, ihn zu heiraten.

Zhangs Vater hatte jedoch ihr Recht auf die Wahl eines eigenen Weges verteidigt und damit sein Ansehen in der Gemeinde erschüttert. Trotz des öffentlichen Gegenwinds – oder womöglich aufgrund dessen – hatte er die Ersparnisse der Familie dafür verwendet, Zhang zum Studieren in die Stadt zu schicken. Seine Unterstützung war selbstlos und hatte Zhangs Ehrgeiz angespornt, erfolgreich zu sein. Immer, wenn sie Selbstzweifel hatte, dachte sie daran, was ihr Vater riskiert hatte, damit sie eine Chance bekam.

Nach fünf Jahren hatte sie genug Geld verdient, um ihre Eltern aus dem kleinen Dorf zu holen und in einer bescheidenen Wohnung in der Stadt unterzubringen. Nur wenige Jahre später besaßen sie Häuser in der ganzen Welt und Privatjets, mit denen sie hinfliegen konnten, wohin sie wollten.

Zhang war schon vor langer Zeit über das hinausgewachsen, was sie sich früher erträumt hatte. Sie hatte mehr Geld, als sie in tausend Leben ausgeben konnte, und verfügte über genug politischen Einfluss, um Gesetzesänderungen durchzusetzen, die das Leben von Millionen von Chinesinnen verbessern konnten.

Warum bin ich dann nicht glücklich?

Warum klammere ich mich an einen Pfadfinderehrenwort-Kuss, als könnte er mein Leben verändern?

Weil ich alleine bin.

Das Universum hatte so eine Art an sich, einem Botschaften und Gelegenheiten zu senden. Die meisten Menschen gestatteten es sich nicht, sie wahrzunehmen. Zhangs Antennen waren jedoch ganz fein auf Empfang eingestellt und dieser Fähigkeit schrieb sie all ihren Erfolg zu.

Lils Wette hatte sie als kosmische Herausforderung verstanden – als Preis, der für eine zweite Chance auf wahre Liebe zu zahlen war. Die Meeresbrise wisperte: *Beweise, dass du sie willst, und sie kann dir gehören.*

Jubel und Applaus verkündeten das Ende der Trauung, auf die Zhang sich hätte konzentrieren sollen. Dominic Corisi und seine frischgebackene Ehefrau lösten sich widerstrebend aus ihrem leidenschaftlichen Kuss und begaben sich auf den Gang, der vom Altar wegführte. Eine Brautjungfer nach der anderen hakte sich bei ihrem jeweiligen Trauzeugen unter und paarweise folgten sie den frisch Vermählten.

Lil Dartley und Jake Walton.

Nicole Corisi und Stephan Andrade.

Maddy und ihr Ehemann, Richard d'Argenson.

Zhang hielt die Luft an, trat einen Schritt vor und hakte sich bei Raschid unter. Sie lugte unter ihren Wimpern zu ihm hinauf und schenkte ihm ein süßes Lächeln.

Er bedachte sie mit einem finsteren Blick.

Zhangs Hand versteifte sich auf dem muskulösen Arm ihres Begleiters.

Du willst es mir also nicht leichtmachen, Universum?

Na schön.

Halt mein Happy End schon mal bereit, denn dieser Scheich hier wird noch vor Mitternacht von mir geküsst.

Kapitel 2

»Bitte folgen Sie mir«, sagte einer der livrierten Kellner, als Raschid und Zhang aus dem großen weißen Zelt herauskamen. »Braut und Bräutigam machen jetzt die Fotos und bitten Sie, einen Moment lang dazuzukommen.« Er ging voran und führte sie zu einem schattigen Bereich unweit der Steilküste.

Als sie stehen blieben, war Zhang klar, dass sie Raschids Arm loslassen sollte, doch sie tat es nicht. Sie wollte diesen Mann nicht für immer und ewig haben. *Nur einen Kuss. Das kann doch nicht so schwer sein, oder?*

Raschid beugte sich zu ihr und sagte leise an ihrem Ohr: »Ich muss mich entschuldigen, dass ich nicht rechtzeitig genug für den Probedurchlauf eingetroffen bin, um mit Ihnen die Zeremonie durchzugehen. Mein Zuspätkommen hat verhindert, dass wir einander offiziell vorgestellt werden, etwas, das wir jetzt beheben können. Mein Name ist Raschid.«

»Ich weiß«, erwiderte sie atemlos und hielt inne, weil ihr klar wurde, dass sie mit diesen paar Worten zu viel preisgegeben hatte. »Mein Name ist Zhang.«

»Ja«, erwiderte er undeutlich und wirkte plötzlich erneut so angenervt wie zuvor.

Ich sollte wirklich seinen Arm loslassen.
Noch nicht.

»Ich wusste nicht, dass Sie einen britischen Akzent haben«, merkte Zhang mit dem ihr eigenen, etwas übertrieben geschliffenen Englisch an. So fließend, wie er sprach, konnte das nur bedeuten, dass er es wesentlich früher als sie erlernt hatte.

»Ich war in Eton«, erwiderte er ablehnend, als wären die Jahre an einer der prestigeträchtigsten Schulen Englands etwas, das er lieber vergessen wollte.

»Man könnte Sie für einen Muttersprachler halten.«

Sein Ausdruck wurde angespannt. »Ein Nebeneffekt, wenn man über zehn Jahre lang dort lebt.«

»Ist sicher sehr nützlich.«

»Weniger, als man annehmen würde«, kommentierte er vage.

Kurz herrschte ein unangenehmes Schweigen. Zhang zwang sich dazu, sich zu entspannen.

Bleib locker.

Cool.

Unterhalt dich ganz ungezwungen.

»Kronprinz von Najriad – das ist sicher nicht so einfach, wenn man das Ausmaß der momentanen Unruhen in dieser Region bedenkt.«

»Das möchte ich lieber nicht diskutieren«, sagte er brüsk, richtete sich wieder auf und ließ seinen Arm in einer wenig subtilen Rückzugsbewegung fallen.

Am liebsten hätte Zhang frustriert mit dem Fuß aufgestampft, doch ihr Ausdruck blieb gefasst und ihre Füße standen fest auf dem Boden.

Universum 1.

Zhang 0.

Okay, meine Flirtkünste sind also eingerostet.

Merke: Politik ist kein sexy Thema.

Zhang atmete tief und bestärkend durch.

Wenn ich eine ehemals treulose Söldnertruppe dazu bringen kann, mir loyal zu sein, dann kann ich doch wohl einen einzelnen Mann lange genug für mich einnehmen, um einen Kuss zu bekommen.

Zhang legte Raschid die Hand auf den Unterarm, um seine Aufmerksamkeit wieder auf sich zu lenken. Mit einem gezielten Flattern ihrer Augenlider und rauer Stimme sagte sie: »Ich hoffe, ich habe Sie nicht verärgert.«

»Haben Sie nicht«, antwortete er, räusperte sich und entzog ihr erneut sacht den Arm. »Ich brauche einen Drink. Möchten Sie auch einen?«

Zhang antwortete automatisch, korrigierte sich dann jedoch schnell. »Ich will keinen – ja, gern. Vielen Dank.«

Er zog mit einem Tempo ab, dass es schon beleidigend war.

Universum 2.

Zhang 0.

Die Wirklichkeit blieb hinter der Fantasie zurück. Sie hatte kaum zwei Worte mit ihm gewechselt und schon war ihr Begleiter geflohen.

Wo war der heißblütige, leidenschaftliche Scheich, der sie in ihren Träumen verfolgte, seit Maddy ihr mit einem Foto einen Vorgeschmack gegeben hatte, wie der Mann heute an ihrer Seite aussehen würde? Raschid überquerte den Rasen in Richtung eines Kellners mit einem Tablett voller Champagnergläser. Sie sah ihm hinterher, und blitzartig tauchten Bilder in ihrem Geist auf – sie beide zwischen seidenen Laken, einander erkundend und erregend –, und Zhangs Wangen wurden ganz heiß.

Raschid war die reine Perfektion, von Kopf bis Fuß. Dicke Locken lehnten sich auf wundervolle Art und Weise rebellisch gegen den konservativen Haarschnitt auf, was jede Frau dazu verleiten musste, sofort die Finger in seinem Haar zu versenken und seine innere wilde Seite zu befreien. Auch die formelle westliche Kleidung konnte Raschids exotische und ungezähmte

Ausstrahlung nicht verbergen. Zhang sah, wie Stephan Andrade zu ihm trat, und verglich die beiden Männer. Beide waren groß und hatten breite Schultern, die durch die Smokings nur noch mehr betont wurden. Doch neben Raschids markanter dunklerer Haut, den schwarzen Haaren und dem nachdenklichen Blick wirkte der blonde Amerikaner blass und eindimensional.

Ihr Herz schlug schneller. *Es ist unmöglich, sich diesen Mann nicht nackt vorzustellen.*

Ich hätte Malerin werden sollen. Künstler können fremde Leute einfach bitten, ihre Klamotten auszuziehen, und kommen damit durch.

Zhang kaute auf der Unterlippe und fragte sich, ob Raschid im Vergleich zu Stephan auch bei im Augenblick verdeckten Partien so gut abschnitt. Ein für sie uncharakteristisches Kichern entkam ihren Lippen, bevor sie sich zusammenreißen konnte.

Ich brauche professionelle Hilfe.

Oder eine Nacht mit diesem Mann.

In Gedanken verpasste sie sich eine Kopfnuss und korrigierte ihre innere Stimme.

Keine Nacht, nur einen Kuss.

Je länger die beiden Männer sich unterhielten, desto lächerlicher kam Zhang sich vor. Sie war kein ungestümer Teenager, der bei Gruppenzwang einknickte und impulsive Wetten einging. Genauso wenig war sie eine verzweifelte Frau, die einen Mann brauchte, damit ihr Leben erfüllt war.

Was mache ich hier eigentlich?

Bis hierher habe ich es auch ganz alleine geschafft.

Ich sollte diese blöde Wette einfach vergessen.

Eine Stimme flüsterte in ihrem Kopf: *Angst geht Hand in Hand mit Versagen.*

Ich habe keine Angst.

Sie straffte die Schultern. Andere Frauen hätten aufgegeben, wenn Raschid auf ihre Versuche, seine Aufmerksamkeit zu erregen, so kühl reagiert hätte. Doch andere Frauen hätten vielleicht auch nicht jedes Nein, das sie je gehört haben, als Herausforderung angesehen. Sie hätten kein Vermögen gemacht und nie bewiesen, dass Hartnäckigkeit und mutiges Handeln gleichbedeutend waren mit Erfolg.

Ich habe keine Angst, versicherte sie sich selbst.

Und das werde ich beweisen.

* * *

An jedem anderen Tag wäre die vielversprechende Glut in Zhangs Blicken genug gewesen, um Raschids Interesse anzustacheln. Doch an diesem Tag war sie eine unwillkommene Versuchung.

Es gefiel ihm nicht, wie seine Haut unter ihrer leichten Berührung warm wurde und prickelte. Es ärgerte ihn, wie bewusst er sich jeder ihrer Bewegungen war, sogar jetzt, obwohl er Abstand zwischen sie beide gebracht hatte. Über die Jahre hinweg hatte er mehr als genug Klassefrauen in seinem Bett gehabt, aber bei keiner hatte der bloße Gedanke daran, sie wieder anzusehen, seinen Puls zum Rasen gebracht.

O nein, Zhang Yajun war eine gefährliche Ablenkung.

Eine, die sich weigerte, ignoriert zu werden.

Ihre Anläufe, ihn in ein Gespräch zu verwickeln, waren liebenswert unbeholfen gewesen – und die Versuchung groß, ihr das zu sagen. Doch er hatte sich auf die Zunge gebissen, weil das zu einer entspannteren Unterhaltung hätte führen können. Heute ging es um Najriad und nicht darum, irgendwelche fleischlichen Gelüste zu befriedigen, zumal ihn das bei seinem Volk nur in noch schlechterem Licht dastehen lassen würde, falls es herauskam.

Gerade als er ein Glas Champagner vom Kellner entgegennahm, steuerte Stephan auf ihn zu. Ein schneller Blick zu

Dominic bestätigte, dass dieser noch immer Arm in Arm mit seiner frisch Angetrauten vor dem Fotografen stand und Jake Walton erneut mit seiner Frau verschwunden war.

Stephan blieb ein, zwei Schritte neben ihm stehen und steckte lässig die Hände in die Hosentaschen. »Ich habe darüber nachgedacht, was Sie vorhin gesagt haben, und wollte Ihnen versichern, dass Dominic und ich unsere Differenzen hinter uns gelassen haben.«

Raschid höhnte unverhohlen: »Absichten werden durch Zeit und Handlungen deutlich offenbart, nicht durch Worte.«

Stephan gestand ihm den Punkt mit einer kleinen Kopfbewegung ein. Er schaute zu Dominic hinüber und dann zurück zu Raschid. »Ich habe nicht gewusst, dass Dominic und Sie sich so gut kennen. Jake hat erzählt, dass Sie sich an der Universität kennengelernt haben.«

»Diese Tatsache ist nicht gerade ein Geheimnis.«

»Nein, aber wenn man bedenkt, wie lange es her ist, dass man Sie zusammen gesehen hat, stellt sich mir die Frage, ob Sie heute um der alten Zeiten willen oder aus einem anderen Grund hergekommen sind.«

»Ich kann Ihnen versichern, dass Sie die Gründe für meine Anwesenheit bei dieser Hochzeit nichts angehen.«

Getreu seines Rufes ignorierte Stephan den Wink mit dem Zaunpfahl. »Andrade Global ist jetzt ein Schwesterunternehmen von Corisi Enterprises. Statt mit leeren Händen nach Hause zurückzukehren, sollten Sie das in Betracht ziehen.«

»Ich bin nicht hergekommen, um über Geschäfte zu reden, Stephan.«

»Ach, nein?« Stephan lächelte selbstsicher. »Dominic wird mindestens eine Woche lang auf Hochzeitsreise sein und Jake hat sich kurz mal ausgeklinkt. Nach Dominics Rückkehr werden beide mit dem geplanten Serverprojekt in China zu tun haben. Andrade Global ist Ihre beste realisierbare Option. Überlegen Sie es sich.« Er reichte ihm seine Visitenkarte.

Raschid beachtete sie nicht. »Woher kommt das plötzliche Interesse, Stephan?«

Stephan ließ die Hand sinken. »Ich bewundere, was Sie für Najriad zu erreichen versuchen.«

»Ihre Anerkennung bedeutet mir nichts.«

Stephans Lächeln verwandelte sich in ein wissendes Grinsen. »Aber meine Fähigkeit, Ihnen den hochkarätigen Vertrag zu verschaffen, den Sie brauchen, schon.«

»Ich bin aus Respekt für eine alte Freundschaft hier.«

»Lassen Sie nicht zu, dass Ihr Stolz Sie den Erfolg kostet, Raschid. Mag sein, dass ich nicht Ihre erste Wahl bin, aber können Sie es sich leisten, mit leeren Händen von hier wegzugehen?« Erneut bot er Raschid die Visitenkarte an.

Widerstrebend steckte Raschid sie ein. Am liebsten hätte er sie Stephan ins Gesicht geworfen, wenn da nicht das bange Gefühl gewesen wäre, dass der Mann recht hatte. Einem Verhungernden kam irgendwann sogar eine Ratte appetitlich vor. »Sie haben gute Instinkte. Wann möchten Sie das im Detail besprechen?«, fragte er den Mann.

»Ich kann am Dienstag für ein Treffen abfliegen.«

»Ich werde im Palast meines Vaters in Nilon sein.«

»Ausgezeichnet.« Schon im Gehen begriffen, blieb Stephan kurz stehen und fügte hinzu: »Am Dienstag also.«

Raschid griff nach einem zweiten Champagnerglas. Es gab so viel, das er dem übermäßig selbstgefälligen Mann entgegnen wollte, doch er hielt den Mund. Es konnte sein, dass sein Land gerade ihn brauchte. »Dienstag.«

»Hey, und viel Glück mit Zhang. Wenn man mich fragt, werden Sie es brauchen.«

Raschid würdigte den Kommentar nicht einer Antwort, sondern drehte sich mit beiden Gläsern in den Händen um und ging mit etwas beschwingterem Schritt zurück zu Zhang.

Nein, er hatte keinen Vertrag mit Corisi Enterprises herausschlagen können, aber Stephans Angebot brachte ihm größere Erleichterung, als er zugeben wollte. Eine kurze Pressemitteilung konnte eine mögliche Allianz mit Andrade Global ankündigen und seine vorübergehende Abwesenheit rechtfertigen. Er wollte nicht zu große Hoffnung hegen, aber der richtige Vertrag – sogar mit jemandem wie Stephan – könnte sein öffentliches Image verbessern und ungemein dabei helfen, die Grenzen zu sichern. Sein Volk brauchte einen Grund, um an ihn glauben zu können. Er hoffte, dass das ein erster Schritt war, um das Vertrauen seiner Landsleute zu gewinnen.

So oder so, es gibt nichts, was ich in dieser Sache heute Abend noch tun könnte.

Zeit, sich ein wenig zu entspannen und vielleicht sogar den Abend zu genießen. Als er auf Zhang zukam, zog sie sich von ihm zurück und verschwand zwischen zwei weißen Zelten.

Was hat diese Frau denn jetzt vor?

Ihr nicht nachzugehen, kam ihm nicht einmal in den Sinn.

Tu's einfach.

* * *

Zhang nahm eine betont selbstbewusste Haltung ein. Jetzt gab's kein Zurück mehr.

Was, wenn er mir nicht hinterherkommt?

Sie schüttelte die negative Frage ab und ermahnte sich, dass sich die Sorge um etwas, das eventuell nicht eintreten könnte, noch nie gelohnt hatte. Erfolg stellte sich ein, wenn man mit Optimismus voranpreschte. Oder mit den Worten des amerikanischen Motivationsgurus Tony Robbins, wenn man »massiv und entschlossen handelte«.

Genau das war in dieser Situation nötig, bevor sie ihre vielleicht einzige Chance verlor, weil sie keinen Grund mehr hatten, länger beieinanderzustehen. Ein Kuss und die Wette war gewonnen.

Sie hielt die Luft an und wartete.

Leise kamen Schritte näher.

Ihr Herz machte einen Sprung, als Raschid um die Ecke des Zelts kam und die Abgeschiedenheit betrat, die ihnen die temporäre Gasse aus Stoff bot. Seine Augenbrauen zogen sich verwundert zusammen. »Zhang?«, fragte er mit besorgtem Ton und einem Champagnerglas in jeder Hand.

Mit ein paar entschlossenen Schritten verringerte sie die Distanz zwischen ihnen, packte die Aufschläge seines Smokings, zog ihn zu sich herab und raunte: »Ich hab's satt, subtil zu sein. Bringen wir das einfach hinter uns.«

Sie stellte sich auf die Zehenspitzen und traf mit einer Wucht auf seine Lippen, dass beide einen Moment lang erstarrten.

Feuer entflammte zwischen ihnen, und was eigentlich eine kurze Berührung sein sollte, hielt an. Nach nur einem Hauch von Zögern presste er seinen Mund auf ihren und folgte einer ganz eigenen Agenda. Seine Zunge neckte erst ihre Lippen und vereinnahmte dann ihren Mund.

Als ihr die Knie weich wurden, stützte sich Zhang plötzlich an ihm ab, statt ihn zu sich zu ziehen. Sie versank in einer Welle der Leidenschaft und vergaß die Hochzeit, vergaß die Wette und ließ die Welt hinter sich. Dem Geräusch zweier auf dem Boden aufschlagender Gläser folgte das himmlische Gefühl von Raschids Händen, die ihre Taille umfassten und sie enger an sich zogen. Seine Lippen wanderten über ihre Wange und ihren Hals hinab, sein heißer Atem erregte und kitzelte sie.

Ungestüm tasteten ihre Hände nach mehr von ihm. Sie glitten unter sein Jackett und schmiegten sich an die warmen Muskeln seines Rückens. Sein Mund kehrte zu ihrem zurück, verlangte ihre Unterwerfung, und sie gab sich gern hin, während er sie von den Füßen hob und den Kuss vertiefte.

Die Hochzeitsplanerin rief irgendwo ihre Namen aus und katapultierte Zhang in die Realität zurück.

Sie beendete den Kuss, drehte den Kopf zur Seite und atmete zitternd ein. »Du kannst mich jetzt wieder runterlassen.«

»Das könnte ich«, erwiderte er lächelnd an ihrem Hals.

Peinlichkeit kam nicht mal annähernd an das Gefühl heran, das sie empfand. Sie konnte sich kaum vorstellen, was er von ihr denken musste. »Lass mich runter«, verlangte sie kalt.

Er stellte sie sanft wieder hin, ließ sie jedoch nicht los. »Falls du meine Aufmerksamkeit erregen wolltest, hast du das geschafft.«

Zhang wand sich ein wenig in seiner Umarmung, doch er hielt sie nur noch fester. »Man sucht nach uns.«

Er kuschelte sich an ihr Ohr und sie erbebte. »Lass sie.«

Sie schob ihre Hände zwischen sich und ihn und drückte ihn ein wenig von sich weg. »Womöglich hast du einen falschen Eindruck von mir.«

Er hob den Kopf und musterte ihr Gesicht. »Ich denke, nicht. Du bist eine unglaublich intelligente, temperamentvolle Frau, die sich nimmt, was sie haben will.« Eine Hand glitt hinab und legte sich breit auf ihren unteren Rücken. »Für eine Nacht könnte ich das wirklich genießen.«

Mit einem energischen Schubser stieß Zhang ihn fort. »Danke für das Angebot, aber ich muss ablehnen. Ich habe nur den Kuss gebraucht.« Sie rückte ihr Kleid zurecht. Auf seinen überraschten Ausdruck hin ergänzte sie: »Das würdest du nicht verstehen«, und schickte sich an, die Flucht anzutreten.

Er stellte sich ihr in den Weg. »Vielleicht ja doch.«

Ohne auf die Schmetterlinge im Bauch zu hören, die durch seine Nähe in ihr aufstoben, sagte Zhang: »Wenn du's wissen musst, es war eine Wette.«

Er griff nach ihrem Handgelenk und seine Miene verfinsterte sich. »Wie, ein Witz?«

Sie versuchte erfolglos, sich aus seinem Griff zu befreien. »Nein, kein Witz. Das sollte … Ich kann das nicht wirklich erklären. Alles, was ich sagen kann, ist, dass Frauen bei Hochzeiten ein bisschen durchdrehen.« Sie schoss ihm einen genervten Blick zu. »Können wir's dabei belassen?«

Er drehte ihre Hand um und legte sie in seine. »Ich bin fasziniert, Zhang Yajun. Ist das normal für dich oder bin ich dein erster Hochzeitsübergriff?«

Ihre Wangen wurden rot vor Scham. »Wie stehen die Chancen, dass wir den ganzen Vorfall vergessen können?«

»So ziemlich bei null.«

»Und was genau ist der Preis dafür, dass du meine Hand loslässt?«

Er lächelte und antwortete: »Ich würde mich mit einer Erklärung zufriedengeben.« Als sie erleichtert aufatmete, lachte er. »Was dachtest du denn, was ich verlangen würde?«

Zhang konnte nicht anders – sie erwiderte sein Lächeln. »Du hast verdorbene Gedanken.«

Sein Lächeln wurde breiter. »Sagt die Frau, die einen ahnungslosen Mann anspringt, obwohl er einfach nur hierhergekommen ist, um sicherzugehen, dass es ihr gut geht.«

Sie verdrehte die Augen und lachte. »Du Armer.«

»Ich Glückspilz«, korrigierte er sanft und sie wurde wieder rot. Mit einem Ruck zog er sie an sich. Sie legte den Kopf etwas in den Nacken, um ihm ins Gesicht sehen zu können, während ihre wie wild pochenden Herzen im selben Takt schlugen. »Wirst du's mir verraten oder soll ich's aus dir herausküssen?«

Zhang schluckte schwer.

Schwere Entscheidung.

Ihr Körper bebte vor Erwartung, obwohl ihr Verstand all die Gründe auflistete, weshalb ein eiliger Rückzug die weiseste Option war. »Woher willst du wissen, dass das funktioniert?«

Er beugte sich vor, bis sich ihre Lippen beinahe berührten, und antwortete: »Der Spaß daran wäre, es herauszufinden.«

Ja, wäre es.

Ein Hauch von Vernunft kehrte zurück.

Nein, wäre es nicht.

Das ist alles schon viel zu weit gegangen.

Vielleicht war ein wenig Ehrlichkeit genau das, was diese Situation brauchte. »Ich wollte mir selbst etwas beweisen.«

»Und hast du?«, fragte er flüsternd.

Ja, dass meine gesamte weibliche Ausstattung noch perfekt funktioniert, auch wenn mein Hirn zeitweise Matsch ist. »Ja«, flüsterte sie zurück.

»Willst du dem wirklich nach nur einem Kuss ein Ende setzen?«

Sie fragte sich, wie viele Frauen dahingeschmolzen waren und sich ihm ergeben hatten, als er ihnen mit dieser heiseren Stimme die gleiche Frage gestellt hatte. Sie war sich sicher, dass sie es nicht wissen wollte. Der Gedanke an ihn mit anderen Frauen gab ihr die Kraft, ihm zu widerstehen. »Das scheint mir am vernünftigsten.«

Raschid schüttelte in gespielter Enttäuschung den Kopf. »Ich hätte dich für mutiger gehalten, Zhang.«

»Du kennst mich doch nicht mal.«

»Würde ich aber gern.«

»Eine Nacht lang.«

Sein Ausdruck wurde ernst. »Mehr als das kann ich nicht bieten.«

Ehrlich gesagt konnte sie das auch nicht, zumindest nicht einem Mann, der selbst ein überwältigendes Maß an

Verantwortung trug. In dem einen oder anderen schwachen Moment hatte sie sich online über den Prinzen informiert. Aus anfänglicher reiner Neugier war ein tiefergehendes Interesse geworden, je mehr sie über sein Land erfahren hatte. Etwas Langfristiges stand für sie beide völlig außer Frage. Er würde niemals woanders hinziehen, und in seinem Land zu leben, konnte sie sich genauso wenig vorstellen, wie in ihr altes Dorf zurückzukehren. Aber welche Frau würde bei einem umwerfenden und selbstsicheren Mann wie Raschid nicht in Versuchung geraten? Anders als viele der Männer, die sie kennenlernte und die entweder etwas Finanzielles oder Politisches von ihr wollten, versprach Raschid ihr eine Nacht gegenseitiger Verwöhnung, ohne dafür eine Gegenleistung zu erwarten. Keine Verpflichtungen. Nichts zu bereuen. Verführerisch, aber keine vernünftige Wahl. »Das wäre unglaublich unbesonnen.«

Er strich ihr sacht mit der Hand über die Wange. »Warum fangen wir nicht damit an, gemeinsam die Hochzeitsfeier zu genießen?«

Obwohl es höchst unwahrscheinlich war, dass ihr die Entscheidung leichter fallen würde, wenn sie mehr Zeit mit diesem Mann verbrachte, fühlte Zhang sich machtlos, ihm das abzuschlagen. »Das könnten wir.«

Seine Hände glitten tiefer, umfassten die Rundungen ihres Hinterns, zogen sie an sich und ließen sie seine Erregung spüren. »Der Preis für deine Freiheit ist ein Kuss.«

»Eben noch war es eine Erklärung.«

»Ich hab's mir anders überlegt«, murmelte er, und seine Lippen senkten sich auf ihre, zart testend, was sie von seiner Forderung hielt.

Wie im plötzlichen Fieber klammerten sie sich aneinander. Seine Hände hoben sie kraftvoll hoch, um sie noch enger an sich zu halten. Hätte sie nicht das lange Kleid angehabt, hätte sie ihre Beine um seine Taille geschlungen. Trotz ihrer Bekleidung ließ sich keiner von beiden daran hindern, den anderen zu erkunden.

Mit einem Fluch, den Zhang nicht verstand, setzte Raschid sie wieder auf den Boden und sagte: »Komm, lass uns zur Party zurückgehen, sonst verliere ich noch die Beherrschung und nehme dich gleich hier im Gras.«

Eine Drohung ist das nicht gerade, ich habe mit dem gleichen Gedanken gespielt.

Zhang sammelte sich schnell und bewahrte einen gefassten Gesichtsausdruck. Wenn sie vorsichtig war, konnte sie einen großartigen und sinnlich knisternden Abend mit diesem unglaublichen Mann verbringen und allem ein Ende setzen, bevor es zu weit ging. Ein paar Küsse. Ein bisschen flirten. Hatte Lil nicht gesagt, dass das typisch für eine amerikanische Hochzeit sei? War sie nicht lange genug beherrscht gewesen? Lange genug hatte sie sich jede Intimität verweigert und sich stattdessen auf ihr Unternehmen konzentriert. Welchen Schaden konnte ein Abend schon anrichten, solange es niemand mitbekam? »Geh du zuerst. Ich will nicht, dass jemand erfährt, dass wir hier hinten alleine waren.«

Raschid schaute ihr schnell in die Augen. »Bist du etwa um deinen Ruf besorgt?«

Seine Frage versetzte ihr einen Stich. Von ihrem Lebensstil schlossen die Leute auf ihre Moral und ihre Person. Normalerweise tat sie das mit einem Schulterzucken ab und sah es als den Preis an, den sie für ihre Freiheit zahlen musste. Aber sie wollte – sie brauchte es –, dass Raschid das verstand. »Mag sein, dass ich nach meinen eigenen Regeln lebe, aber ich habe eine Familie und die werde ich nicht entehren.«

Er berührte sanft ihre Wange. »Alles, was wir tun, wird unter uns bleiben. Das verspreche ich dir.« Als sie den Mund öffnete, um etwas zu erwidern, legte er leicht einen Finger über ihre Lippen und ergänzte: »Und auch, wenn wir überhaupt nichts tun, wird sich meine Meinung von dir nicht ändern. Du bist eine wirklich faszinierende Frau, Zhang.«

Ganz in ihrer Nähe rief eine Frau: »Zhang? Bist du da hinten?«

Verflucht!

Zhang blickte in seine wundervollen dunklen Augen und sagte: »Das ist Lil. Sie sollte uns nicht so vorfinden.«

Raschid nickte zustimmend und ging nach einem letzten schnellen Kuss in die entgegengesetzte Richtung von Lils Stimme davon.

Zhang stieß einen tiefen Atemzug aus, hob ihre zittrige Hand an den Mund und spürte der Wärme seiner Berührung nach.

Wenn das ein Traum ist, dann will ich noch nicht aufwachen.

Lil kam ums Zelt gelaufen und blieb wie angewurzelt stehen, als sie Zhang erblickte. »Da bist du ja! Abby will ein Foto mit der gesamten Hochzeitsgesellschaft, und niemand wusste, wo du steckst.«

Zhang rückte ihr Kleid zurecht. »Ich brauchte einen Moment für mich alleine«, log sie ganz ungeniert.

Sofort änderte sich Lils Ausdruck. Sie eilte zu Zhang, die ihre Ausrede sogleich bereute. »Das tut mir so leid. Ich weiß, was du von Hochzeitsfeiern hältst.«

Ein verborgenes Lächeln zupfte an Zhangs Mundwinkeln. *Womöglich habe ich soeben meine Meinung darüber geändert.* »Mach dir bitte keine Sorgen, Lil. Mir geht's gut.«

Lils Blick glitt zu Boden, sie sah die beiden Champagnergläser zu Zhangs Füßen und zog ihre eigenen Schlussfolgerungen. »Ich bin ein Arsch. Ich hätte nicht behaupten sollen, dass du dich nicht traust, diesen Scheich zu küssen. Das war kindisch und dumm. Vergiss, dass ich überhaupt was gesagt habe.«

In den Augen ihrer Freundin stand echte Sorge und das nagte an Zhangs Fassade. Der Spaß hörte auf, wenn jemand dabei verletzt wurde. »Das war nicht kindisch, Lil. Du wolltest mir einen Grund geben, heute zu lächeln, und das hast du auch geschafft.«

Lil erwiderte: »Wirklich? Warum versteckst du dich dann hier hinten und trinkst ganz alleine?«

»Das hab ich nicht …«

Lil schüttelte traurig den Kopf und glaubte ihr ganz offensichtlich nicht. Immerhin befand sich der Beweis zu ihren Füßen.

»Ich war mit Raschid hier.«

Lil fiel die Kinnlade runter. »Mit dem Scheich?«

Zhang behielt ihren gefassten Ausdruck bei, doch ein wenig Belustigung klang in ihrer Stimme mit. »Sind heute Abend noch ein paar mehr hier?«

Langsam breitete sich ein Grinsen über das Gesicht der Brünetten aus und vertrieb alle Sorgen. »Heilige Scheiße! Du hast ihn geküsst, stimmt's?«

Zhang nickte und ein stolzes Lächeln brach hervor.

Lil hüpfte begeistert auf und umarmte sie. »Du bist echt heißer Scheiß, Zhang! Wie abgefahren!«

Zhang löste sich ein wenig von ihrer überschwänglichen Freundin und wiederholte ihre Worte: »Heißer Scheiß.« Sie wog den Ausdruck. »Ich kann nicht behaupten, dass ich schon mal so genannt worden bin. Ist das ein Kompliment?«

Lil tänzelte praktisch schon vor Begeisterung und hätte Zhang vielleicht sogar erneut umarmt, wenn die nicht einen Schritt zurück gemacht hätte. Sie mochte Lil sehr, aber das ewige Anfassen war etwas, was sie nicht wirklich gewohnt war.

Lil antwortete: »Wenn's von mir kommt, ist das ein Riesenkompliment. Du bist meine neue Superheldin.«

Ich glaube, jetzt habe ich ein Problem.

Plötzlich ernster gestimmt, fragte Zhang: »Kann das unter uns bleiben?«

»Absolut!«, antwortete Lil. Sie hakte sich bei Zhang unter und sie gingen gemeinsam zur Party zurück. »Ich kann ein Geheimnis bewahren.«

Zhang hielt inne, brachte Lil abrupt neben sich zum Stehen und sah sie einfach direkt an, bis die jüngere Frau rot wurde.

»Wenn es wichtig ist«, schränkte Lil ein.

Zhang hob herausfordernd die Augenbrauen.

»Soll ich dir etwa mein Pfadfinderehrenwort geben?«, wollte Lil zunehmend angriffslustig wissen.

Zhang setzte sich wieder in Bewegung, diesmal lächelte sie jedoch. »Nein, ich vertrage nur eins pro Hochzeit.«

Lil drückte Zhangs Arm an ihre Seite und lachte, während sie gemeinsam weiterspazierten. Dann merkte sie laut flüsternd an: »Ich kann nicht glauben, dass du's wirklich getan hast.«

Lils Enthusiasmus konnte man unmöglich widerstehen. Zhang lachte hell auf, als sie gestand: »Ich auch nicht!« Sie drückte leicht den Arm ihrer Freundin. Egal, wie der Abend ausging, Zhang war ein Risiko eingegangen und als Resultat fühlte sie sich so lebendig und zuversichtlich wie seit Jahren nicht mehr. Das eigene Leben sollte keine Erzählung dessen sein, was die Welt mit einem angestellt hat. Es sollte davon handeln, was man selbst mit der Welt angestellt hat. »Vielen Dank.«

Als sie sich der Rasenfläche näherten, auf der die Hochzeitsgesellschaft bereits in Position stand und darauf wartete, die Fotoreihe zu vervollständigen, konnte Zhang nicht anders und riskierte einen Blick zu Raschid. Zusammen mit den anderen Trauzeugen stand er seitlich von Dominic. Gefasst. Durch und durch der Monarch, der er war.

Lil rief aus: »Ich habe Zhang gefunden! Sie war ...« Sie biss sich auf die Zunge. Alle warteten auf das Ende des Satzes und ein aufmerksames Schweigen setzte ein. »Verloren gegangen«, schloss sie lahm.

Alle Blicke richteten sich auf Zhang. *Danke, Lil, jetzt fragen sich alle, ob ich betrunken bin.* Zuzustimmen war einfacher, als es mit einer neuen Ausrede zu versuchen, also zuckte sie mit den Schultern und bestätigte: »So viele Zelte und alle sehen gleich aus.«

Abby brach das unangenehme Schweigen, das entstanden war. Sie winkte Lil und Zhang zu sich. »Na dann los! Wir haben auf euch gewartet. Kommt her. Nur noch ein paar Fotos und dann können wir alle was essen gehen.«

Lil nahm ihren Platz bei ihrer Schwester ein.

Zhang ging zu den anderen Brautjungfern und schaute ein letztes Mal zu Raschid hinüber, bevor sie sich zu ihnen stellte. Er starrte mit unergründlichem Gesichtsausdruck zurück. Es wäre ein Leichtes, sich jetzt einzureden, dass sie sich das gesamte Gassenintermezzo nur eingebildet hatte.

Er tat mit Recht so, als wäre nichts passiert.

Ist es ja auch nicht.

Nicht wirklich.

Nur ein einziger bedeutungsloser Kuss.

Sollte man besser vergessen.

Dann zwinkerte Raschid ihr zu, und der Fotograf hielt für die Ewigkeit fest, wie Zhang daraufhin glücklich errötet war.

Mit den Worten einer wirklich ausdrucksstarken Amerikanerin: *Heilige Scheiße.*

KAPITEL 3

In dem riesigen weißen Hauptzelt saß Zhang als eine der Brautjungfern am großen runden Tisch des Brautpaars. Sie legte sich die Serviette auf den Schoß und blickte sich um. Egal wo sie hinsah, überall herrschte eine Mischung aus praktischem und pompösem Design. Einfache Kristallvasen voll weißer Orchideen schmückten die Tische und harmonierten mit der Opulenz der im Zelt angebrachten Kronleuchter. Es war leicht zu erkennen, welche Ideen die Braut und welche der Bräutigam eingebracht hatten. Doch gerade die Kombination ihrer beiden Stile war eine herrliche und beeindruckende Zurschaustellung ihrer Liebe.

Abby hatte viel Mühe darauf verwendet, dass die Gäste sich wohlfühlten. Jedes Glas war mit handgemachtem Schmuck verziert und auf der Rückseite jeder Platzkarte befand sich eine persönliche Nachricht. Höchstwahrscheinlich hatte Abby die Worte gewählt und Dominic die Diamanten. Mit Sicherheit wussten die Gäste das eine wie das andere zu schätzen. Braut und Bräutigam führten ihren ersten Tanz als verheiratetes Paar vor und alle an Zhangs Tisch hatten ihre Aufmerksamkeit auf die beiden gerichtet. Doch Zhang bemühte sich völlig umsonst, sich abzulenken. Es fiel ihr schwer, sich auf etwas anderes als den Mann neben sich zu konzentrieren.

»Vorhin war dein Kleid bodenlang«, flüsterte ihr Raschid ins Ohr.

Sein Atem kitzelte an ihrem Hals und sandte ihr vor Erregung Gänsehaut über den Rücken. Sie verteidigte die Veränderung ihrer Garderobe, auch wenn ihr das Glitzern in seinen Augen verriet, dass er sich nicht darüber beschwerte. »Der untere Teil ist abnehmbar, und vorgesehen ist, dass man ihn nach der Zeremonie entfernt.«

Er hob spielerisch eine Augenbraue.

Sie lächelte leicht und schüttelte den Kopf. »Das ist das einzige Teil, das abgenommen wird.«

»Schade«, meinte er, und beim Anblick seines sexy Schmollmundes schlug ihr Herz gleich doppelt so schnell.

Zhang schaute wieder zum tanzenden Brautpaar. Bei Hochzeiten war das üblicherweise der Zeitpunkt, an dem sie sich entschuldigte und den Abend für sich beendete. Ein Mensch, dessen eigenes Leben eine emotionale Wüste war, vertrug nur ein begrenztes Maß an »glücklich bis ans Lebensende«. Aber dieser Abend war anders. Zum ersten Mal machte es Zhang nicht traurig, zwei Menschen dabei zuzusehen, wie sie vor aller Welt und wiederholt ihre Liebe füreinander bekundeten.

Ich bestimme meinen eigenen Weg. Ich kann Liebe in meinem Leben haben, wenn ich mich dafür entscheide. Heute Abend geht's nicht darum, mit einem arabischen Scheich zu schlafen, sondern vielmehr darum, mein Herz allem zu öffnen, was möglich ist. Meine Vergangenheit bestimmt nicht mehr über meine Zukunft.

Ich bin endgültig frei.

Die Schwester des Bräutigams, Nicole, erhob sich anmutig und nahm Stephans Hand. »Jetzt gehen wir zu ihnen auf die Tanzfläche.«

Auch Maddy und Richard standen von ihren Plätzen auf. Beide Paare drehten die Köpfe zu Zhang und Raschid.

Zhang schüttelte schnell den Kopf und blieb sitzen. »Ich tanze nicht.«

»Oh, aber du musst!«, sagte Maddy. »Abby wird so enttäuscht sein, wenn wir nicht alle dazukommen. Wo ist Lil?«

Die perfekte Ausrede!

Zhang erhob sich und bot hastig an: »Ich gehe sie suchen.«

Raschid stand ebenfalls auf, hielt ihr die Hand hin und sagte: »Ich bin sicher, dass sie lieber einen Moment alleine mit Jake sein will.«

Ein innerer Kampf brach aus. Zhang wollte nichts mehr, als wieder in Raschids Armen zu sein, aber nicht so, nicht vor aller Augen – und erst recht nicht, wenn sie dabei auch noch zur Schau stellte, dass sie im Tanzen überhaupt keine Übung hatte. »Ich tanze nicht.«

Er beugte sich vor, sodass nur sie es hören konnte, als Raschid sagte: »Heute Nacht schon.«

Seine Augen glühten vor Verlangen – nach mehr als nur einem Tanz. Sie stellten ihr eine Frage, auf die sie noch nicht bereit war zu antworten.

»Ein Tanz«, gestand sie ihm heiser zu. Die Freude in seinem Gesicht ließ es in ihrem Bauch und tiefer heiß pulsieren. Sie nahm die ihr angebotene Hand, folgte ihm auf die Tanzfläche und versuchte, den wissenden Ausdruck in den Gesichtern ihrer Tischnachbarn zu ignorieren.

Beim Tanzen achtete Zhang sorgfältig darauf, dass sie einen akzeptablen Abstand zueinander einhielten, während sie sich im Rhythmus der langsamen Ballade wiegten. Raschid legte ihr die Hand an die Taille und wollte sie an sich ziehen, doch als sie sich versteifte, lockerte er seinen Griff und beließ den Abstand zwischen ihnen, wie er war.

Erneut beugte er sich vor und flüsterte ihr ins Ohr: »Wo ist die draufgängerische Frau, die sich nimmt, was sie will?«

Sie lächelte ihn traurig an und fand es furchtbar, dass sie sich bei ihm so unbeholfen fühlte. Zweifellos war sie diese Frau, wenn's ums Geschäft ging. Doch allem Persönlichen gegenüber hatte sie sich so lange verschlossen, dass sie sich nach wie vor unsicher fühlte. »Wenn ich diese Frau wäre, hätte ich keine Wette gebraucht.«

»Du bist eine gefährliche Kombination von allem, was ich an einer Frau mag.« Auf ihren skeptischen Gesichtsausdruck hin fragte er: »Das überrascht dich?«

»Ich hätte gedacht, nachgiebige Frauen seien eher nach deinem Geschmack.«

»Und woher willst du wissen, was ich vorziehe und was nicht?«

»Du hast recht. Ich schätze, dein Titel hat mich dazu verleitet und meine Fantasien beeinflusst«, gestand sie ein und wollte es sofort wieder zurücknehmen. *Keine Ahnung, warum ich das gesagt habe.*

Wenn es ihre Absicht gewesen war, zu testen, wie sehr er sich für sie interessierte, dann wurde sie nicht enttäuscht. Der Druck seiner Hand an ihrer Taille verstärkte sich wieder. »Fantasien?« Die plötzliche Glut in seinen Augen erfüllte alles, was Zhang sich hätte wünschen können – wenn sie sich solche Wünsche gestatten würde.

Leidenschaft ohne Liebe war falsch.

Aber war es nicht noch falscher, ein Leben ohne Intimität zu verbringen? Niemals den Hauch eines Kusses auf der Schulter zu spüren? Nie die warmen Berührungen eines Liebhabers zu erleben? Ein Jahrzehnt in Keuschheit war ein üppiger Preis für Erfolg und Verpflichtungen.

Einen Abend. Mehr verlange ich nicht. Ein paar Stunden, die mit dem Leben, das ich beibehalten muss oder das ich hinter mir gelassen habe, nichts zu tun haben. Gib mir die Worte, die das Interesse dieses Mannes lange genug aufrechterhalten, um eine Erinnerung zu schaffen, die ich auskosten kann, wenn ich heute Nacht alleine nach Hause gehe. Sie sagte: »Du weißt doch bestimmt, dass viele Frauen davon fantasieren, in den Armen eines arabischen Scheichs zu liegen.«

Jetzt zog er sie an sich, und diesmal widersetzte sie sich nicht. »Andere Frauen sind mir egal. Hast du diese Fantasie?«

Einen Moment lang starrte sie seine Brust an, dann hob sie den Kopf und sah ihm unerschrocken in die Augen. »Ja.«

»Erzähl mir davon.«

Plötzlich war sie verunsichert und senkte den Blick wieder. Es wäre besser, ihm jetzt zu sagen, dass sie nicht die Absicht hatte, in dieser Nacht mit ihm zu schlafen. Die Unterhaltung fortzusetzen, würde nur dazu führen, dass er glaubte, sie würde ihn wollen.

Nicht, dass ich ihn nicht will, aber es sich wünschen und es tatsächlich zu tun, sind zwei ganz verschiedene Dinge. Ich muss das jetzt beenden, bevor es peinlich wird.

»Es ist albern, wirklich«, antwortete sie ausweichend, während sie die Kraft zusammenkratzte, um ihm den Rücken zuzukehren.

Nichts war albern an dem Verlangen, das sie in seinen Augen sah, als er ihr Kinn mit einem Finger zu sich hob. »Erzähl mir davon.«

Das Universum flüsterte: *Beweise, dass du es willst, Zhang. Sei mutig.*

Zhang straffte die zierlichen Schultern. »Eine etwas widerwillige Jungfrau wird von einem heißblütigen Scheich in seine Wüstenfestung entführt und dort gezwungen, ihn zu verwöhnen.«

Er neigte den Kopf leicht zur Seite. »Gezwungen?«

Sie zuckte mit den Schultern. »Das ist eine Fantasie. In einer Fantasie wird niemand verletzt.«

Er rieb ihr über den unteren Rücken und ließ sich ihre Worte durch den Kopf gehen. »Das ist alles?«

Wer A sagt, muss auch B sagen. Sie lächelte verrucht und antwortete: »Wohl kaum. All die Harem-Outfits und die Seidenkissen – das hat was.« Eine Welle sinnlicher Erregung durchströmte sie und sie erbebte. »Ich weiß, das ist altmodisch und ein Stereotyp aus Hollywood, aber das ändert nichts daran, wie viel Spaß es macht, sich das vorzustellen.«

Als Zhang zu ihm aufschaute, erwartete sie, dass Raschid lachen würde, doch das tat er nicht. Sein ernster Ausdruck bereitete ihr Sorgen.

Hoffentlich habe ich ihn nicht beleidigt.

»Bist du noch Jungfrau?«, fragte er sanft.

Sie schluckte schwer und hielt stolz seinem Blick stand. »Nein.«

Sein Lächeln kam völlig unerwartet – und war vernichtend sexy. Er wirbelte sie herum, fing sie ganz an sich gedrückt auf und raunte ihr ins Ohr: »Gut.«

Okay, das kann man auf tausend verschiedene Weisen interpretieren und kaum eine davon ist schmeichelhaft. Zhang hatte noch nie die Verschämte gespielt und verlangte zu wissen: »Was genau soll das heißen?«

»Ich habe keinen Respekt vor Männern, die Unerfahrenheit ausnutzen, und ich will die Nacht mit dir verbringen, Zhang.« Ihr Tanz endete abrupt und er starrte sie einfach nur an. Ein verschmitztes, aber ach so sinnlich geladenes Feuer flackerte in seinen Augen. »Und ich besitze eine Wüstenfestung.«

Zhang wäre zu Boden gesackt, wenn Raschid sie nicht gehalten hätte.

Heilige Scheiße.

* * *

Egal, wie man es drehte oder wendete, es war keine gute Idee, die Nacht mit Zhang zu verbringen.

Und dennoch hatte nichts außer ihr eine Bedeutung für Raschid, wenn er sie in seinen Armen hielt.

Über die Jahre hinweg hatten sich ihm viele Frauen an den Hals geworfen – Reichtum und ein Titel brachten das beinahe zwangsläufig mit sich. Einige waren subtil vorgegangen, einige offensichtlich und einige hatten sich sogar als schwer zu erobern gegeben. Seiner Meinung nach war die gemeinsame Zeit mit diesen Frauen für alle Seiten befriedigend gewesen, wenn auch nicht weltbewegend. In der Weltgeschichte wimmelte es nur so von Kriegen, die das Begehren nach einer Frau ausgelöst hatte. Dafür hatte er immer nur Spott übrig gehabt, denn keiner Frau sollte es möglich sein, dermaßen viel Macht über einen Mann zu haben.

Bis Zhang ihm von ihrer Fantasie erzählt und ein Verlangen in ihm geweckt hatte, das nun stetig anschwoll und jegliche Vernunft erstickte. Heute Nacht wollte er kein erfolgreicher Geschäftsmann und kein pflichtbewusster Sohn sein. Er wollte nicht die Last tragen, die sein Volk und seine Familie ihm mit ihren Erwartungen aufluden.

Heute Nacht wollte er sich in dieser Frau und ihrer Fantasie verlieren.

Eine Nacht.

Sie wusste, dass er ihr nicht mehr bieten konnte als das.

Falls sie auf sein Angebot einging, würde er jeden Augenblick davon auskosten.

Kurz nachdem sie zu ihrem Tisch zurückgekehrt waren, wurde das Essen serviert. Doch Raschid entschuldigte sich und verließ das Zelt. Er brauchte einen ungestörten Ort, um sich auf die Möglichkeit vorzubereiten, dass Zhang Ja sagen würde.

Er nahm sein Handy aus der Tasche und rief auf der Hauptleitung der Festung in der Salnyra-Oase an. Raschids

Großvater hatte das einstmals verlassene uralte Bauwerk liebevoll restaurieren lassen und zu einer Mischung aus historischem Denkmal und modernem Luxus ausgebaut. Generatoren versorgten die Räume, die einst römische Soldaten beherbergt hatten, mit Strom. Verblasste Wandbilder, die für nomadische Beduinenscheiche gezeichnet worden waren, bedeckten die Wände der Festung, die nun eher Ferien- als Verteidigungszwecke erfüllte. Einer der Hausbediensteten hob ab und Raschid sagte: »Ich werde heute spät in der Nacht mit dem Jet eintreffen. Bitte sorgen Sie für die Beleuchtung der Landebahn.« Zu spät fiel ihm auf, dass er die Anweisung auf Englisch gegeben hatte.

Obwohl er Englisch sprechen konnte, antwortete der Mann auf Arabisch: »Wie Sie wünschen, Eure Hoheit.«

Es war schwer vorstellbar, dass er sein Land regieren konnte, wenn er noch nicht einmal sein eigenes Hauspersonal für sich hatte gewinnen können. Noch ein Problem, das ruhig einen Tag länger warten konnte.

»Außerdem möchte ich, dass das alte Haremsquartier hergerichtet wird.«

»Sehr wohl.«

Raschid zögerte kurz, zog es dann jedoch durch. »Entfernen Sie den Großteil des Mobiliars aus den Räumen und ersetzen Sie es mit so vielen Seidenkissen, dass der Boden bedeckt ist.«

»Eure Hoheit?«

Einen Moment lang überlegte er, was Zhang sich vorgestellt haben könnte, und wies den Mann dann an: »Hängen Sie gemusterte Stoffe von der Decke, sodass es aussieht wie in einem Beduinenzelt. Binden Sie die Bahnen mit Seidentüchern fest.«

»Noch etwas?«

Ihm kam ein Gedanke und er schnipste mit den Fingern. »Ja, ich brauche ein Haremsgewand. Etwas Kostspieliges, aber ähnlich dem, was eine Bauchtänzerin trägt. Und ein angemessenes Kleid für den Tag.«

»Für Sie, Eure Hoheit?«

»Nein«, erwiderte Raschid ungehalten. »Für eine Frau. Eine zierliche Frau.«

»Sehr wohl, Eure Hoheit.«

»Und bis morgen Mittag will ich nicht gestört werden.«

»Alles wird so sein, wie Sie es wünschen.«

Ja, das wird es.

Zumindest für eine Nacht.

KAPITEL 4

In jedem Mann steckt ein Jäger, der sich unter den Schichten erlernten zivilisierten Verhaltens verbirgt. Als Raschid ins Zelt zurückkehrte und feststellte, dass Zhang nicht am Tisch auf ihn gewartet hatte, rüttelte das etwas Ursprüngliches in ihm wach. Er sah sich suchend im Raum um, und als ihm klar wurde, dass sie nicht hier war, schoss ihm Adrenalin durch die Adern.

Sie würde es ihm nicht leicht machen.

Augenblicklich bekam er einen Steifen.

Mir gefällt, wie diese Frau denkt.

Sie war in keinem der anderen Zelte und auch nicht in den Bereichen dazwischen. Je länger er nach ihr suchte, desto weniger konnte er seine wachsende Erregung leugnen.

Ich werde dich finden, Zhang, und dann nehme ich dich.

Als er sie endlich auf der abgelegenen Terrasse von Dominics Haupthaus entdeckte, musste er sich davon abhalten, sofort zu ihr zu eilen. Nie zuvor hatte er solch ein Verhalten gezeigt. Üblicherweise liefen ihm die Frauen über den Weg, er führte sie aus, ging mit ihnen ins Bett und zog weiter.

Er spielte keine Spielchen.

Dennoch konnte er nicht abstreiten, dass dieses spezielle Szenario extrem genussvoll war. Er schlich in den Schatten um die Terrasse herum und näherte sich ihr lautlos. Erst als er kaum einen Schritt von ihr entfernt war, sagte er leise: »Wenn du dich versteckst, zögerst du das Unvermeidliche nur hinaus.«

Sie wirbelte zu ihm herum und fuhr ihn bissig an: »Mein Vater hat kein Recht, mich an dich zu verschachern! Ich werde nicht mit dir gehen!«

Überrascht zuckte er mit dem Kopf zurück und begriff dann, dass sie eine Rolle spielte. Ein Lächeln breitete sich auf seinem Gesicht aus, das sagte: *O ja, das wird Spaß machen.* Er griff sie bei der Taille und zog sie zu sich.

Zhang verpasste ihm eine schallende Ohrfeige. Das Brennen auf seiner Haut war überraschend real und verlieh ihrer Fantasie etwas Schneidendes. Seine Hände versteiften sich um ihre Taille.

Augenblicklich erfüllte sich ihre Miene mit Besorgnis, und sie berührte den roten Abdruck, den ihre Finger auf seinem Gesicht hinterlassen hatten. »Oh, mein Gott, ich wollte dich nicht so fest schlagen. Ich dachte nur, wenn du mich wirklich entführen würdest, dann würde ich dir nicht einfach willig in die Arme fallen.«

Raschid warf lachend den Kopf zurück und die Anspannung seines alltäglichen Lebens glitt vorübergehend von ihm ab. Ihre Hand lag noch auf seiner Wange und er legte seine über ihre. »Wie wär's mit der Abmachung, echten Schmerz so gering wie möglich zu halten?«

Sie lachte und sah ihm in die Augen. »Du musst mich für verrückt halten.«

Er zog sie an sich und erwiderte mit ganzem Herzen: »Nein, ich denke, mir ist noch nie eine Frau begegnet, die so sexy ist wie du. Unser Vorhaben heute Nacht ist genau das, was ich brauche – ich will nur, dass keiner von uns zu weit geht. An was genau hast du gedacht?«

Zhang senkte den Blick auf sein Hemd und sah ihm dann wieder in die Augen. »Meine Erfahrung ist begrenzt, aber ich hatte ein Leben lang Zeit, davon zu träumen, was mir gefällt. Ich weiß, dass das hier nur für eine Nacht ist. Wenn der Morgen kommt, bin ich wieder alleine. Das ist okay für mich. Aber für eine Nacht möchte ich so tun, als wäre alles komplett anders.«

Er berührte sanft ihr Haar und erwiderte: »Wenn wir uns zu einer anderen Zeit oder in einem anderen Leben begegnet wären, könnte ich dir mehr als nur eine Nacht bieten. Ich will dich nicht verletzen, Zhang. Du verdienst mehr als das.«

Ihre wundervollen, intelligenten Augen durchdrangen seine Seele. »Machst du einen Rückzieher?«

Bei Gott, das konnte er nicht.

»Nein«, antwortete er heiser. Er riss sie grob an sich und knurrte: »Dein Vater hat dich mir versprochen und du wirst gehorchen!«

Seine Lippen prallten auf ihre und die Grenze zwischen Realität und Fantasie verschwamm. Sie stemmte beide Hände leicht gegen seine Brust und wehrte sich gerade genug, um seine Erregung in Höhen zu befördern, die er noch nie erlebt hatte.

Bevor er die Beherrschung vollkommen verlor und sie gleich hier auf Dominics Terrasse nahm, löste er sich aus dem Kuss und umklammerte eins ihrer Handgelenke. »Komm mit!«, befahl er und zog sie hinter sich her die Stufen Richtung Landebahn hinab.

»Wohin bringst du mich?«, fragte sie mit vor Angst leicht schriller Stimme. Ein schneller Blick über die Schulter bestätigte ihm, dass ihre Augen vor Aufregung funkelten und das Entsetzen in ihren Worten Lügen straften.

Er blieb stehen und riss sie erneut in seine Arme, um ihr knurrend ins Ohr zu raunen: »An einen Ort, an dem wir allein sind und ich dich genießen kann.«

Sie entwand sich ihm und versuchte, ihr Handgelenk aus seinem festen Griff zu befreien. »Damit wirst du nie im Leben durchkommen!«, entgegnete sie und ihr zierlicher Brustkorb hob und senkte sich empört.

Ganz mühelos packte er sie und legte sie sich über die Schulter. Sie strampelte mit den Beinen und trommelte mit den Fäusten auf seinen Rücken – doch keiner der Schläge war schmerzhaft. »Du wirst schon lernen, mir zu gehorchen, du Weibsbild.«

»Niemals!«, zischte sie.

Hoch erhobenen Kopfes trug er sie bis zu seinem Privatjet. Gemäß seinen Anweisungen war er startklar gemacht worden. Der Pilot stand nahe der geöffneten Tür und der Ausdruck auf seinem Gesicht war unbezahlbar. »Eure Hoheit?!«, fragte er mit besorgtem Ton.

»Niemand erfährt von unserem zusätzlichen Passagier. Verstanden?«, befahl Raschid grob.

Der Pilot zögerte, also setzte Raschid Zhang neben sich ab, baute sich drohend vor dem Mann auf und wiederholte mit zusammengebissenen Zähnen: »Verstanden?!«

»Ja, Eure Hoheit. Selbstverständlich.«

Bevor er den Blick abwandte, ergänzte Raschid noch: »Und ich verlange, keinesfalls in der Passagierkabine gestört zu werden. Egal, was Sie hören, diese Tür bleibt geschlossen.«

»Selbstverständlich«, antwortete der Mann nervös.

Im Flugzeug ging Raschid zu zwei sich gegenüberliegenden Sitzplätzen. In einem davon setzte er Zhang ab und nahm dann ihr gegenüber Platz. Schweigend warteten sie, bis der Pilot die Luke geschlossen hatte.

Zhang lachte mit vorgehaltener Hand. »Ich glaube, er denkt, du entführst mich wirklich.«

Amüsierte Lachfältchen legten sich um Raschids Augen, doch anstatt aus der Rolle zu fallen, sagte er: »Zieh deine Unterwäsche aus, bevor du den Sicherheitsgurt anlegst.«

Verwundert neigte sie den Kopf leicht zur Seite.

Er schloss seinen eigenen Gurt und verschränkte die Arme vor der Brust. »Tu, was ich dir sage. Wir haben einen sechsstündigen Flug vor uns, mehr als genug Zeit, um mit deiner Unterweisung zu beginnen.«

»Meine Unterweisung?«, fragte sie und ihre Augen wurden groß.

»Zwing mich nicht, etwas zu finden, mit dem ich dir den Mund stopfen kann. Widersprich mir nicht, Weib! Los, zieh sie jetzt aus!«

Zhang sah ihm einen längeren Moment lang in die Augen, stand dann auf und hob ihr ohnehin kurzes Kleid. Ihre Finger glitten seitlich unter den Saum ihres Seidenslips und schoben das winzige Stück Stoff über den Po, die Beine und schließlich ihre High Heels. Dann ließ sie den Slip vor ihm zu Boden fallen.

Vor Erwartung wurde ihm der Mund trocken.

»Hinsetzen«, krächzte er.

Was sie auch tat, ohne auch nur für eine Sekunde den Blickkontakt abreißen zu lassen. Das Klicken ihres Sicherheitsgurtes hallte in der stillen Kabine wider, unmittelbar gefolgt vom Aufbrüllen der startenden Triebwerke.

»Drapier dein Kleid so, dass ich dich sehen kann.«

Rot anlaufend tat sie es.

»Berühr dich«, wies er sie an.

Sie verharrte regungslos.

»Du hast keine Wahl«, fügte er hinzu und wartete. Ihre Unerfahrenheit auf diesem Gebiet zeigte sich deutlich. »Hast du dich schon mal selbst befriedigt?«

Ihre Wangen wurden noch röter und sie schaute weg. Sexy und süß. Abenteuerlustig und verletzlich. Er fühlte sich noch intensiver zu ihr hingezogen. »Ich dulde keine Geheimnisse. Antworte mir.«

Im sicheren Rahmen des Rollenspiels gab sie zu: »Ja, habe ich. Aber ich habe es noch nie mit einem anderen geteilt.«

Der sehnsuchtsvolle Unterton in ihrer Stimme sprach lauter zu Raschid als ihre Worte. Sie war eine Frau, die jeden Aspekt ihres Lebens und die Leben vieler anderer um sie herum bestimmte. Für eine Nacht wollte sie das hinter sich lassen und frei sein – ein Gefühl, das er nur allzu gut kannte. Die Chance auf etwas Festes konnte er ihr nicht bieten, aber die Fantasie, nach der es ihr verlangte, und die Chance, für ein paar Stunden jegliche Macht abzugeben, konnte er wahr werden lassen. In weiterhin herrischem Ton sagte er: »Ob du dich unwohl dabei fühlst, hat keine Bedeutung für mich. Ich wünsche zu sehen, wie du dich selbst verwöhnst. Ich will deine Nässe an deiner eigenen Hand sehen und einen Orgasmus in deinen Augen.«

Sie schüttelte sacht den Kopf. »Ich glaube nicht, dass ich das kann. Nicht, wenn du zuschaust.«

Er musterte sie einen Moment lang und sagte dann: »Du musst, weil du heute Nacht mir gehörst.«

Als das Flugzeug abhob, zog Zhang mit der einen Hand ihr Kleid höher und griff mit der anderen hinab. Sie sah ihm direkt in die Augen und glitt dann mit einem Finger zwischen die Schamlippen. Anfangs waren ihre Bewegungen unbeholfen, fast zaghaft, bis sie einen Rhythmus fand und die Augen schloss.

»Genau so, Zhang«, sagte er mit rauer Stimme. »Lass alles von dir abfallen und genieß es.«

Immer schneller rieb ihre filigrane Hand ihre empfindsamste Stelle, und sie rutschte im Sitz weiter hinunter, um besser an sich heranzukommen. Auch Raschid veränderte seine Sitzposition, da die Schwellung in seiner Hose unangenehm wurde. Aber jetzt ging es nicht um ihn. Es ging um die umwerfende Frau vor ihm und er wollte keine Sekunde davon verpassen.

Sie bäumte sich auf und warf den Kopf zurück. Ihre Brustwarzen zeichneten sich steif aufgerichtet ab, sehnten sich nach Raschids Berührung, die er ihr jedoch für den Augenblick verweigern würde. Zhang fuhr sich mit der anderen Hand über ihren straffen Schenkel, rieb sich hungrig die eigene Haut. Ihre Lippen öffneten sich und sie atmete stoßweise ein und aus.

»Zieh die Träger deines Kleids runter und lass das Oberteil nach unten fallen.« Sie gehorchte und entblößte die Schönheit ihrer kleinen Brüste. Er stellte sich vor, wie perfekt sie seinen Mund füllen und wie weich sie sich an seiner Haut anfühlen würden.

»Jetzt leck deinen Daumen«, befahl er leise. »Nimm ihn in den Mund, so wie du mich in den Mund nehmen würdest. Rein und raus, schön langsam. Genau so. Lass ihn tief hinein. Umspiele ihn mit der Zunge. Kannst du dir vorstellen, wie ich schmecke? Spürst du deinen heißen Atem auf der Hand? Ein Genuss, den ich bald spüren werde … Mach den Finger schön nass.« Ihr dabei zuzusehen, wie sie an sich selbst saugte, war eine köstliche Folter. In seiner Hose pulsierte es, und er war begierig, ihren Daumen durch seinen Schwanz zu ersetzen. Aber Geduld wird mit intensiverem Vergnügen belohnt. Und Zhang war ein Vergnügen, das er nicht übereilen würde.

Als er es nicht mehr aushielt, befahl er: »Jetzt umkreise deine Brustspitze – stell dir meine Zunge darauf vor, nass und voller Hingabe. Leg deine Hand um deine Brust, so wie ich es tun würde. Genieß das Gefühl deiner Haut, wie weich sie ist.«

Sie befolgte seinen Befehl und ein rosiger Hautton breitete sich über ihrem Brustkorb aus.

»Du bist so nass und bereit für mich, Zhang. Steck dir einen Finger rein. Nimm ihn langsam wieder raus, und dann versenk ihn in dir, so wie ich mich in deiner Vorstellung in dir versenken würde. Rein und raus. Tiefer und schneller. Spür dein

Verlangen, dein Bedürfnis.« Sie tat es und stöhnte genussvoll. »Mach die Augen auf.«

Als sie es tat, traf ihr glühend heißer Blick auf seinen. Ihr Mund öffnete sich leicht und ihre Zunge glitt über die Lippen, als suchte sie nach seinem Kuss. Zwar hielt er weiterhin die Arme vor der Brust verschränkt, doch das Verlangen stand ihm mehr als deutlich ins Gesicht geschrieben, und er versuchte nicht, es zu verbergen.

Ihr gemeinsames Abenteuer hatte gerade erst begonnen.

»Komm für mich, Zhang«, flüsterte er.

Ohne den Blick abzuwenden, erhöhte sie das Tempo ihrer Handbewegungen und keuchte auf. Ein weiteres Stöhnen entglitt ihrer Kehle, ihre Bauchmuskeln zogen sich zusammen und erzitterten, und sie erbebte, als die Wellen des Höhepunkts ihre zarte Statur überrollten.

Mit zittrigem Atem sank sie in ihren Sitz zurück und nahm die Hand weg.

»Jetzt … verwöhnst du mich«, sagte er mit einem verruchten Lächeln. »Komm her«, verlangte er leise.

* * *

Das Kleid hing ihr um die Taille, und noch immer elektrisiert von dem Hoch, zu dem er sie geführt hatte, schoss Zhang aus ihrem Sitz. Raschid war genauso großartig, wie sie es sich vorgestellt hatte, und sogar noch mehr, so viel mehr. Sie kannten sich nicht auf die Art und Weise, wie sich Paare üblicherweise kannten, aber sie hatte das Gefühl, dass er sie auf einer ganz anderen Ebene verstand, so wie sie bisher noch kein Mann verstanden hatte.

Verstanden und akzeptiert.

Er machte keine Versprechungen. Hätte er es getan, würde sie ihm nicht glauben. Nichts konnte dermaßen quälend perfekt sein und den Test des realen Lebens überstehen. Vielleicht war es das, was das gesamte Erlebnis so viel eindringlicher machte: zu wissen, dass es bald nichts weiter als eine Erinnerung sein würde.

Aber ach, was für eine Erinnerung!

Raschid stand auf und blickte wie eine Art siegreicher Krieger auf sie hinab. Er streifte sein Jackett ab, behielt aber den Rest seiner Kleidung an. »Du wirst mich ausziehen.«

Sie machte einen Schritt auf ihn zu und streckte die Hand nach den Hemdknöpfen aus. Doch er hielt ihre Hand fest. »Fang mit den Schuhen an«, befahl er.

Ein aufgeregtes Zittern durchfuhr Zhang, als sie sich hinabbeugte und begann, seine Schuhe aufzuschnüren. Es hatte etwas ungeheuer Sinnliches an sich, als sonst unbeschränkt machtvolle Frau diese unterwürfige Aufgabe auszuführen. Als beide Füße nackt waren, richtete sie sich wieder stolz vor ihm auf und wartete auf seine Anweisung.

»Jetzt den Gürtel«, raunte er mit vor Lust belegter Stimme.

Anfangs fummelte Zhang herum, weil sie versuchte, den Blickkontakt beizubehalten, während sie die Aufgabe erfüllte. Doch schließlich musste sie doch hinabschauen, um die Aufgabe zu erfüllen. Als sie nach dem Hosenknopf griff, rügte er: »Hab ich gesagt, dass du das tun sollst?«

Sie ließ den Knopf los und verkniff sich das Lachen. »Nein.«

Raschid machte es offensichtlich ganz großen Spaß, seine Rolle zu spielen.

Sie schaute hinauf in seine Augen, und jegliche Belustigung verschwand, als das Verlangen, das sie darin sah, das Feuer zwischen ihren Beinen erneut entzündete. Heute Nacht spielten sie nur ein Spiel, und dennoch war es eindringlich mit etwas Kraft- und Bedeutungsvollem durchwoben.

»Zieh dein Kleid aus – aber langsam.«

Sie griff hinter ihren Rücken und öffnete langsam den Reißverschluss. Bedächtig schob sie das Kleid über ihre schmalen Hüften und hoffte, dass es für ihn genauso erregend war wie für sie. Als es zu Boden fiel, trat sie aus ihm heraus und schlüpfte aus ihren Schuhen.

»Ich habe nicht ...«

Sie hob das Kinn. »Du wirst mich sowieso niemals komplett kontrollieren.«

Bei dieser Herausforderung kräuselten sich seine Mundwinkel. »Das Vergnügen wird sein, es zu versuchen.« Er stemmte die Hände in die Hüften und befahl: »Zieh meine Hosen und mein Hemd aus, und reib dabei deine unglaublichen Nippel über mich – über den Rücken, meine Brust und dann über meine Beine, während du dich zu meinen Füßen hinkniest.«

Sie trat an ihn heran, zog sein Hemd aus der Hose und fing an, das letzte Hindernis aufzuknöpfen, das zwischen ihr und der intimen Berührung stand, die sie beide ersehnten. Sie öffnete sein Hemd, fuhr mit den Händen hinauf über seine Brustmuskeln und rieb ihre begierigen Brüste entlang desselben Pfades.

Ihre Belohnung war ein zischender Atemzug. Er spielte hier zwar denjenigen, der die Befehle gab, doch er ließ sich ebenfalls vollkommen auf das Erlebnis ein. Seine Erregung stieß hart gegen ihr nacktes Bein und das Verlangen nach ihm entflammte in Zhang.

Sie ließ sein Hemd fallen und ging, ihre Brüste an ihm reibend, um ihn herum zu seinem Rücken, genoss seine Hitze, seine Stärke – in dem Wissen, dass all das für sie da war.

Mit der Zunge fuhr sie ihm über die Lendenwirbel und kostete es so richtig aus, als sie spürte, wie er erbebte. Wieder auf seiner Vorderseite, reizte sie die Haut an seinem Bauch mit der Hitze ihres Atems, öffnete seine Hosen und schob seine formelle Kleidung samt den Boxershorts zu Boden.

Beim Knien angelangt, setzte sie sich rücklings auf ihre Füße und widmete sich dem Anblick, wie er vollständig erigiert über ihr stand. Als sie keine Anstalten machte, ihn weiter zu berühren, überzog eine besorgte Falte seine Stirn. »Zhang?«

Sie warf ihm einen Blick zu und versuchte, so widerstrebend gehorchend auszusehen wie möglich.

Obwohl sein Ausdruck streng blieb, schmolzen seine Worte ihr Herz. »Tu nichts, was dir nicht gefällt.«

Wäre sie die Art Frau gewesen, die vor Rührung leicht weint, hätte sie angesichts seiner Besorgnis ein oder zwei Tränen vergossen. Stattdessen neigte sie den Kopf ein wenig zur Seite und erwiderte: »Ich warte einfach nur auf deine Anweisungen.«

Er bebte sichtlich vor Erregung.

»Nimm mich in den Mund, Zhang. Spüre, was du mit mir anstellst. Koste von meinem Verlangen nach dir. Probiere aus, wie du mich dazu bringst, alles zu vergessen außer dir.«

Für eine Nacht, rief ihr eine innere Stimme in Erinnerung.

Eine Nacht wird genug sein.

Das muss sie.

Mit erneuerter Entschlossenheit lehnte sich Zhang vor und nahm sein großes Glied in den Mund. Sie ließ sich von ihrem Instinkt leiten, sog und leckte, achtete darauf, welche Bewegungen ihn elektrisierten und in ihrem Mund zucken ließen.

Irgendwann ging es nicht mehr nur darum, ihn zu befriedigen, sondern es ging um sie beide. Er brauchte sie. Sie brauchte ihn. Er hatte die Kontrolle über die Situation und war ihr gleichzeitig vollkommen ausgeliefert. Diese Erfahrung empfand sie als einzigartig intensiv.

Jede Berührung, jede Bewegung ihrer nassen Zunge brachte ihn der Ekstase näher. Sie experimentierte mit den Händen und streichelte Stellen, die ihn heftiger atmend und hilflos stöhnend nach mehr verlangen ließen.

Das Glied in ihrem Mund spannte sich an, und er schaute mit seinen dunklen Augen auf sie hinab, hitzig und wild. Seine Hände senkten sich und hielten ihren Kopf, während er sich in ihren Mund ergoss und sie ihn freudig kostete.

Mein.

Mein sexy Scheich.

Sie löste sich von ihm und legte das Gesicht an seinen bebenden Bauch. Er beugte sich zu ihr, zog sie in seine Arme hoch und trug sie durch die Kabine. Am hinteren Ende des Flugzeugs öffnete er eine schmale Tür, hinter der sich ein Bett verbarg. Mit einer schnellen Handbewegung hob er die Decke hoch, legte sie darunter und glitt neben sie.

An ihn gekuschelt, musterte Zhang Raschids ausdrucksvolle Gesichtszüge. Sie strich ihm mit der Hand über die kaum behaarte Brust und sagte: »Ich bin zu erschöpft, um so zu tun, als würde ich das nicht großartig finden.«

Er küsste ihre Stirn, schloss die Augen und lächelte. »Gut, wir müssen nämlich ein wenig Energie für die Wüstenfestung aufsparen. Ich habe nicht nur zum Spaß angeordnet, sie mit seidenen Kissen auszulegen.«

Zhang hob den Kopf und sah ihn an, bis er die Augen öffnete. »Hast du das um meinetwillen getan?«

Ein belustigter Ausdruck trat auf sein Gesicht und ließ ihn um Jahre jünger wirken. »Man könnte auch behaupten, dass ich das für mich selbst getan habe.«

Zhangs Blick verschwamm vor Rührung. »Das hier werde ich nie vergessen, Raschid.«

Er drückte sie an sich und versuchte, die Stimmung mit einem Scherz aufzulockern. »Das will ich auch hoffen.« Sie öffnete den Mund, um etwas zu erwidern, aber er brachte sie mit einem tiefen Kuss zum Schweigen. Erst als erneut Erregung in ihr aufflammte und sie sich an ihn drängte, ließ er von ihr ab und sagte: »Schlaf jetzt, Zhang. Der Flug dauert noch ein paar Stunden und dann bleibt uns ein halber Tag für deine Fantasie.«

Wie kann ein halber Tag je genug sein?

Kurz bevor sie einschlief, wisperte am Rand ihres Bewusstseins eine Stimme: *Aber das war alles, worum du gebeten hast, Zhang. Für ein »Immer und Ewig« ist ein viel höherer Preis zu zahlen.*

Alles, antwortete sie inbrünstig flüsternd. *Dafür würde ich alles tun.*

Und damit brach sie einen ihrer fundamentalen Glaubenssätze: Biete nie mehr an, als du zu geben bereit bist.

KAPITEL 5

Eine Stunde später genoss Zhang an ihren Liebhaber gekuschelt die Wärme seiner Haut an ihrer und hatte nicht vor, sich auch nur einen Millimeter zu bewegen. Sie wollte weder an gestern noch an morgen denken, atmete den leichten Duft des Mannes ein, der sie im Arm hielt, und schloss wieder die Augen.

Raschid strich ihr nachdenklich über ihre Schulter, als kostete er diesen Moment aus. »Zhang?«, fragte er sanft.

Sie reagierte nicht.

Sein entspanntes Lachen vibrierte durch seine Brust. »Ich weiß, dass du wach bist.«

Sie öffnete ein Auge und lugte ihn an. »Hätte auch anders sein können.«

Mit einem Lächeln im Gesicht küsste er sie zart auf den Mund. »Möchtest du wirklich die Hälfte unserer Fantasie verschlafen?«

Seine Sanftheit verwirrte sie, weckte Gefühle in ihr. »Als ich dir davon erzählt habe, hätte ich nie gedacht, dass du dich darauf einlassen würdest.«

Er strich ihr mit einem Finger den Rücken hinab und sagte: »Wir haben mehr gemeinsam, als du denkst.«

Sie rückte etwas von ihm ab, damit sie ihn direkt ansehen konnte, und fragte schelmisch: »Du hast auch Fantasien mit einem Wüstenscheich?«

Seine Brust vibrierte erneut und er revanchierte sich unter der Decke mit einer leichten Maßregelung durch seine Hand auf ihrem Hinterteil. »Nein, aber ich verstehe, wie es ist, wenn man für einen Tag aus seinem Leben aussteigen möchte.«

Seine ernste Antwort ließ sie die Neckerei vergessen. Sie legte ihm die Hand auf die Brust und sagte: »Eigentlich kennen wir uns gar nicht, aber …«

Er nickte und beendete ihren Satz. »Aber irgendwie doch.«

»Ja«, war alles, was sie erwidern konnte.

»Dieser Tag ist auch für mich ein Geschenk.«

Er begann, auf eine Art und Weise von sich zu erzählen, die sie bei ihm nie erwartet hätte, und sie wagte es kaum zu atmen.

»Oft fühle ich mich, als würden zwei Männer in mir stecken – und keiner von beiden ist der Mann, der ich einmal sein wollte. Außerhalb von Najriad bin ich ein Ausländer. Es ist egal, wie gut ich Englisch spreche oder mich einfüge. Vielleicht liegt es an meinem Titel oder am Zustand der Welt, so genau weiß ich das nicht, aber sogar in Ländern, in denen ich jahrzehntelang gelebt habe, bin ich immer ein Fremder.«

»Und wenn du in deiner Heimat bist?« Zhang kannte die Antwort, noch bevor er etwas sagte.

»Dort ist es noch schlimmer. Weil ich so viel Zeit im Ausland verbracht habe, bin ich nach wie vor ein Außenseiter. Ich verstehe nicht mal die Hälfte der Witze und bin mir nicht sicher, ob ich das überhaupt will. Proximus läuft extrem erfolgreich und bald werde ich den Platz meines Vaters als König von Najriad einnehmen. Beides ist eine Ehre, und ich sollte darüber glücklich sein.«

»Das verstehe ich«, erwiderte Zhang leise.

Er lächelte sie sanft an. »Das glaube ich dir sogar. Einer Frau wie dir bin ich noch nie begegnet, Zhang. Wenn die Konsequenzen nur mich allein etwas angingen, würde ich …«

»Ich weiß«, fiel sie ihm ins Wort, um zu verhindern, dass er etwas aussprach, das sie mit Sicherheit nicht ertragen konnte, und legte den Kopf auf seine Brust. Es war unmöglich, sich für ihn und gegen die Menschen zu entscheiden, die sie in China beschäftigte. Ihr Terminplan war voll mit Meetings, Projekten und Verpflichtungen. Sie seufzte und umarmte ihn. »Ich kann auch nicht. Mein Unternehmen hält mich in China. Ich liebe mein Land. Jedes Mal, wenn ich den vertrauten Duft von Pfirsichblüten rieche, ist etwas in mir überglücklich. Wie kann es sein, dass ich meine Heimat so sehr liebe und dennoch das Gefühl habe, dort nicht hinzugehören? Ist es möglich, viele Häuser und trotzdem kein Zuhause zu haben?«

Raschid gab ihr keine Antwort darauf, aber das hatte sie auch nicht erwartet.

Stattdessen sagte er: »Komm, wir sollten uns anziehen. Bald landen wir in Najriad.«

Doch Zhang schloss die Augen und sagte: »Nur noch ein paar Minuten.«

Er schlug ihr leicht aufs Hinterteil und erwiderte: »Du bist aber keine sonderlich gehorsame Sexsklavin.«

Sie murmelte: »Daran werde ich arbeiten, wenn wir gelandet sind.«

Besitzergreifend legte er ihr die Hand auf den nackten Po und presste ihr Becken mit der feuchten Mitte so dicht wie nur möglich an sein Bein. »Ich wünschte, wir hätten mehr Zeit, um jetzt daran zu arbeiten … Aber der Pilot wird in ein paar Minuten ansagen, dass wir zur Landung ansetzen.« Er küsste sie innig. »Und ich habe nicht vor, es mit dir zu übereilen.«

Zhang sah ihm lachend in die Augen. »Ja, Herr«, sagte sie, glitt mit der Hand unter die Decke und streichelte kurz sein bereits steifes Glied. »Wir müssen wohl warten.« Sie nahm die Hand fort und rollte aus dem Bett.

In all seiner nackten Pracht sprang er mit einer Geschwindigkeit auf, die sie dem gerade noch so entspannten Raschid nicht zugetraut hätte, und fing sie kurz vor der Tür des kleinen Schlafzimmers ab. »Bist du immer so forsch?«, fragte er über sie gebeugt.

Verschmitzt öffnete sie die Tür hinter sich und verdrückte sich mit einem Lächeln aus dem Raum. »Du solltest mich erst erleben, wenn ich sauer bin.«

»Ich hoffe, das werde ich nie müssen«, sagte er leise und folgte Zhang zu ihren Kleidungsstücken. »Andererseits würde ich die Erfahrung vielleicht genießen.«

»Falls du es überlebst«, neckte sie fröhlich.

Sie lächelten einander an, und während sie ihre Sachen zusammensuchten, verschmolz die Fantasie mit Freundschaft. Wenige Augenblicke später setzte sich Zhang an eines der Fenster und machte sich für die Landung bereit. Die Beleuchtung des Flugplatzes erhellte die dunkle Wüste unter ihnen. »Ich komme mir vor wie ein Teenager, der sich mitten in der Nacht herumtreibt und hofft, dabei nicht erwischt zu werden.«

Raschid nahm neben ihr Platz und schnallte sich ebenfalls an. »Das Wichtigste ist, niemand erfährt, dass du hier bist. Einige würden zu gern …«

Sie nahm seine Hand und drückte sie. »Glaub mir, eine Erklärung ist nicht nötig. Kein Mensch darf je von dem hier erfahren.«

»Morgen Abend muss ich in Nilon sein, unserer Hauptstadt. Wenn wir dich gegen elf ins Flugzeug setzen, solltest du abends wieder auf Isola Santos sein. Ist das okay für dich?«

Wer hätte gedacht, dass beim Paradies die Reiseplanung inklusive ist?

Es war seltsam, den Bereich der Leidenschaft zu verlassen und die Eckpunkte ihrer gemeinsamen Zeit zu definieren, aber gleichzeitig auch irgendwie beruhigend. Sie hatten die Freiheit, ohne echtes Risiko so ehrlich und intensiv zu sein, wie sie wollten. Es gab ihnen die Sicherheit, dass sich nichts ändern würde, obwohl es unheimlich aufregend war.

Die saftig grünen Gärten der Salnyra-Oase schirmten die uralte Festung von der Rauheit der sie umgebenden Wüste ab. Man konnte sich mühelos die luxuriösen Annehmlichkeiten vorstellen, die sie abgekämpften Reisenden einstmals geboten hatte. Hier bekamen sie eine Atempause, die nur durch die irreführende Großzügigkeit eines unterirdischen Flusses ermöglicht wurde, der sein Leben schenkendes Wasser sonst verborgen hielt.

Stolz trug die Festung die Narben der Zeit zur Schau. Abgesehen von der modernen Beleuchtung, die durch die Fenster zu erkennen war, bot sie wahrscheinlich den gleichen Anblick wie in den vergangenen Jahrhunderten. Ein zeitloser Ort. Perfekt, um sich hierher zu flüchten.

Auf dem Flugfeld begrüßte sie ein einzelner Mann in einer langen weißen Robe und einer passenden weißen Kufiya. Raschid gab ein paar knappe Anweisungen auf Arabisch. Der Mann antwortete schnell, verbeugte sich dann und verschwand wieder in Richtung Festung.

Raschid schaute auf Zhang hinab und seine Miene wurde weicher. »Komm, alles ist bereit.«

Aber bin ich es?, dachte Zhang nervös.

Wenn man vorhat, etwas Unerhörtes und Spontanes zu tun, sollte man sich auf keinen Fall die Zeit geben, darüber nachzudenken. *Wir waren bereits intim miteinander. Wovor fürchte ich mich?*

Durch makellose, wenn auch betagte Korridore führte er sie zu zwei verzierten Holztüren. Raschid ließ ihre Hand los, öffnete die Türen, und bei dem Anblick, den seine Bewegung offenbarte, atmete Zhang erschrocken ein.

Von der Mitte der Decke aus waren in jede Richtung Stoffe aufgespannt, die in Kaskaden an den Wänden herabfielen, sodass die Illusion entstand, sie befänden sich in einem üppig ausgestatteten großen Zelt. Auf verstreut aufgestellten kleinen Tischen standen Kerzen und spendeten sanftes Licht. Der gesamte Boden war mit einer schier unfassbaren Menge bunter Kissen bedeckt.

Okay, die Realität übertrifft endlich die Fantasie.

Zhang trat voller Erstaunen ein und bewunderte einen Moment lang die Sorgfalt, mit der diese Szenerie geschaffen worden war. Sie drehte sich zu Raschid und sagte: »Ich kann nicht glauben, dass du das alles für mich arrangiert hast.«

Er stellte sich neben sie und legte ihr besitzergreifend die Hand auf den unteren Rücken. »Du hast doch ganz sicher schon mit wohlhabenden und einflussreichen Männern Zeit verbracht.«

Zhang schaute zu ihm auf. »Ja, aber meistens sind sie so sehr damit beschäftigt, mir ihre Besitztümer zu zeigen, dass sie keinen Sinn dafür haben, was ich brauche.« Dankbar legte sie ihm eine Hand auf die Schulter. »Keiner ist so weit gegangen, mir eine Freude zu machen.«

»Dann warst du mit den falschen Männern zusammen.«

»Mann«, korrigierte Zhang leise.

Raschid lächelte. »Ist es falsch von mir, dass es mich freut, das zu hören?«

Sie erwiderte sein Lächeln. »Ein wenig.«

Er zog sie an sich und rieb selbstvergessen über ihren Rücken. »Kurz bevor wir die Festung betreten haben, ist genau hier eine kleine Sorgenfalte aufgetaucht.« Ganz sacht berührte er die Mitte ihrer Stirn. »Du bist mir nichts schuldig, Zhang. Es ist absolut okay, wenn du es dir anders überlegt hast – die Maschine ist wahrscheinlich schon wieder aufgetankt. Du brauchst nur ein Wort zu sagen.«

Ihr blieb die Luft weg. In dieser Nacht schwang neben der Wildheit noch etwas weitaus Verführerisches mit, und wenn es nicht verleugnet wurde, geriete die Sicherheit ihrer Abmachung in Gefahr. Es gab kein Morgen, nur diese eine Nacht, und sie sagte: »Was für ein enttäuschendes Angebot von einem Herrn an seine Sklavin.«

Er griff sie an beiden Oberarmen und schenkte ihr ein köstliches Lächeln. »Enttäuschend? Tja, mal sehen, was ich dagegen tun kann.«

Zhang schlüpfte wieder in ihre Rolle, drehte energisch den Kopf zur Seite und sagte: »Tu mit meinem Körper, was immer du willst, aber ich werde mich dir niemals unterwerfen.«

Er presste sie an sich und rieb seine schwellende Lust an ihrem sich aufbäumenden Körper. »Was immer ich will. Das hört sich gut an.«

Als er den Kopf senkte, um sie zu küssen, riss sie den ihren herum. Seine Hand legte sich kraftvoll an ihr Kinn und drehte ihr Gesicht zu ihm, zwang sie, zu ihm aufzuschauen. »Öffne deinen Mund für mich, Zhang.«

Obwohl sie überlegte, sich ihm zu widersetzen, öffneten sich ihre Lippen. Sein Mund landete hart auf ihrem, plünderte ihn und nahm sich, was sie eigentlich auch bereitwillig gegeben hätte. Seine Hände wanderten zu ihrem Rücken, und ohne den Kuss zu unterbrechen, öffnete er den Reißverschluss ihres Kleides, schob es ihr über die schmalen Hüften und ließ es zu Boden fallen.

Er richtete sich auf und trat einen Schritt zurück

Noch ganz neben sich von seinem Kuss stand Zhang da und konnte nicht mehr tun, als ihn wortlos anzustarren.

Raschid strich mit einem Finger über ihr Schlüsselbein, dann hinab über die Rundung ihrer Brust und über den flachen Bauch. »Ich hasse es zwar, dich wieder zu verhüllen, aber ich habe dir etwas gekauft.« Er nahm einen rechteckigen Karton von einem der Tische. »Zieh das an«, befahl er und legte ihr die Schachtel in die zitternden Hände.

Zhang stellte sie auf einem Kissenberg ab und hob den Deckel. Knappe königsblau schimmernde Shorts kamen zutage, zusammen mit einem bodenlangen reinweißen Überkleid, das ebenso viel offenbarte, wie es zu bedecken vorgab. Hastig schlüpfte sie in die Shorts, und als sie das Überkleid mit dem einzelnen Knopf schloss, erbebte sie vor Erregung.

Raschid nahm sie bei der Hand und drehte sie vor sich. »Das muss genügen.«

Ihre Reaktion kam augenblicklich und intensiv. *Oh, wenn ich nicht so tun würde, als hätte ich Angst, könntest du dir jetzt richtig was anhören.* Stolz straffte sie ihre Schultern.

Er lachte sie an, nahm sie beim Arm und führte sie zu einem besonders üppigen Kissenhaufen. Dann stellte er ein kleines Radio an und eine sinnliche Melodie erfüllte den Raum. Er machte es sich in den Kissen bequem und verschränkte die Arme vor der Brust. »Tanz für mich.«

Ihr wurde ganz flau. *Das kann er vergessen, Fantasie hin oder her.*

»Nein, ich tanze nicht«, widersprach Zhang.

Erneut stand ihm dieses zufriedene Lächeln im Gesicht. »Willst du damit sagen, dass du noch nie für einen Mann getanzt hast?«

Abwehrend verschränkte sie die Arme vor der Brust. »Ganz richtig, und auch wenn das hier nur ein Spiel ist, gibt es gewisse Dinge, die mir unangenehm sind.«

Er rieb sich selbstvergessen das Kinn. »Es wird mir großen Spaß machen, dir beizubringen, wie man einem Mann Vergnügen bereitet.«

»Du kannst es ja versuchen, aber an der Art, wie ich tanze, gibt es nichts, das so was schaffen könnte.«

Raschid erhob sich und trat vor sie. »Schweig oder du wirst bestraft.«

Zhangs Augenbrauen hoben sich überrascht. »Das war nicht Teil der Abmachung. Welche Art Strafe?«

Einen Wimpernschlag lang behielt Raschid den ernsten Ausdruck bei, brach dann jedoch in Lachen aus. »Keine Ahnung. Für diese Möglichkeit habe ich keine Requisiten bestellt. Okay, jetzt sei so nett und tu wieder verängstigt.«

Einen Moment lang lachte Zhang mit, und das erfüllte sie mit einer Freude, zu der sie sich nie für fähig gehalten hatte. Dann veränderte sie ihren Gesichtsausdruck und versuchte, flehend zu klingen. »Bitte, tu mir nicht weh.«

Nach einem letzten leisen Lachen erwiderte er barsch: »Ich mache mit dir, was ich will! Jetzt ist Schluss mit Reden.« Er ging um sie herum, als inspizierte er eine potenzielle Neuerwerbung. »Alle Frauen können tanzen, genau wie jede Frau einen Orgasmus haben kann – dafür braucht es nichts weiter als den richtigen Partner.« Er küsste ihren Nacken und fuhr fort: »Und wenn du es zulässt, kann Tanzen genauso intim sein.«

Okay, ich bin dabei. Als Zeichen der Unterwerfung ließ sie die Arme sinken.

»Ich habe nichts dagegen, dir das beizubringen, meine entzückende Sklavin. Zwar hast du den Zweck, mir Vergnügen zu bereiten, aber das heißt nicht, dass du dabei nicht auch selbst Vergnügen finden kannst.« Er trat einen Schritt zurück und wies sie an: »Beweg die Teile deines Körpers, auf denen du meine Lippen spüren willst. Verführ mich und ich werde dich gut belohnen.«

Zhang bewegte spielerisch eine Hand, obwohl sie sich dabei zugleich angetörnt und ein wenig lächerlich fühlte. Er hob ihre Hand, küsste ihre Fingerknöchel, strich mit seinen köstlichen Lippen ihre Finger hinauf und wieder hinab, bis er schließlich an der Innenseite ihres Handgelenks knabberte.

Daraufhin hob Zhang beide Arme über den Kopf und schwenkte sie in einer ihrer Meinung nach armseligen Imitation der Bewegungen von Tänzerinnen, die sie in Filmen gesehen hatte. Raschid hob seine Hände zu ihren, hielt sie über ihrem Kopf fest und nahm sich Zeit, eine sinnliche Spur aus Küssen den einen Arm hinab und dann den anderen wieder hinauf zu legen.

Er sah ihr in die Augen und wartete.

Sie wackelte mit einer Schulter. Seine Hände glitten an ihren Armen hinab. Er schob den Kragen des Überkleids beiseite, damit er küssen konnte, womit sie ihn verführt hatte. Zhang legte den Kopf zur Seite und die Bewegung zog seine Lippen zu ihrem Halsansatz. Sie hob das Kinn und seine Mund folgte hingebungsvoll dem neuen Pfad.

Mit einer Drehung vor ihm bewegte sie die andere Schulter. Sofort legten sich seine Hände von hinten um sie, knöpften das Überkleid auf, schoben es von ihren Schultern und ließen es zu Boden fallen. Seine Lippen fanden ihren Weg von ihrem Rücken hinauf zu der Schulter, die sie bewegt hatte. Sie drückte ihren Rücken leicht durch und er streichelte ihr entlang der Wirbelsäule den Rücken hinab und über die Rundung ihres Hinterns.

Zhang drehte sich erneut und hob einen Fuß vom Boden. Raschid sank auf die Knie und nahm ihren Fuß in die Hand. Er setzte Küsse auf den Spann, die Innenseite ihres Knöchels, leckte über die Innenseite ihrer Wade und stellte dann sacht ihren Fuß wieder auf den Boden. Einen Moment lang kostete er den Anblick des letzten verbliebenen Hauchs von einem Kleidungsstück an ihr aus und zog es dann ihre Beine hinab.

Aufs Neue vollkommen entblößt, blieb Zhang unbeweglich stehen. Raschid strich ihr warm über das andere Bein und hob es an. Einen Moment lang dachte Zhang, er würde den anderen Fuß küssen, doch stattdessen legte er sich ihr inzwischen zittriges Bein über die Schulter und sagte: »Jeder gute Tanz verlangt nach dem Einsatz der Hüften.«

O Gott.

Zhang schwang ihre Hüften hin und her und wartete dann.

Raschid legte eine Hand an ihr Hinterteil und brachte Zhang an seinen Mund. Seine Zunge strich über ihre Mitte hinweg und teilte sie. Als er innehielt, bewegte Zhang leicht ihr Becken und wurde mit einer schnelleren Frequenz seiner intimen Streicheleinheiten belohnt. Sie senkte eine Hand und hielt sich an ihm fest, während er sie anheizte und in sie eindrang. Seine Zunge entzog er ihr nur, um ihren pulsierenden Kitzler damit zu umkreisen.

Erneut hielt er inne und instinktiv schob sie sich ihm entgegen.

Er nahm ihr Bein von der Schulter und richtete sich wieder auf.

»Tanz für mich, Zhang. Stell dir auf jedem Körperteil, das du für mich bewegst, meine Lippen vor, und jede Versuchung wird belohnt. Zeig mir mit deinem Körper, was dir gefällt.«

Plötzlich fiel es ihr schwer zu entscheiden, was sie als Erstes bewegen sollte. Sie wollte seine Küsse überall spüren und fing an, sich zu wiegen. Die Musik verlieh ihren Bewegungen einen Rhythmus. Sie bot ihm ihre Arme, ihre Schulter, ihren Rücken dar. Sie streckte die Brust raus und schüttelte ihre kleinen Schmuckstücke mit einem Enthusiasmus, den sie nie in sich vermutet hätte. Der Takt der Musik bewegte ihre Füße,

Verlangen ihre Hüften. Sie drehte sich vor ihm, bot ihm wieder und wieder ihren Hals dar.

Mit einem neckenden Blick über die Schulter schüttelte sie ihren Hintern vor ihm und auf seinem Gesicht breitete sich ein Lächeln aus. Keine Sekunde später befand er sich hinter ihr und seine Lippen erfüllten das Versprechen, das er gegeben hatte. Er legte sie auf die Kissen, um sie besser verwöhnen zu können, doch der Kissenberg gab unter ihnen nach. Sie rollten hinab und blieben ineinander verhakt auf einer weiteren Schicht Kissen liegen. Seine Kleidung verwehrte ihr die Wonne, die ihr die Berührung von Haut auf Haut verschafft hätte.

Zhang setzte sich rücklings auf ihn und rügte: »Du hast viel zu viele Sachen an.«

Er rollte sie unter sich und ließ hastig alles fallen. Als er sich in seiner ganzen Männlichkeit bereit für sie auf sie legte, sagte er: »Hab ich dich nicht gewarnt, was Reden anbelangt?«

Sie nickte.

Geschickt zog er sich ein Kondom über. Dann drückte er ihre Beine weiter auseinander, hob ihr Becken und schob ein Kissen darunter, womit sie perfekt für ihn positioniert lag, um mühelos in sie einzudringen. Was er auch tat, allerdings nur mit der Spitze. Er dippte in sie hinein, zog sich zurück und rieb sich an ihrer pulsierenden Spalte. Als sie dachte, sie könnte es nicht länger aushalten, drang er endlich mit einem forschen Stoß in sie ein und eine himmlische Hitze durchfuhr sie. Doch sofort, als sie begann, sich mit ihm zu bewegen, zog er sich erneut zurück und beinahe hätte sie aufgeschluchzt.

»Wenn du schon sprechen musst, dann nur, um mich zu bitten. Sag mir, was du willst.«

Sein Mund schwebte über ihrem.

Sein Glied schwebte über ihrer mehr als bereiten Mitte.

Begierig umfasste Zhang Raschids Rücken. »Ich will dich in mir. Jetzt sofort.«

Er leckte ihr über die Unterlippe. »Bitte mich darum.« Seine Spitze neckte ihre Spalte.

Ihre Blicke trafen sich und jeglicher Hauch von Stolz oder Verstellung fiel von ihr ab. »Bitte«, flehte sie. »Bitte.«

Er stieß bis zum Anschlag in sie hinein und hielt dabei ihre Hüften fest auf dem Platz. Gerade als sie dachte, nichts könnte besser sein als diese kräftigen Stöße, änderte er ihre Position leicht und traf einen Punkt, der sie ungehemmt den Verstand verlieren ließ.

Die Wellen verebbten, doch das Vergnügen nicht. Mit seinem Glied in ihr rollte Raschid seitwärts und auf den Rücken, sodass sie wieder rittlings auf ihm saß. Mit den Händen an ihren Hüften bestimmte er erst den Takt der Stöße, bis sie ihm Stoß für Stoß entgegenkam. Auf den Knien hockend hatte sie die Freiheit, sowohl ihre eigene Lust zu befriedigen als auch die seine. Sie spürte, wie er kam, und beugte sich vor, um ihn zu küssen, während sie von einer zweiten Welle der Ekstase überrollt wurde.

Zhang sackte auf ihm zusammen. Gerade als sie etwas sagen wollte, legte er ihr einen Finger auf die Lippen. »Nicht reden. Ich habe noch nicht die Energie, um dich wieder zu bestrafen.«

Ihre Lippen verzogen sich zu einem Lächeln und sie nickte.

Beide atmeten immer ruhiger und sie schlief auf ihm liegend ein.

Die nächsten paar Stunden vergingen in einer Mischung aus periodischen Nickerchen, sanften Erkundungen und gemächlicher Befriedigung ihrer Lust. Der Vorwand war vergessen. Sie waren einfach zwei Menschen, die sich eine Auszeit vom Lebensalltag genommen hatten und das Paradies kosteten.

* * *

Ein Klopfen an der Tür holte sie abrupt in die Realität zurück. Raschid sprang auf und zog sich die Smokinghosen an. Er ließ Zhang unter einem Berg Kissen begraben zurück, ging mit nacktem Oberkörper zur Tür, riss sie auf und schnauzte auf Arabisch: »Ich habe gesagt, ich will nicht gestört werden.«

Ein traditionell gekleideter älterer Mann, dessen Namen Raschid immer noch nicht kannte, erwiderte schnell: »Entschuldigen Sie bitte, Eure Hoheit, aber Ihr Vater und Ihr Bruder befinden sich in der Bibliothek und wünschen, Sie zu sprechen.«

Damit zersprang die Fantasiezeit wie ein Glas auf hartem Fliesenboden.

»Richten Sie aus, dass ich in fünf Minuten bei ihnen sein werde.«

»Sehr wohl, Eure Hoheit.« Der Mann verbeugte sich leicht und schloss die Tür.

Raschid drehte sich um und erblickte Zhang, die in eine Stoffbahn eingewickelt mitten im Raum stand. »Raschid?«

»Zieh dich an, Zhang.« Es war sinnlos, sie hinausschmuggeln zu wollen – sein Vater wusste, dass sie hier war. Das war die einzige Erklärung dafür, weshalb er in die Oase gekommen war, obwohl sie bereits abgesprochen hatten, sich später in seinem Palast zu treffen.

Das Personal der Festung musste ihn informiert haben.

Und wieso auch nicht? Ihre Treue schulden sie ja nicht mir.

Zhang trat einen Schritt vor. »Was ist los? Was ist passiert?«

Frustriert fuhr Raschid sie an: »Tu, was ich dir sage! Zieh dich an. Ich komme, so schnell es geht, zurück.«

Zhang musterte sein Gesicht, und anscheinend gefiel ihr nicht, was sie sah. Sie erwiderte: »Ich werde garantiert nicht still und leise hier warten, es sei denn, du sagst mir, was los ist.«

Raschid war zu sehr damit beschäftigt, sich das Hemd in die Hosen zu stecken und seine Schuhe zu finden, um ihr zu antworten. Wenn Ghalil bei seinem Vater war, würde es erst einmal schlimmer werden, bevor es wieder besser werden konnte. Ein schneller Blick in den Spiegel ließ ihn aufstöhnen.

Ich sehe aus, als hätte ich die Nacht damit verbracht ... genau mit dem, was ich getan habe.

Verflucht!

Er versuchte, sein wirres Haar zu bändigen, gab es dann jedoch auf. Es war wichtiger, seinen Vater nicht warten zu lassen.

Ich hätte diese Möglichkeit voraussehen sollen.

Für eine Frau wie Zhang würde sein Vater niemals Verständnis aufbringen. Mit etwas Glück war niemandem ihre Identität bekannt. Je schneller er sie aus dem Land bringen konnte, desto sicherer war es für sie. Instinktiv schnappte er sich einen Schlüssel vom kleinen Tisch bei der Tür.

Sie hatte sich nicht vom Fleck gerührt.

Er stöhnte. »Du musst dich anziehen und bereit sein, von hier zu verschwinden, sobald ich zurückkomme.« Sie öffnete den Mund, um etwas zu erwidern, doch er schnitt ihr das Wort ab. »Mein Vater ist hier.« Mit diesen Worten zog er die Tür hinter sich zu und schloss ab.

Zhang rüttelte prüfend an der Klinke.

Die Tür ratterte noch lauter, als sie es erneut versuchte.

Ein Rums, der wohl von einem verärgerten Schlag mit der offenen Hand gegen die Tür kam, offenbarte, was sie davon hielt, eingeschlossen zu sein. Nicht minder eindeutig waren die chinesischen Flüche, die ihm den Korridor entlang folgten. »Mach die Tür auf, Raschid!«

Ein kleines Lächeln kräuselte seine Lippen. Wie alle Türen dieser Festung war auch diese als letzte Verteidigungsvorrichtung gebaut, hinter der sich eine Familie in Sicherheit bringen konnte, falls die Festung je eingenommen werden sollte – sie dürfte also in der Lage sein, eine zierliche, fuchsteufelswilde Zhang aufzuhalten.

Die Tür ratterte erneut.

Leider hatte er nicht die Zeit, um seine Theorie zu prüfen. Mit zielgerichteter Hast bewegte er sich durch die langen Korridore. Als er die Bibliothek betrat, ging er direkt zu seinem Vater, verbeugte sich leicht in Ehrerbietung und sagte: »Vater.« Trotz der verärgerten Miene seines jüngeren Bruders begrüßte er auch diesen mit Wärme. »Ghalil.«

Der ältere Mann trug einen einfachen, traditionellen weißen Thawb und eine weiße Kufiya mit schwarzem Agal und gab dennoch eine einschüchternde Figur ab. Er sprach leise, aber ein Mann wie Amir brauchte nicht laut zu werden, um sein Missfallen kundzutun. Mit hinter dem Rücken verschränkten Händen sagte er: »Ich habe heute Morgen einen sehr beunruhigenden Anruf erhalten.«

Raschid beugte schuldbewusst den Kopf. »Man hätte dich nicht damit belästigen sollen, Vater. Das ist eine persönliche Angelegenheit.«

»Ich würde sagen, Entführung ist eine Familienangelegenheit«, entgegnete sein Vater ruhig.

»Entführung?« Raschid dachte an das Rollenspiel zurück, das er und Zhang am Abend zuvor vor dem Piloten aufgeführt hatten. *Sind wir dermaßen überzeugend gewesen?* Die Erinnerung rief ein kleines Lächeln hervor und er verbarg es nicht. *Im Ernst jetzt? Deshalb hat das Personal meinen Vater eingeschaltet?* »Ich kann dir versichern …«

Ghalil fiel ihm ins Wort. »Es ist genauso, wie ich es gesagt habe, Vater. Es ist ihm egal, dass uns das alle in Gefahr bringen könnte. Er denkt nur an sich und wie er seinen unmoralischen Lebenswandel befriedigen kann.«

Was denkst du in Wahrheit, Ghalil?, dachte Raschid sarkastisch. Die Haltung seines jüngeren Bruders war keine Überraschung und im Moment auch nicht seine Sorge, sondern das Missfallen im Gesicht seines Vaters. »Nichts davon wird irgendjemanden in Gefahr bringen. Sie ist aus freien Stücken mitgekommen und wird noch heute Vormittag wieder abreisen.«

Ghalil fuhr mit seinem verbalen Angriff fort und stellte sich Stirn an Stirn vor seinem Bruder auf. »Du glaubst doch wohl nicht ernsthaft, dass es uns interessiert, ob es freiwillig war! Ob Opfer oder tugendlose Frau, ist unerheblich. Sie ist hier und der Beweis dafür, dass du nicht würdig bist zu herrschen.«

Heißer Zorn stieg in Raschid auf. Die Hände ballten sich an der Seite zu Fäusten. »Sag über mich, was du willst, Bruder, aber sie wirst du nicht noch mal erwähnen.«

»Ich tue, was ich für …«, fing Ghalil an und holte aggressiv mit der Faust aus.

Raschid hob nicht die Hände, um sich zu verteidigen. Er stand da und hielt den Blick seines Bruders, ohne sich auf ihn einzulassen oder ihm nachzugeben.

»Schluss damit!«, donnerte Amir, bevor es zu einem Schlag kommen konnte. »Beherrsch dich, Ghalil.«

Ghalil ließ die Hand fallen. Der junge Mann wirbelte auf dem Absatz zu seinem Vater herum. »Ich? Er macht seinen Titel zum Gespött und du maßregelst mich?«, fuhr er ihn verärgert an.

Die strengen Linien in Amirs Gesicht vertieften sich. Seine leise ausgesprochenen Worte hielten eine Warnung bereit. »Du vergisst deinen Platz, Sohn – und den von Raschid.«

Für diese Rüge brauchte keiner seiner Söhne eine Übersetzung. Amir rief Ghalil ins Gedächtnis, dass Raschid bald König werden würde. Rote Flecken des Zorns standen dem jüngeren Prinzen im Gesicht. Raschid empfand Mitgefühl für ihn und eine Traurigkeit, weil sich die Kluft zwischen ihnen vergrößerte.

Amir befahl leise: »Setz dich, Ghalil. Diese Unterhaltung ist zwischen Raschid und mir.«

Sichtbar bebend vor Wut folgte Ghalil der Anweisung seines Vaters. Er nahm unweit der beiden und für seinen Bruder gut sichtbar Platz, richtete die Sohlen seiner Füße auf Raschid und sandte so die uralte Beleidigung: *Du stehst im Rang noch unter meinen Füßen.*

Diese Geste machte Raschid nur noch trauriger. Ein Bruder war ein Geschenk. Würde seiner für immer ein wütender Fremder für ihn bleiben? Während er seinen Reichtum angehäuft hatte, war Raschid keine Zeit geblieben, um Ghalil kennenzulernen. Erst jetzt konnte er es sich eingestehen, dass er gehofft hatte, seine Rückkehr würde das ändern.

Raschid schaute seinen Vater wieder an und war überrascht, echte Sorge in seinen Augen zu sehen. »In ein paar Monaten wirst du meinen Titel übernehmen. Für diese Dummheiten haben wir keine Zeit. Du musst die Gunst des Volkes gewinnen, oder du wirst sie dir mit deiner Faust erzwingen müssen. Wenn es sich herumspricht, was du letzte Nacht getan hast, wird es ein Leichtes sein zu behaupten, dass dich die echten Gefahren, die uns durch unsere Nachbarn drohen, nicht kümmern. Man muss dich als jemanden wahrnehmen, der diese Angriffe adressiert, und nicht als jemanden, der mit seinen amerikanischen Freunden Partys feiert und unsere Festungen als Bordelle nutzt. Das Wohlergehen der Familie muss an erster Stelle stehen. Was hast du dir nur dabei gedacht, Raschid?«

Ein Mann wie sein Vater würde nie verstehen, dass es in der letzten Nacht um so viel mehr als nur um Sex gegangen war. Er empfand es als verantwortungslos und selbstsüchtig. Schlimmer noch war: Er hatte recht. *Ich habe meine Bedürfnisse über die Sicherheit derer gestellt, die ich liebe.* Echte Scham senkte sich schwer auf sein Herz. »Ich habe überhaupt nicht gedacht, Vater. Es tut mir leid.«

Sein Vater trat zu ihm und legte ihm die Hand auf den Arm. »Du hast immer getan, was ich von dir verlangt habe. Und du hast es gut gemacht, Sohn. Du wirst auch das hier meistern, aber es wird nicht leicht werden.« Er senkte die Hand und fuhr fort: »Bring diese Frau sofort außer Landes, und zu niemandem ein Wort davon.«

Ich bin nicht die Schwachstelle hier. Raschid schaute über die Schulter hinweg zu seinem Bruder, der sich als Reaktion auf die unausgesprochene Verdächtigung erhob und höhnte: »Anders als du, Raschid, würde ich nie etwas tun, das Najriad in Gefahr bringen könnte. Ich werde den Mund halten, weil es das Beste für unser Volk und für unsere Familie ist, nicht deinetwegen.«

Gehöre ich nicht zur Familie?, dachte Raschid traurig, sagte jedoch nichts.

Ein Klopfen an der Tür unterbrach seine Gedanken. Der ältere Diener trat ein, verbeugte sich leicht und richtete das Wort an den Mann, dem seine Loyalität galt. »Ich bitte tausend Mal um Vergebung, Eure Majestät, aber der königliche Berater ist soeben gelandet. Ich dachte, das sollten Sie wissen.«

König Amirs Augenbrauen zogen sich fragend zusammen, aber er sagte einfach nur: »Bringen Sie ihn zu mir.«

»Wie Sie wünschen, Eure Majestät.«

Basir? Hier? Und Vater wusste nicht, dass er kommt?

Das bedeutet nichts Gutes.

Der königliche Berater rauschte, bekleidet mit goldbesticktem blauem Thawb und Kufiya, in die Bibliothek. Sein weißer Bart und die wettergegerbte Haut waren Beweis für die langen Jahre, die er treu ergeben der Familie Hantan gedient hatte. Falls Raschid erfolgreich zur Königswürde aufstieg, wäre er die dritte Generation, die auf den weisen Rat dieses Mannes vertraute.

Basir verbeugte sich vor seinem König und sagte: »Ich komme mit einer höchst wichtigen Angelegenheit.«

Amir begrüßte den Mann mit einer vertrauten Umarmung. »Was ist passiert, Basir?«

Der ältere Herr hielt die englische Ausgabe einer internationalen Zeitung hoch und antwortete: »Seit dieses Foto heute Morgen in den Nachrichten aufgetaucht ist, hat das Telefon nicht mehr stillgestanden.« Amir betrachtete einen Moment lang die Zeitung und reichte sie dann Raschid.

Darauf war in der ganzen Grandiosität einer Titelseite ein Foto von ihm abgedruckt, wie er mit der zappelnden Zhang über der Schulter die Stufen hinauf in seinen Privatjet ging. Die Schlagzeile lautete: »Najriads Kronprinz entführt chinesische Milliardärin von Corisi-Hochzeit. China verlangt sofortige Freilassung.«

Raschid überflog den Artikel voller Lügen gewisser »Quellen«. Doch die Echtheit des Fotos konnte nicht abgestritten werden. *Scheiße.*

Ghalil warf über Raschids Arm hinweg einen Blick auf die Zeitung und johlte: »Glaubst du immer noch, dass deine Taten niemandem schaden?«

Raschid riss rasch den Kopf zu ihm herum. *Nein, das konnte nicht sein. Das würde er nicht tun. Ja, wir haben unsere Differenzen, aber so tief würde mein Bruder niemals sinken.*

Amir wandte sich an seinen Berater. »Haben Sie mit dem chinesischen Außenminister gesprochen?«

Basir nickte. »Und mit dem chinesischen Botschafter – zweimal heute Morgen. Sie sind außer sich, aber genau genommen geht es nicht in erster Linie darum, sie zurückzubekommen.«

Amir nickte verstehend.

»Was wollen sie dann?«, wollte Raschid wissen.

Der ältere Herr drehte sich zu ihm. »Sie möchten sehen, dass man Sie öffentlich und schwer bestraft, oder …«

»Oder« muss einfach besser sein.

»Oder sie möchten Sie beide sofort verheiratet sehen.«

Raschid wankte leicht. *Nicht das »oder«, das ich mir erhofft hatte.*

Amir richtete sich auf und donnerte: »Mein Sohn wird keinesfalls irgendein Flittchen heiraten, um China zu besänftigen! Wenn jemand Bestrafung verdient hat, dann sie. Ganz offensichtlich hat sie die ganze Sache eingefädelt. Wie sonst sollte die Presse an ein derart perfektes Beweisfoto für diese Torheit gekommen sein? Sagen Sie den Reportern, dass die Frau freiwillig mitgegangen ist und dass es für meinen Sohn keine Strafe geben wird. Soll sie sich doch mit den Konsequenzen ihrer Taten auseinandersetzen.«

Basir wandt ein: »Der Minister wird nicht glücklich sein.«

»Niemand ist glücklich über diese Sache, aber sie ist hiermit erledigt. Ich werde kein Wort mehr über diese Dummheit verlieren«, erwiderte der König, ging zum Fenster und schaute hinaus. Auf diese Weise entließ er wortlos alle, die hinter ihm standen.

Doch Raschid trat einen Schritt vor. »Vater, ich kann nicht zulassen, dass du das tust.«

Sein Vater drehte sich langsam um und erwiderte mit strengem Ausdruck: »Es ist erledigt, Raschid.«

Raschid trat an die Seite seines Vaters. »Nein, Vater, ist es nicht.«

Amir musterte Raschid einen Augenblick lang. »Diese Frau ist dir wichtig genug, um mir zu widersprechen, Sohn?«

Raschid wandte den Blick nicht ab. »Vater, ich möchte dir mit dem größten Respekt sagen, dass ich mich deinem Plan nicht anschließen kann. Sie hat es nicht verdient, auf diese Weise behandelt zu werden.« Mit jedem Wort wurde er entschlossener. »Ich habe ihr das Versprechen gegeben, dass unsere gemeinsame Zeit keine Folgen für sie haben würde.«

Amirs weise alte Augen verengten sich unmerklich bei der unerwarteten Härte in der Stimme seines Sohnes. »Du bist willens, diese Frau zu heiraten? Ihre Ehre ist dir deine Freiheit wert?«

Ein Bild von Zhang, wie sie an seine Seite gekuschelt voller Vertrauen und etwas verlegen zu ihm hinauflächelte, machte ihm die Antwort einfach. »Ja«, sagte Raschid voller Überzeugung und ohne zu zögern.

Ghalil warf ein: »Du glaubst, wenn du sie heiratest, wird der Skandal einfach so verschwinden? So leicht ist das nicht.«

Basir argumentierte gegen die Aussage des jungen Prinzen. »Vielleicht doch. Ganz besonders, wenn wir niemandem verraten, dass sie aus freien Stücken gekommen ist.«

Alle drei schauten den alten Berater überrascht an.

Er erklärte: »Raschid, Sie sind geschäftlich sehr erfolgreich, aber die Leute fragen sich, ob Sie auch das Zeug haben, unseren Feinden die Stirn zu bieten. Das wäre ein verwegener Schachzug, und gegen China nicht klein beizugeben, wird viele beeindrucken. Bei einer Hochzeit haben Sie eine Frau gesehen. Sie haben sie sich genommen. Nach unserer uralten Tradition haben Sie kein Gesetz gebrochen, solange sie einwilligt, Sie innerhalb einer Woche zu heiraten. Man wird sie jedoch getrennt von Ihnen befragen müssen, und wir brauchen ihre Aussage, dass sie der Hochzeit aus freiem Willen zustimmt. Wenn Sie sie überzeugen können, das zu tun, könnte sich die Lage zu unseren Gunsten entwickeln.«

»Und wie soll ihm das öffentliche Anerkennung einbringen?«, fragte Ghalil empört.

Der Berater lächelte. »Sie sind jung, Ghalil. Sie wissen nicht, wie schwer es ist, das Herz einer unwilligen Frau zu gewinnen.«

Ehe. Das war nicht gerade das, wofür er sich selbst als bereit einschätzte, aber er würde es tun – für die Familie, für sein Land, für Zhang.

Raschid straffte die Schultern und sagte selbstsicher: »Setzt die Hochzeit für Samstag an. Sie wird einwilligen.«

Sein Vater rieb sich nachdenklich den kurzen Bart. »Ich wünsche, diese Frau zu treffen, die meine Schwiegertochter werden soll, denn sie hat in meinem Sohn ein Feuer entfacht, von dem ich nicht sicher war, dass es sich jemals entzünden würde. Bringt sie zu mir.«

Raschid schwoll stolz die Brust, auch wenn er jetzt bei seinem Vater Zeit schinden musste. »Gib mir zuerst ein paar Minuten mit ihr alleine, Vater. Sie braucht wahrscheinlich etwas Zeit, um sich mit der Idee anzufreunden.«

KAPITEL 6

Zerknittertes Brautjungfernkleid oder zusammengeknülltes Sexsklavin-Haremskostüm? Tolle Auswahl.

Zhang konnte fast hören, wie das Universum lachte, hob das hautenge dunkelgraue Kleid vom Boden auf und zog es wieder an.

Oh, na super, meine Unterwäsche liegt noch im Flugzeug.
Großartig.

Sie schlüpfte in ihre High Heels und verspürte das dringende Bedürfnis, sich die Haare zu bürsten. *Make-up wäre nett, aber mal ehrlich, wer denkt noch an Wimperntusche, wenn man bei jeder kleinen Brise unten herum an den Leichtsinn der letzten Nacht erinnert wird?*

Zhang durchquerte die Suite zum Badezimmer und ließ sich den überstürzten Ablauf des Morgens durch den Kopf gehen. Irgendwie hatte Raschids Vater herausgefunden, dass sie hier war, und diese Neuigkeit schien ihn nicht eben zu erfreuen.

Also hat er mich eingeschlossen.
Und daran könnte ich etwas ändern, wenn ich …
Ach, ja, mein Handy habe ich gestern bei der Feier Lil gegeben.
Dieser Tag wird einfach immer besser.

Zhang wirbelte herum, als sie das Geräusch eines Schlüssels im Schloss vernahm, blieb abrupt stehen und starrte den Mann an, der hereinkam. Angefangen von der weißen Kufiya auf dem Kopf bis zum langen weißen Thawb, dessen Saum ihm bis zu den Füßen reichte, sah Raschid wie das Abbild des arabischen Prinzen aus, den sie sich in ihrer Fantasie vorgestellt hatte. Doch nichts an seinem Ausdruck ließ vermuten, dass er gekommen war, um ihr Spiel fortzusetzen. In der Hand hielt er einen großen rechteckigen Karton.

Hoffentlich liegt seiner Entschuldigung ein Slip bei.

Raschid stellte den Karton auf dem kleinen Tisch neben der Tür ab und kam dann auf sie zu. Sie hielt die Luft an. Nur wenige Zentimeter von ihr entfernt blieb er stehen und sagte: »Zhang, die Dinge stehen jetzt anders.«

Sie konnte sich nicht bremsen und erwiderte: »Ja, absolut. Du hast mich eingeschlossen.« Erneut sauer darüber, funkelte sie ihn an. »Weißt du was? Die ganze Sache mit dem Wunsch, die Kontrolle mal abzugeben, war vorbei, als wir heute Morgen aufgewacht sind. Ich hoffe, der Jet ist startklar, denn ich verschwinde jetzt von hier –sofort.«

»Nein«, widersprach er und schüttelte leicht den Kopf. »Wirst du nicht.«

»Doch, werde ich«, entgegnete Zhang mit fester Stimme und stellte sich leicht breitbeinig auf. »Wir haben eine Abmachung. Eine Nacht. Ich verschwinde. Kein Mensch wird je davon erfahren. Du hast dem zugestimmt.«

Er streckte die Hand aus, um ihre Wange zu streicheln, doch sie wich ihm wütend aus. »Was wir geplant hatten, ist jetzt bedeutungslos.« Er zeigte ihr die Zeitung, die Basir mitgebracht hatte.

Zhang las die Schlagzeile und vor Schreck gaben ihre Knie nach. Raschid fing sie gerade noch mit einem Griff an ihren Ellbogen auf.

O Gott!

»Was machen wir jetzt?«, fragte sie, ohne nachzudenken. Erst dann wurde ihr bewusst, dass es kein *wir* gab, nur zwei einzelne Menschen, die etwas ungeheuer Dummes miteinander getan haben. Er war ihr nichts schuldig und höchstwahrscheinlich würde er ihr das auch gleich so sagen.

»Wir bereiten uns auf unsere Hochzeit vor«, antwortete er ruhig.

Zhang sank beinahe zu Boden, doch er hielt sie erneut auf den Beinen. »Wie bitte?«, hakte sie nach. »Mir war, als hättest du eben ›unsere Hochzeit‹ gesagt.«

Seine Mundwinkel kräuselten sich zu einem nachsichtigen Lächeln. »Ganz richtig. Ich bin auch nicht gerade glücklich darüber, aber uns wird wohl nichts anderes übrig bleiben.«

Zhang schloss die Augen. *Also was Heiratsanträge angeht, ist seiner komplett durchgefallen.*

»Es muss ja nicht für immer sein«, ergänzte er.

Wow, das macht es sogar noch unwiderstehlicher. Zhang öffnete wieder die Augen und versuchte, sich auf Raschids Worte zu konzentrieren und nicht auf den zunehmenden Gefühlssturm in ihrem Herzen.

»In meinem Land sind Scheidungen zwar verpönt, aber sie kommen vor. Nach einem Jahr können wir uns aufgrund kultureller Differenzen trennen und das wird jeder verstehen«, fuhr er fort.

Zhang riss sich von ihm los und erwiderte: »Ich weiß deinen unglaublich romantischen Antrag zu schätzen, aber leider muss ich ablehnen. Ich kann dich nicht heiraten, Raschid. Ich habe ein Unternehmen zu führen. Und auch wenn das in den Nachrichten vielleicht nicht gut aussehen wird, das geht vorbei und die Leute werden es vergessen. Wir brauchen nichts Drastisches zu tun.«

Strenge Linien furchten Raschids Gesicht. »In diesem Augenblick informiert mein Vater den chinesischen

Außenminister darüber, dass wir am kommenden Wochenende heiraten werden.«

Zhang baute sich mit auf die Hüften gestützten Händen direkt vor ihm auf und entgegnete: »Das ist ein Problem, denn wir werden nicht heiraten.«

Anstatt diesen Punkt auszudiskutieren, ging Raschid zu dem Tisch bei der Tür, holte den Karton und hielt ihn ihr hin. »Mein Vater möchte dich kennenlernen. Ich schlage vor, du trägst das hier.«

Wutentflammt griff Zhang nach dem Karton. »Großartig! Ich freue mich darauf, deinen Vater kennenzulernen, dann kann ich ihm nämlich dasselbe sagen wie dir. Ich werde niemanden heiraten.«

Raschid hob mit einem Finger unter ihrem Kinn ihren Blick und sagte leise: »Davon rate ich dir ab. Das Wort meines Vaters ist Gesetz. Wenn er entscheidet, dich hinzurichten, weil du unsere Familie entehrt hast, könnte nicht mal ich ihn aufhalten. Und falls du glaubst, deine Regierung würde hierherstürmen, um dich zu retten, dann bist du naiver, als ich gedacht hätte.«

Zhang entriss ihm ihr Kinn, hielt aber den Mund. Sie war nicht so dumm, sich mit den Hantans anzulegen, solange sie die Kontrolle über die Situation hatten. Bis sie eine Gelegenheit fand, ihre eigenen Leute zu kontaktieren, würde sie sich fügen können. Die Unterstützung der Regierung war unnötig. Zhang hatte eine eigene kleine Kampftruppe, die für sie durchs Feuer gehen würde. Sie brauchte nichts weiter zu tun, als die zu informieren. Mit gefasstem Gesichtsausdruck sagte Zhang: »Na schön. Ich spiele mit und treffe mich mit deinem Vater. Aber ändern wird das nichts.«

Raschid sah ihr in die Augen und schien noch mehr sagen zu wollen, doch stattdessen verbeugte er sich leicht und ging zur Tür. »Ich werde ihm sagen, dass du in dreißig Minuten kommst.«

Zhang nickte einmal. Als sie sah, wie er den Schlüssel aus der Tasche holte, lief sie zur Tür los, um ihn daran zu hindern, sie erneut einzuschließen. Doch sie kam zu spät. Wütend warf sie den Karton ans Holz und rief: »Nicht mal in meiner Fantasie hast du mich eingeschlossen!«

Ihre Stimmung wurde nicht gerade besser, als sie ihn von der anderen Seite her auch noch lachen hörte.

Oh, dafür wird er teuer bezahlen!

KAPITEL 7

Sie sträubte sich dagegen, dass ihr das Kleid gefiel, doch die Einfachheit der mit den goldenen Blättern verzierten langärmeligen Robe unter einem transparenten blauen Überkleid war umwerfend – feminin, ohne provokant zu sein. Die goldenen Ballerinas mit kantiger Spitze von Jimmy Choo waren ein willkommenes Accessoire. Zwar hätte sie behauptet, sie würde sich in einer einfachen schwarzen Hose wohler fühlen, aber insgeheim gestand sie sich ein, dass sie sich in diesen zarten Schichten teurer Stoffe schön fühlte.

All das plus Unterwäsche.

Mehr kann eine Frau nicht verlangen, oder?

Also hatte Raschid sogar an ein Outfit für ihre Rückreise am Morgen danach gedacht? Die Vorstellung fand sie peinlich und rührend zugleich.

Zhang hörte den Schlüssel im Schloss und wandte ihrem Spiegelbild den Rücken zu. Als sie sah, dass der Mann an der Tür nicht Rashid war, durchströmte sie ein Gefühl, das sie schnellstmöglich abtat. Es war ein großer dünner Mann Ende sechzig in einem beigefarbenen Thawb. »Bitte folgen Sie mir«, sagte er kühl.

Als sie den Korridor entlanggingen, fragte Zhang: »Wie heißen Sie?«

»Abdal«, antwortete er einsilbig.

Zhang hielt mit seinem flotten Tempo Schritt. »Arbeiten Sie schon lange hier?«

»Ich bin hier geboren«, sagte er einfach.

»Hier in der Festung?«, fragte sie überrascht.

»Ja, mein Vater war vor mir der Hauswart.«

Leichte Konversation fiel Zhang eher schwer, doch wenn es eine Chance gab, dadurch das Vertrauen des Bediensteten zu gewinnen, konnte sie ihm durchaus Interesse an einer alten Festung vorgaukeln. »Einige Bereiche wirken ziemlich modern.« Vielleicht modern genug, um ein Telefon zu haben – doch sie war schlau genug, jetzt noch nicht danach zu fragen.

»Sie ist seit Hunderten von Jahren im Besitz der Familie Hantan, und jede Generation hat sich mit großer Umsicht darum gekümmert.«

Den Beweis für die Aussage des Bediensteten konnte Zhang überall sehen. Der Marmorboden des Korridors war sorgfältig in geometrischen Mustern verlegt worden. Jeder Zentimeter davon war intakt und glänzte, als wäre er erst kürzlich poliert worden. Die dicken Mauern der Festung waren so gut wie fensterlos. Als sie den zentralen Bereich der Burg erreichten, kühlte die Temperatur auf ein angenehmes Niveau ab. Zhang verspürte eine kühle Brise und kommentierte sie. Der Diener erklärte ihr, dass der Windturm nach wie vor voll funktionsfähig sei und dass die althergebrachten Methoden immer noch die besten seien, vor allem, wenn man in der Wüste lebt.

Er öffnete beide Flügel einer großen hölzernen Tür und zog sich mit einer Verbeugung zurück. Als Zhang den Raum betrat, erhoben sich drei Männer. Raschids Ähnlichkeit mit seinem Vater fiel Zhang sofort ins Auge. Die gleichen dunklen, ernsten Augen. Die gleiche stolze Nase. Raschid war etwas größer, aber davon abgesehen gab es keinerlei Zweifel an seiner Abstammung. Der dritte Mann schien etwa zwanzig Jahre alt zu sein. Seine Statur ähnelte der seines Vaters, doch in seinen Augen brannte ein zorniges Feuer, was es schwer machte, sein ansonsten gut aussehendes Gesicht auch als solches wahrzunehmen.

»Komm, mein Kind, und setz dich zu uns«, sagte der König in einer Mischung aus Einladung und Befehl.

Zhang setzte sich in Bewegung und weigerte sich, Raschid anzusehen. Wenn die beiden dachten, sie könnten sie einschüchtern, hatten sie sich aber mächtig geirrt. Sie war nicht so weit gekommen, weil sie klein beigegeben oder Gefühlsausbrüchen nachgegeben hatte. Sie würde mit ihnen essen und sie sagen lassen, was sie zu sagen hatten. Während sie sich entspannten, würde Zhang eine Schwachstelle oder eine Chance zur Flucht entdecken.

Geduldig zu sein, ist eine Strategie für sich.

»Du darfst neben deinem Zukünftigen Platz nehmen«, sagte Amir.

Von einer gehobenen Augenbraue abgesehen, behielt Zhang ihre Meinung über seine Wortwahl für sich. *Der Zukünftige kann mich mal!*

Raschid zog einen Stuhl für sie zurück. Zhang biss die Zähne zusammen, würdigte ihn aber nach wie vor keines Blickes. Das würde nur ihre wütende Zunge lösen. Stattdessen sah sie seinen Vater kurz und höflich an und senkte dann den Blick respektvoll auf den Tisch vor sich.

Der König sagte: »Raschid hat mir berichtet, dass du ein erfolgreiches Immobilienunternehmen in China führst.«

Erneut schaute Zhang den älteren Mann an und nickte einfach nur. Je weniger sie sagte, desto besser. Hier ging es nicht darum, sie für sich einzunehmen oder etwas klarzustellen, es ging darum, den richtigen Augenblick abzuwarten.

»Außerdem hast du einen Teil deines Vermögens im internationalen Gewürzhandel gemacht.«

Zhang nickte erneut.

»Es wird dir nicht leichtfallen, all das hinter dir zu lassen, möchte ich meinen.« Während er das sagte, musterte er aufmerksam ihren Gesichtsausdruck.

Zhang gefiel es nicht, dass in seiner Stimme ein Hauch von Besorgnis mitschwang.

Ich werde garantiert nichts hinter mir lassen!, wollte sie brüllen, lächelte jedoch stattdessen leicht. *Sobald ich ein Handy in die Finger bekomme, sitze ich im ersten Flugzeug hier raus.*

Raschid nahm verborgen unterm Tisch ihre Hand. Sie riss sich los und setzte sich aufrechter. Sie brauchte keinen Beistand von ihm – oder was auch immer er dachte, was seine Berührung ihr geben würde. Sowohl sich selbst als auch die Situation hatte sie vollkommen im Griff.

»Ich habe deine Eltern informiert und ihnen versichert, dass es dir gut geht«, sagte der König.

Zhang blieb kurz die Luft weg. *Das haben sie sicher ganz wunderbar aufgenommen.*

Er fuhr fort. »Natürlich werden sie an der Hochzeit teilnehmen. Ich hoffe, du informierst Raschid, welche Bräuche du an diesem Tag gern befolgt sehen möchtest, damit sie sich willkommen fühlen.« Er ermahnte sie sanft. »Das heißt, falls du sprichst.«

Oh, du kannst dir sicher sein, ich hab 'ne Menge zu sagen – nur leider glaube ich nicht, dass das meine Lage verbessern würde.

Durchatmen.

Als Frau kann man Vorteile daraus schlagen, dass die Männer einen oft unterschätzen.

Sollen sie doch von mir denken, was sie wollen. Das hilft mir, am Ende zu gewinnen.

Der König fuhr fort: »Es gibt viel zu tun. Wir reisen heute nach Nilon. Dort wirst du bis zu eurem Hochzeitstag in den Frauenquartieren wohnen. Meine Mutter spricht fließend Englisch, somit ist sie also die beste Wahl, um dir bei den

Vorbereitungen zu helfen. Unabhängig davon, wie die Sache begonnen hat, wirst du am Samstag ein Mitglied unserer Familie, und es wird erwartet, dass du dich entsprechend verhältst.«

Zorn flammte auf und brannte lodernd in Zhang, doch sie behielt ihn für sich.

Es gibt eine Grenze, wie viel ich ertragen kann.

»Zhang ist eine unglaubliche Frau, Vater«, sagte Raschid.

»Du hast dir ohne Frage eine wunderschöne Blume für deinen Garten ausgewählt, Raschid.«

Zhang riss den Kopf zu Raschid herum. Die Frage entglitt ihr, bevor sie sich bremsen konnte. »Garten? Im Sinne von mehr als einer Blume?«

»Ist dir das wichtig?«, fragte Raschid schmunzelnd.

Zhang umklammerte die Hände in ihrem Schoß und zwang sich zu einem süßen Lächeln. »Nicht im Geringsten.«

Der König sagte beruhigend: »Keine Sorge, mein Kind, die erste Frau eines Mannes nimmt in seinem Herzen immer einen besonderen Platz ein.«

Jetzt reicht's!

Zhang erhob sich, legte beide Hände auf den Tisch und stieß wütend aus: »Ich mache mir keine Sorgen, weil es nämlich keine Hochzeit geben wird! Wenn's nach mir ginge, kann Raschid hundert Frauen haben. Tausende. Machen Sie Hochzeitspläne und reden Sie, so viel Sie wollen, aber das wird nie passieren. Sobald ich meine Leute informieren kann, wird es um einiges komplizierter werden, als nur meine Tür abzuschließen. Wenn Sie mich nicht sofort gehen lassen, riskieren Sie ernsthafte Konsequenzen und dann kann ich vielleicht nicht mehr für Ihre Sicherheit garantieren.«

Stille senkte sich über den Raum.

Raschids Vater warf den Kopf in den Nacken und lachte lauthals los. Raschid stimmte ein – und katapultierte Zhangs Blutdruck in vulkanausbruchartige Regionen. Mit zusammengebissenen Zähnen fauchte sie: »Ich freue mich, dass Sie das amüsant finden. Das Lachen wird allen hier vergehen, wenn meine Männer kommen.«

Raschid erhob sich mit noch immer amüsiertem Blick. »Setz dich, Zhang.«

Scheiß auf Geduld!

Sie wirbelte zu ihm herum. »Ich werde dich niemals heiraten! Und mir ist egal, ob dein Vater das Gesetz in diesem Land ist. Ich lasse mich lieber aufknüpfen und öffentlich hinrichten, als euch beiden auch nur fünf Minuten länger zuzuhören.«

Sie marschierte zur Tür und öffnete sie. Eine Wache verstellte ihr den Weg. Der König sagte etwas auf Arabisch zu ihm. Der Mann nickte und wies Zhang an, ihm zu folgen.

Sich entfernend, hörte sie noch, wie Raschid etwas zu seinem Vater sagte, woraufhin beide Männer abermals herzlich lachten.

Auf dem Weg zurück in ihre gut gepolsterte Zelle, zog Zhang die Bilanz, dass diese ganze »Von einem Scheich entführt«-Fantasie völlig überbewertet war.

Niemand warnte einen davor, wie viel Zeit man damit verbringen würde, ihm einfach nur den Hals umdrehen zu wollen.

* * *

Nach Zhangs grandiosem Abgang nahm Raschids Vater wieder Platz und Raschid tat es ihm gleich. Ghalil blieb stehen und sagte: »Sie ist ganz offensichtlich völlig ungeeignet für unsere Familie.«

Raschid versteifte sich. Die Meinung seines Bruders hatte im Vergleich zu der seines Vaters wenig Gewicht.

Amir kratzte sich den kurzen Bart und sagte: »Witzig, ich dachte genau das Gegenteil.« Er lächelte seinen älteren Sohn an.

»Ich kann verstehen, was dir an ihr gefällt, Raschid. Sie hat ein Feuer, das man in nur wenigen Frauen sieht.«

»Bin ich der Einzige, der ihre Drohungen gehört hat?«, warf Ghalil ein.

Raschid verlor die Geduld mit seinem Bruder und fragte: »Hast du Angst vor einer Frau, Ghalil?«

»Diese Frau wird dich wahrscheinlich im Schlaf ermorden«, blaffte der junge Mann.

Raschid verzog abschätzig die Lippen und zeigte eher die Zähne, als dass er lächelte. »Ein Umstand, von dem du profitieren würdest, Bruder.«

»Schluss damit«, sagte Amir zu Raschid. »Spar dir deine Energie für Zhang auf. Vergessen wir vorerst all diesen Nonsens; wir haben dringendere Angelegenheiten zu besprechen. Raschid, wie steht es um deine Pläne, den Hauptsitz von Proximus nach Nilon zu verlegen?«

Raschid schaltete schnell um und antwortete: »Dafür muss ich erst mein flüssiges Kapital erhöhen, aber ich habe Aussicht auf einen potenziellen Deal, der das ermöglicht.«

»Kein Wunder, dass du diese Hure heiraten willst. Jeder weiß, dass sie reich ist«, spottete Ghalil.

Raschid fuhr von seinem Sitz auf und war mit wenigen Schritten bei Ghalil. Ganz leise warnte er: »Weshalb legst du es darauf an, dass ich etwas tue, das ich bereuen werde? Du bist mein Bruder. Ich will nicht dein Blut an meinen Händen haben.«

Bei dieser Drohung stand Ghalil hoch erhobenen Kopfes auf. »Du gehörst hier nicht hin, Raschid. Das weißt du genauso gut wie ich. Und jetzt hast du dir eine Frau ausgesucht, die das Volk niemals akzeptieren wird. Es ist nur eine Frage der Zeit, bis du unsere Familie ernsthaft in Gefahr bringen wirst.«

Raschid warf seinem Vater einen Blick zu, doch die Miene des älteren Herrn verriet keine Regung. Als er seinen Bruder wieder ansah, dämpfte sich seine Wut etwas. Ghalil hielt seine Attacken für gerechtfertigt. Er befand Raschid für unfähig, die Königswürde zu übernehmen, und ein paar seiner Argumente waren stichhaltig. Zhang zu heiraten, war ein riskanter Zug, der die Situation verbessern – oder unendlich verschlechtern konnte. Dennoch war es an der Zeit, die zunehmende Anmaßung seines Bruders anzusprechen. »Es gibt zwei Dinge, die einen Mann frühzeitig ins Grab bringen, Ghalil: Überheblichkeit und sich über die Frau eines anderen Mannes auszulassen. An meinen Knöcheln zu zwicken, wird dir nicht den Titel einbringen, den du verdient zu haben glaubst, sondern eines nicht allzu fernen Tages eine sofortige Zurechtweisung.«

Ghalil hielt Raschids Blick eine Minute lang stand und gab dann wütend nach. Ganz offensichtlich hatte er mehr zu sagen, hielt jedoch den Mund.

Ihr Vater lächelte. »Ach, Raschid, wenn ich dich so sehe, vermisse ich meine jungen Jahre. Geh, zähm deine zukünftige Frau. Du hast weniger als eine Woche Zeit, und ich vermute, du wirst jede einzelne Minute brauchen.«

Raschid erwiderte das Lächeln. »Danke, Vater.«

Er ging zur Tür und Amir fügte hinzu: »Ich kann es kaum erwarten, die Enkelkinder zu sehen, die ihr beiden produziert.«

Den Kommentar nahm Raschid zum Abschied in den Korridor mit.

Enkelkinder.

Dafür wäre eine echte Ehe nötig, aber die war nicht Teil seines Plans.

Nicht wahr?

* * *

Zhang saß neben Raschid auf der Rückbank einer Limousine, die in einer langen Karawane aus Geländewagen eingekeilt war, und beobachtete, wie hinter ihnen das Flugfeld verschwand und vor ihnen Nilon auftauchte. *Gott sei Dank, endlich Zivilisation. Das alles wird bald vorbei sein. Ich hoffe nur, man wirft mich nicht ins Gefängnis für das, was ich auf seine Familie loslassen werde.*

»Wird sich dein Schweigen in unserer Ehe fortsetzen? Ich muss nämlich zugeben, dass ich es ziemlich angenehm finde«, flüsterte Raschid an ihrem Ohr.

Zhang wirbelte zu ihm herum und musste feststellen, dass sie durch diese Bewegung derart nah an seine Lippen kam, dass sie seinen süßen Kuss beinahe schmecken konnte. In Erinnerung daran leckte sie sich über die Lippen und verpasste sich dann wegen dieses Moments der Schwäche innerlich einen Tritt.

Er könnte sich für meine Freiheit einsetzen, aber stattdessen duckt er sich vor seinem Vater.

Er ist meiner nicht würdig.

Das auch nur einen Moment lang zu vergessen, ist gefährlich.

»Das wirst du bereuen, Raschid«, knurrte sie mit zusammengebissenen Zähnen.

Trotz ihrer Wut berührte er ihre Wange und erwiderte: »Zum Teil tue ich das schon. Ich hätte dich nie in Gefahr bringen dürfen.«

»Im Augenblick solltest du dir keine Sorgen um mich machen. Wenn du mir in die Augen siehst, kannst du erkennen, was meine Absichten sind. Ich werde mich nicht zur Ehe zwingen lassen. Vergiss nicht, dass es nichts Gefährlicheres gibt als jemanden, der in die Ecke gedrängt wird.«

Sie erwartete, dass er klein beigeben oder sich der Herausforderung stellen würde, so wie es viele andere getan hätten, doch stattdessen nahm er ihre Hand und hielt sie auf seinem robenbedeckten Bein fest. »Eines Tages wirst du verstehen, dass ich die beste Entscheidung für uns beide getroffen habe.«

Sie zog an ihrer Hand, konnte sich jedoch nicht von ihm befreien. Während sie über ihren nächsten Schritt nachdachte, sagte sie: »Ganz genau. Du hast die Entscheidung getroffen, also wirst du die Konsequenzen tragen.«

Er drehte ihre Handfläche nach oben und rieb nachdenklich mit dem Daumen über ihr Handgelenk, was ihr unwillkommene Schauer über den Rücken sandte. »Hast du es nie satt, ständig zu kämpfen, Zhang?«, fragte er leise.

Doch.

Sie entriss ihm die Hand und fuhr ihn an: »Ich hab noch nicht mal damit angefangen!«

Er lächelte traurig. »Würde es etwas helfen, wenn ich dir sagen würde, dass du dein Unternehmen behalten kannst? Ich werde Vorsorge treffen, um sicherzustellen, dass du es nicht verlierst.«

Ein der Furcht nicht unähnliches Gefühl durchzuckte sie. Was für ein grausamer Zug des Schicksals wäre es, wenn diese eine Nacht sie die ganze Unabhängigkeit kosten würde, die sie sich so hart erkämpft hatte. Vielleicht war es nur eine rudimentäre Angst, die von ihrem einstigen kargen Leben übrig geblieben war, doch ein Teil von ihr hatte sich immer davor gefürchtet, alles genauso schnell zu verlieren, wie sie es aufgebaut hatte. Dennoch hatten nicht einmal die dunkelsten Anfälle von Verunsicherung in der Variante geendet, dass es ihr jemand wegnehmen würde. Einen Augenblick lang fühlte sie sich wieder in die junge Frau zurückversetzt, die ihr Recht auf eine selbstbestimmte Zukunft verteidigt. »Fass mich nicht an und misch dich nicht in mein Geschäft ein. Dazu hast du kein Recht.« In ihren Augen glänzten Tränen der Wut und sie wandte sich ab, um sie zu verbergen.

Er beugte sich zu ihr und flüsterte ihr erneut ins Ohr: »Ein Ehemann hat viele Rechte und eins davon ist Anfassen. Nicht, dass es noch einen Zentimeter an dir gäbe, mit dem ich nicht bereits vertraut wäre.«

Verärgert starrte sie zum Fenster hinaus. »Du wirst nie mein Ehemann sein. Genieß die Erinnerungen, Raschid, denn das ist alles, was du je haben wirst.«

Er lehnte sich in den Sitz zurück und schien sich neben ihr zu entspannen. »Wir werden schon sehen, nicht wahr? Ich glaube, wir haben bereits erste Fortschritte gemacht.«

Sie funkelte ihn finster über die Schulter hinweg an, woraufhin er die Arme vor der Brust verschränkte und sie unverschämt anlächelte. »Zhang, du hasst mich nicht. Du hast Angst, loszulassen und mir zu vertrauen. Damit kann ich was anfangen.«

»Ich habe keine Angst!«, widersprach sie hitzig und drehte sich wieder zu den Hochhäusern, die über ihnen aufragten und die Sonne verstellten. »Garantiert nicht.«

Diesmal hörte sie unverkennbar das Lachen des Universums.

KAPITEL 8

Am nächsten Morgen überlegte sich Raschid in seinen privaten Quartieren, wie er Zhang bezirzen konnte. Im Nachhinein
gesehen war es ein Fehler gewesen, eine mögliche Scheidung
nach einem Jahr zu erwähnen. Frauen brauchen das Gefühl der
Sicherheit.

Konnten sie überhaupt eine echte Ehe führen?

Je mehr er darüber nachdachte, desto optimistischer wurde er.

Zhang verstand ihn wie noch keine Frau vor ihr. Sie war
eine phänomenale Liebhaberin und hatte Sinn für Humor, der
sein Herz erwärmen würde, wenn mit dem Alter das Feuer füreinander abkühlte. Wunderschön, intelligent, kultiviert und
willensstark.

Raschid lächelte.

Auf jeden Fall eine Herausforderung.

*Auf das Vorhaben, eine solche Frau zu zähmen, könnte ein
Mann sein ganzes Leben verwenden.*

Als er sich vorstellte, welche Methoden er einsetzen würde,
bekam er sofort einen Steifen. Die Seidentücher, die er für die
Wüstenfestung geordert hatte, waren ungenutzt geblieben. Er
stellte sich Zhang vor, wie sie damit nackt an sein Bett gefesselt
dalag und er sie gnadenlos erregte, bis sie ihn anflehte, er solle

sie endlich nehmen. In einem Versuch, sich von der rasenden Lust abzulenken, überlegte er bereits, welche kleine Kappe er unter seiner Kopfbedeckung tragen würde, damit sie gut saß. Während er die Kufiya faltete und den schwarzen Ring darüber fixierte, musterte er sich im Spiegel. *Das ist, wer ich bin – wer ich sein muss.* Da ihn die verführerischen Bilder der nackten Zhang daran hinderten, sich zu konzentrieren, schüttelte er sie ab. Ihm blieb weniger als eine Woche Zeit, um sie dazu zu bringen, ihn zu heiraten. Dafür würde er einen klaren Kopf bewahren und strategisch klüger vorgehen müssen.

Anfangen würde er damit, ihr zu versichern, dass sie eine echte Ehe führen würden. Das sollte sie etwas beruhigen. Außerdem könnte er ihr mehr über Najriad und seine Vision dafür erzählen. Vielleicht würde er sie sogar um ihren Rat bitten. Frauen mögen es, wenn ihre Stimme gehört wird. Eine Frau wie Zhang würde auch als Königin etwas brauchen, womit sie – von den Kindern abgesehen – ihre Zeit verbringen konnte. Er warf einen Blick auf den Ordner mit den Hintergrundinformationen über sie, die er von seinem Sicherheitsdienst angefordert hatte – darunter eine Übersicht all ihrer Geschäftsbereiche. Natürlich würde er die Kontrolle über ihr Unternehmen übernehmen, aber sie konnte jederzeit ein nationales Wohltätigkeits- oder Bildungsprojekt starten.

Er wollte, dass sie glücklich war.

Er würde ihr Reichtum ohne Arbeit, einen aristokratischen Titel, Kinder und einen Ehemann geben. Nein, er liebte sie nicht, aber er respektierte sie. Sein starker Sinn für Familie und Pflichterfüllung würde ihn treu sein lassen. Im Gegenzug würde sie sich an die Sitten und Bräuche seines Landes anpassen müssen, aber das war ein kleiner Preis, den sie für ein Leben zahlen musste, das jede Frau liebend gern haben würde.

Ja, ihr anzubieten, sie könnten sich wieder scheiden lassen, war der Fehler gewesen. Diese Vorstellung hatte sie beleidigt.

Eine Frau wie sie verdiente etwas Besseres. Und wenn er ehrlich war, hatte diese eine Nacht mit Zhang ein Verlangen in ihm geweckt, das seiner Meinung nach auch nach einem Jahr Sex mit ihr nicht abebben würde. In der vergangenen Nacht hatte er kaum geschlafen, sondern nur in seinem Bett gelegen und sich nach ihr gesehnt wie nach keiner anderen Frau zuvor. Er wollte ihre Berührung, ihren Kuss, ihren Duft bei sich im Bett.

Als Ehepaar hätten sie den Rest ihres Lebens Zeit, einander zu erkunden.

Er musste nichts weiter tun, als ihr deutlich zu machen, dass sie das Gleiche wollte.

* * *

Es war schon spät am Vormittag und Zhang lief in ihrem neuen goldenen Käfig auf und ab. Wäre das ein Urlaub gewesen, hätte sie vielleicht die Kombination von modernem Luxus und Uraltem in ihrer Suite bewundert. Ihr fiel die Eleganz der cremeweißen Wände auf, die mit goldenen Intarsien und einem reinweißen Deckenabschluss akzentuiert wurden. Obwohl sie es nicht zugeben wollte, hatte sie auf den Bettlaken mit tausendzweihunderter Fadendichte gut geschlafen. Die Einrichtung des Schlaf- und Wohnzimmers hätte den luxuriösesten Hotels Ehre gemacht. Cremefarbene Sofas harmonierten mit knallroten Akzentstücken, was insgesamt einen teuren und femininen Stil kreierte. Sie konnte nur raten, wie es in den übrigen Räumen aussah, die von Frauen bewohnt wurden. Eine Dienerin hatte Zhang erzählt, dass sie einen ganzen Palastflügel einnahmen. Sie war am Abend zuvor in ihre Suite gekommen, um sicherzustellen, dass Zhang alles hatte, was sie brauchte.

Zhangs Räume lagen etwas abseits der anderen Frauengemächer. *Was es weniger wahrscheinlich macht, dass irgendjemand meine Hilferufe hören kann.* Die großen Fenster in der zweiten Etage ließen sich nicht öffnen und das Telefon war entfernt worden. Es war eine wunderschöne Gefängniszelle.

Während sie von einem Zimmer zum anderen streifte, raschelte ihr bodenlanges schiefergraues Gewand mit dem hellrosa Spitzenüberkleid von Erdem und schien leise ihre Bekleidungswahl zu verspotten. Die Robe stellte das absolute Gegenteil zu dem dar, was sie normalerweise trug. Aber sie war noch gemäßigt im Vergleich zu der extrem femininen Kollektion an Outfits, mit der Raschids Personal ihren Kleiderschrank gefüllt hatte. Die meisten Kleider waren mit Gold und Diamanten verziert. Einige hatten Pailletten. Zhang schüttelte sich. *Werft mich meinetwegen in den Palastkerker, aber bitte zwingt mich nicht, etwas mit Pailletten zu tragen.*

Die Dienerin war recht nett gewesen, doch ihre Loyalität zur königlichen Familie hätte nicht deutlicher sein können. Zhangs allgemeine Fragen zum Palast hatte sie noch beantwortet. Aber sowie Zhang nach Details fragte, war ihre Antwort nur ein höfliches Lächeln.

Als die Dienerin den Eindruck machte, als würde sie sich wieder entfernen, fragte Zhang: »Wie heißen Sie?«

»Abida«, antwortete die Frau zurückhaltend, ohne Zhang anzusehen.

»Abida, ich brauche ein Telefon. Bitte, es ist wichtig.«

Die Dienerin lächelte nur.

»Ich werde hier gegen meinen Willen festgehalten. Sie müssen mir helfen«, beschwor Zhang sie eindringlich.

Ein weiteres Lächeln und dann sagte die Frau: »Wenn Sie noch etwas brauchen, nutzen Sie bitte die Gegensprechanlage an der Wand. Sie ist mit meinem Zimmer verbunden.« Abida holte einen Schlüssel hervor.

Der Zimmerschlüssel.

Zhang machte einen Schritt auf sie zu, doch die Frau sagte hastig: »Vor der Tür steht eine Wache. Das Schloss ist nur eine Formalität. Bitte zwingen Sie mich nicht, sie zu rufen.«

Zhang bot ihr etwas an, das ihrer Meinung nach für jeden Bediensteten eine Versuchung war. »Ich bin eine sehr reiche Frau. Wenn Sie mir helfen, werden Sie nie wieder arbeiten müssen. Ich sorge dafür, dass Sie sich im Land Ihrer Wahl niederlassen können. Ich garantiere für Ihre Sicherheit hier und wohin auch immer Sie gehen wollen. Alles, was ich brauche, sind nur fünf Minuten mit einem Telefon, damit ich meine Männer kontaktieren kann.«

Die Frau öffnete die Tür und antwortete entschuldigend: »Najriad ist meine Heimat. Vielleicht lernen Sie auch, es zu lieben.«

»Dafür werde ich nicht lang genug hier sein!«, schwor Zhang.

Die Dienerin verbeugte sich höflich mit einer Kopfbewegung und schloss die Tür hinter sich. Was für eine Frau konnte einfach so weggehen, ohne zu helfen? Bei der Aussicht auf viel Geld hatte sie nicht einmal mit der Wimper gezuckt. Wie auch immer, treues Personal würde Zhangs Plan erschweren, an ein Telefon zu kommen, aber das würde sie nicht aufhalten. Nichts konnte das.

Jedes Sicherheitsteam hat eine Schwäche. Sie bezweifelte, dass man im Palast des Öfteren Frauen gefangen hielt. Höchstwahrscheinlich waren die Wachen geübt darin, Leute nicht in den Palast hineinzulassen, aber weniger darin, sie nicht hinauszulassen.

Diese Schwäche würde sie zu ihrem Vorteil nutzen.

KAPITEL 9

Eine Stunde später erschien Abida. »Prinz Raschid möchte, dass Sie ihm beim Frühstück Gesellschaft leisten.«

Prinz Raschid kann mich mal kreuzweise!, dachte Zhang, lächelte jedoch gezwungen. Wenn sie aus der Suite rauskam, hatte sie bessere Chancen, einen Weg nach draußen zu entdecken. »Ich bin überrascht, dass er die Einladung nicht selbst überbringt.«

»In diesem Flügel sind Männer nicht erlaubt.«

Interessant.

»Und dennoch steht vor meiner Tür ein Mann mit einem Maschinengewehr Wache.«

»Ja«, bestätigte die Frau. »Der Prinz meinte, das sei notwendig.«

Das möchte ich wetten.

»Und der Prinz bekommt, was der Prinz will«, grummelte Zhang, folgte Abida zur Tür hinaus und durch einen langen weißen Korridor.

»Ja«, erwiderte die Dienerin. »Aber er ist auch ein großzügiger Mann. Er möchte, dass Sie sich hier wohlfühlen. Alle wurden angewiesen, dafür zu sorgen, dass Sie sich so sicher und zufrieden wie möglich fühlen.«

Sieh an, das ist doch eine potenziell nützliche Information.

»Ich werde nicht einmal ansatzweise zufrieden sein, solange ich hier gegen meinen Willen festgehalten werde. Können Sie das nicht verstehen?«

Abida blieb ihr die Antwort schuldig. Sie führte Zhang eine Haupttreppe hinab und durch einen weiteren langen Korridor, bis sie endlich vor einer Tür stehen blieb. Sie hob die Hand, um anzuklopfen, sagte zuvor jedoch noch: »In wenigen Tagen heiraten Sie den Prinzen. Wenn er König wird, werden Sie unsere Königin sein. Ich kann mir keine größere Ehre vorstellen.« Sie klopfte einmal sachte an die Tür und öffnete sie. Dahinter befand sich Raschid, er stand neben einem Tisch mit zwei Gedecken. Die Dienerin verbeugte sich und zog sich zurück.

Langsam gewöhnte sich Zhang an seinen Anblick in dem traditionellen arabischen Gewand. Raschid lächelte und reichte ihr die Hand. »Du siehst heute Morgen ganz wundervoll aus.«

Zhang ignorierte seine ausgestreckte Hand. »Spar dir die Komplimente. Ich will Zugang zu einem Telefon – sofort!«

Ohne etwas zu erwidern, lenkte Raschid sie mit der Hand an ihrem unteren Rücken in den Raum hinein. Sie hasste es, dass ihre Haut unter seiner Berührung wärmer wurde und kribbelte. Er zog den Stuhl für sie zurück. Zhang überlegte einen Moment, sich zu weigern, Platz zu nehmen. Doch dann beschloss sie, lieber mit Bedacht zu wählen, welche Schlachten es wert waren, geschlagen zu werden.

»Ich wusste nicht, was du gern zum Frühstück isst, also habe ich den Koch eine Auswahl an Gerichten zubereiten lassen.« Er deutete auf die Teller voller verschiedener Früchte und Brote. Als sie nicht darauf reagierte, fügte er hinzu: »Wenn du möchtest, kann ich dir etwas anderes zubereiten lassen.«

»Ich habe keinen Hunger.« Genau in diesem Moment knurrte ihr Magen, und ihr fiel auf, dass sie seit den intimen Snacks, die sie in der Wüstenfestung gemeinsam genossen hatten, nichts mehr gegessen hatte.

Er setzte sich ihr gegenüber hin. »Wie du willst«, erwiderte er, nahm sich ein saftiges Stück Melone und biss herzhaft hinein. »Ich bin am Verhungern.«

Ihr Magen beschwerte sich erneut, diesmal lauter.

Raschid belud einen kleinen Teller mit Obst und kuchenartigem Brot und stellte ihn vor Zhang auf den Tisch. »Wenn du etwas isst, wird mich das nicht daran zweifeln lassen, dass du unglaublich sauer auf mich bist.«

Zhang probierte ein Stück Gebäck. Es zerschmolz förmlich im Mund, auch wenn es ganz sicher nur so köstlich schmeckte, weil sie Hunger hatte. Raschid hatte recht – nicht zu essen würde überhaupt nichts beweisen. Sie nahm einen weiteren himmlischen Bissen.

»Kaffee?«

»Ja, bitte«, antwortete sie und staunte über diesen lächerlich höflichen Wortwechsel. Ihre Mutter würde angesichts ihrer Getränkewahl zusammenzucken. Aber Kaffee war belebend und ein Teil der anderen Kultur, in der Zhang ihr halbes Leben verbracht hatte. Um auf internationaler Ebene erfolgreich zu sein, musste sie sich in der westlichen Welt ebenso zu Hause fühlen wie in der östlichen. Und das tat sie, obwohl sie manchmal das Gefühl hatte, es kostete sie genauso viel, wie es ihr einbrachte.

Raschid goss ihr eine Tasse ein und deutete auf Sahne und Zucker. Sie fragte sich, wo das Personal war, und kam dann zu dem Schluss, dass er es wahrscheinlich fortgeschickt hatte. Man wollte ja nicht, dass die Dienerschaft wusste, wie sehr die Braut von hier wegwollte. Andererseits war sie nach ihrer Begegnung mit Abida nicht so sicher, ob das überhaupt jemanden interessieren würde.

Raschid nahm wieder Platz und sagte: »Ich habe gestern einen Fehler gemacht.«

Zhang hob ruckartig den Blick zu ihm. »Ja, das hast du.«

»Ich verstehe, warum du aufgebracht bist.«

Hoffnung erfüllte Zhang. *Besser spät als nie.*

Er sagte: »Keine Frau will einen Mann heiraten, der davon spricht, sich nach einem Jahr von ihr scheiden lassen zu wollen. Dein Unmut ist berechtigt. Du hast etwas Besseres verdient. Momentan gibt es keine andere Frau in meinem Leben. Es gibt also keinen Grund, weshalb unsere Ehe nicht echt sein kann.«

Zhang keuchte auf und verschluckte sich an einem Krümel. Das Essen in ihrem Hals ließ sie immer wieder husten. Sie trank einen Schluck Kaffee, und ihr fiel zu spät auf, dass er ohne Sahne kochend heiß war.

Raschid reichte ihr ein Glas Wasser.

Wütend nahm sie es an und trank schnell einen großen Schluck. Während sie wieder zu Luft kam, legte sie sich die Worte zurecht, mit denen sie ihren Prinzen aus seinem Fiebertraum holen würde.

Er nahm ihre Hand. »Ich werde mich für dich um dein Immobiliengeschäft kümmern. Du wirst all den Luxus haben, den du gewohnt bist, jedoch vollkommen sorgenfrei. Du wirst endlich das Zuhause haben, nach dem du gesucht hast. Hier, bei mir.«

Zhang stand auf und entzog ihm ihre Hand. »Du glaubst, ich bin aufgebracht, weil ich nicht für immer hierbleiben kann? Du arroganter Arsch! Unsere Ehe kann keine echte werden, weil es keine Hochzeit geben wird!« Sie atmete schwer, derart außer sich war sie.

Er ging um den Tisch zu ihr, legte ihr die Hände um die Taille und zog sie eng an sich. »Meine stolze kleine Zhang, ich kann dir alles geben, was du schon immer haben wolltest.«

Sein Glied schwoll zwischen ihnen an, was ihr einen unwillkommenen Schauer über den Rücken sandte. »Wenn du befürchtest, dass das lediglich aus politischen Gründen geschieht, dann lass mich dir versichern, dass ich dich heiraten möchte.«

Zhang wehrte sich und wollte sich befreien, doch er hielt sie an Ort und Stelle. Je mehr sie sich wehrte, desto erregter wurde er. Trotz aller Wut auf ihn und die Situation wurde ihr eigener Körper zum Verräter, indem er sich an den seinen schmiegte und vor Lust auf ihn feucht wurde. *Die Fantasie ist vorbei!*, ermahnte sie sich wütend selbst. Scharf auf ihn zu sein, würde ihm nur die Macht über sie geben, die er haben wollte. »Nimm deine Hände von mir weg.« Sie machte ihr Knie bereit und ihre Absichten klar.

Er hob sie hoch und entzog sich des Risikos ihrer Drohung. Mühelos hielt er sie mit einem Arm fest, während seine andere Hand zur Vorderseite des Kleides glitt. Er rieb mit dem Daumen über ihr Mieder, fand sogleich den Beweis für ihr Verlangen nach ihm und erhöhte es noch. »Hast du Angst, dass du nicht meine einzige Frau sein wirst? Glaub mir, du bist alles, was ich je haben will.« Er kuschelte seine Nase an ihren Hals. »Mit uns könnte es gut funktionieren, Zhang.«

Nein!, schrie ihr Verstand. Statt sich körperlich gegen ihn zu wehren, zwang sie sich, stillzuhalten und dafür die Schläge mit Worten auszuteilen. »Du bist vollkommen irre, wenn du glaubst, dass das meine Meinung ändern wird.«

Seine Hand legte sich auf eine ihrer Brüste. »Du wirst meine Frau, Zhang.« Sein Mund senkte sich auf ihren.

Ja.

Nein.

Wie konnte es so reizvoll sein, sich auf etwas derart Abstruses einzulassen?

Seine Lippen eroberten ihre und verlangten hungrig ihre Unterwerfung – eine Unterwerfung, die Zhang ihm verweigern wollte, doch ihre Lippen öffneten sich und ihre Zunge begegnete begierig der seinen. Sein Kuss wurde weicher und die Eroberung verspielter. Ihre Zungen umtanzten einander, neckten einander.

Er beendete den Kuss und lehnte seine Stirn an ihre. »Sag einfach Ja, Zhang«, bat er mit rauer Stimme.

Sie atmete selbst angestrengt, blickte jedoch finster zu ihm auf. »Niemals.«

»Je mehr du dich widersetzt, desto süßer wird unsere Hochzeitsnacht werden«, raunte er ihr ins Ohr. »Willst du das damit erreichen? Setzen wir deine Fantasie fort?«

Zhang stemmte sich gegen seine Brust. »Das kannst du doch nicht ernst meinen! Das Spiel war in dem Moment aus, als du mich eingeschlossen hast.« Ihre Hände verharrten an seiner Brust, und sie versuchte, ihn zu Verstand zu bringen. »Tu das nicht. Mit der schlechten Presse komme ich schon klar. Ich werde sogar alles mir Mögliche tun, um dir zu helfen, es hier wieder geradezubiegen. So bist du doch gar nicht, Raschid. Du weißt, dass du mich gehen lassen musst.«

Er setzte sie wieder ab, hielt sie jedoch weiter an der Taille fest. Die Linien in seinem Gesicht vertieften sich. »Du irrst dich, Zhang. Das ist ganz genau, wie ich bin.« Sein Ausdruck wurde milder und er fuhr fort: »Du könntest hier glücklich werden, wenn du es dir nur gestatten würdest.«

Sie hob abwehrend ihr Kinn. »Ich will nicht, dass jemand verletzt wird, aber dazu wird es kommen, wenn du das weiterverfolgst«, drohte sie ihm.

Er zog den Stuhl für sie zurück, damit sie sich wieder setzte, und murmelte: »Du bist so schön.«

Zhang erstarrte schockiert. *Das kann doch wohl nicht wahr sein! Hat er mir eben indirekt gesagt, ich sehe schön aus, wenn ich wütend bin? Wann hat sich mein Leben in einen derart kitschigen Liebesroman verwandelt?!* Sie ballte die Hände zu Fäusten. »Wenn du glaubst, mich mit einem Kompliment ins Wanken bringen zu können, hast du ganz eindeutig vergessen, mit wem du es hier zu tun hast. Mir ist völlig egal, ob du mich attraktiv findest, ich will einfach nur weg von hier.«

Seine Hand strich leicht über ihren angespannten Arm. »Kleine Lügnerin. Je wütender du dich aufspielst, desto mehr will ich dir beweisen, wie wenig davon echt ist. Wenn du nicht willst, dass ich dich gleich hier auf dem Tisch nehme, schlage ich vor, dass du dich beruhigst.«

Sie schüttelte den Kopf. Blitzaufnahmen davon, wie sie hitzig die Teller beiseiteschoben und einander die Kleider vom Leib rissen, trieben ihr die Röte in die Wangen, und einen Moment lang weigerte sie sich, Raschid anzusehen. Ein Teil von ihr wollte ihn zu der Tat treiben, die er ihr gerade androhte. Es war sinnlos, sich etwas anderes weismachen zu wollen. Frustriert las sie ihren Lenden die Leviten.

Hört auf, so zu tun, als wäre er der letzte Mann auf Erden.

Euch ging es auch ohne ihn ausgezeichnet.

Wir brauchen ihn nicht.

Mein Gott, jetzt rede ich schon mit meinen Genitalien.

Na ja, ich schätze, ich muss mir erst Sorgen machen, wenn sie mir antworten ...

Angesichts der Irrsinnigkeit ihres inneren Dialogs musste Zhang beinahe leise lachen.

»Zhang?«

Raschids Frage ließ sie zu ihm aufsehen. Widerstrebend erwiderte sie seinen Blick und versuchte ohne Erfolg, ihn finster anzufunkeln.

»Setz dich«, sagte er und schenkte ihr dann ein vernichtend sexy Lächeln, als würde er ganz genau wissen, welche Debatte gerade in ihr tobte.

Zhang lächelte nicht zurück und machte keine Anstalten, seiner Anweisung zu folgen. »Ich möchte jetzt auf mein Zimmer zurück«, sagte sie und ergänzte: »Allein.«

»Natürlich«, antwortete er und ging zur Tür, um die Wache zu instruieren, die sie zurückbegleiten sollte. Als sie an ihm vorbeiging, sagte er leise: »Keine Sorge, Zhang, es wird noch andere Tische geben.«

Sie biss die Zähne zusammen und folgte der Wache hinaus, ohne Raschid die Genugtuung zu geben, dass seine Spöttelei ihr erneut die Röte in die Wangen getrieben hatte.

Als sie sich wieder eingeschlossen hinter der großen hölzernen Flügeltür ihres Zimmers befand, zog Zhang das Spitzenkleid aus und warf es aufgebracht zu Boden, als würde diese Handlung die letzte halbe Stunde auslöschen können.

Ich bleibe auf keinen Fall hier.

Kein Mann – nicht mal dieser hier – ist mehr wert als meine Freiheit.

In dem zimmergroßen begehbaren Kleiderschrank wählte sie eine lange grüne Baumwollkurta im indischen Stil mit passenden Pantoletten aus und stellte sich vor den großen Kleiderspiegel. Der hohe Kragen der Kurta bedeckte ihren Hals und die langen Ärmel ihre Arme, dennoch war der Stil ausgeprägt feminin und sinnlich.

Hab ich mir wirklich eingebildet, dass ich in einem neuen Outfit nicht mehr bei jedem Gedanken an Raschid gleich Herzklopfen bekommen würde? Wahrscheinlich könnte nicht mal Tarnkleidung die Erregung in meinen Augen verbergen. Kein Wunder, dass er mir nicht glaubt, wenn ich ihm sage, dass ich ihn nicht will.

Wenn ich von hier entkommen will, muss ich weniger Zeit mit dem Grund verbringen, dessentwegen ich bleiben möchte.

KAPITEL 10

Ein paar Stunden später klopfte der Chef der königlichen Wache an der Tür zu Raschids Privatgemächern. »Eure Hoheit, ein gewisser Mr Corisi befindet sich im Foyer. Er wünscht, Sie zu sprechen.«

Dominic? Sollte er nicht eigentlich auf Hochzeitsreise sein?

Raschid erwiderte bestimmt: »Sagen Sie ihm, dass ich in ein paar Minuten bei ihm bin.« Was auch immer unten vorgefallen war, Raschid wusste, dass es ernst gewesen sein musste, wenn sich Marschid persönlich eingeschaltet hatte.

Der Mann ergänzte: »Er ist kein geduldiger Mann. Es war schwierig, ihn davon zu überzeugen, dass er warten muss, bis er angekündigt wurde.«

Kann ich mir vorstellen.

»Ich komme sofort.«

Was hatte Dominic nach Najriad geführt? Zhang? Würde er bis in alle Ewigkeit für eine einzige genussvolle Nacht bestraft werden? An Vorfällen wie diesen können Freundschaften zerbrechen, sogar so alte wie die ihre.

Raschid fand seinen alten Collegefreund, flankiert von zwei bewaffneten Wachen, im Foyer vor.

Als Dominic sich auf Raschid zubewegte, richtete einer der Gardisten sein Gewehr auf seine Brust.

»Begrüßt du alle deine Freunde so herzlich?«, fragte Dominic sauer.

»Nur diejenigen, die nicht vorher anrufen«, antwortete Raschid gelassen auf Englisch und hob eine Hand, mit der er dem Wachmann ein Zeichen gab, sich zurückzuziehen. Da keiner der Gardisten reagierte, flammte Raschids Zorn auf und er befahl auf Arabisch: »Sofort die Waffen senken!«

Sie gehorchten, jedoch mit deutlichem Widerwillen.

»Du weißt, weshalb ich hier bin. Wo ist Zhang?«, wollte Dominic wissen.

»In Sicherheit«, antwortete Raschid glatt.

Dominics Knurren wurde bedrohlicher. »Das reicht mir nicht. Ich will sie sehen.«

»Diese Angelegenheit geht dich nichts an, Dominic.«

Dominic machte einen herausfordernden Schritt auf ihn zu und erwiderte: »Wenn du eine Frau von meiner Hochzeit entführst und mir die Hochzeitsreise ruinierst, dann geht mich das verdammt noch mal was an. Abby wird sich nicht beruhigen, bis sie Gewissheit hat, dass es Zhang gut geht.« Er wirkte wie ein Bulle, der gleich angreifen wollte. »Wenn Abby nicht glücklich ist, bin ich auch nicht glücklich. Lass Zhang herbringen.«

»Das ist nicht möglich«, sagte Raschid. Dominics Zorn war eine unwillkommene und äußerst riskante Komplikation. Seine zukünftige Braut brauchte noch ein paar Tage, bis sie etwas anderes tun würde, als ihre sofortige Freilassung zu verlangen.

Und dazu wird es nicht kommen.

Dominics Unmut wurde größer und seine Hände ballten sich zu Fäusten. »Mir scheint, du hast nicht verstanden, dass das keine Bitte war.«

Raschids schnell zunehmende Ungeduld verlieh seinen Worten Schärfe. »Ich habe großen Respekt vor dir, Dominic. Wir kennen uns schon sehr lange. Krieg dein Temperament in den Griff. Du wirst hier nicht gewinnen.«

Röte überzog Dominics Gesicht. »Du spielst ein gefährliches Spiel, Raschid.«

Raschid schüttelte traurig den Kopf. »Das ist kein Spiel, Dom. Wenn du für Zhang da sein möchtest, komm am Samstag wieder. Du bist uns willkommen bei unserem Hochzeitsbankett.«

»Hochzeit? Wovon sprichst du da verdammt noch mal?«

»Ich habe Zhang gebeten, meine Frau zu werden.«

»Und sie hat Ja gesagt?«

Nicht ganz.

»Das wird sie«, antwortete Raschid selbstsicher, obwohl er selbst anfing, infrage zu stellen, ob dieses Ergebnis eintreten würde. »So oder so, du musst den Palast jetzt verlassen.«

»Ich gehe nicht ohne Zhang.«

»Dann haben wir ein Problem.«

»Nein, du hast ein Problem!« Er streckte den Arm aus, um Raschid an den Hals zu gehen, doch Raschid blockte ihn ab.

Die Wachen eilten vorwärts, um Dominic festzuhalten.

Raschid schüttelte erneut den Kopf und sagte ruhig: »Wahrscheinlich verdiene ich die Abreibung, die du mir verpassen willst, alter Freund. Aber hier geht's weder um mich noch um dich. Die Sache ist größer als jeder von uns. Bitte, Dom, Zhang ist in Sicherheit. Vielleicht ist sie vor dem Wochenende sogar glücklich. Geh zurück zu deiner frisch Angetrauten. Geh, bevor das hier hässlich wird.«

Dominic wehrte sich gegen die Hände, die ihn festhielten, und er hätte noch mehr unternommen, doch der Gewehrlauf auf seiner Brust stoppte ihn. »Es wird mit Sicherheit hässlich werden, Raschid! Sehr hässlich – und wahrscheinlich sehr schmerzhaft«, drohte er.

Dominic aus dem Palast zu werfen, würde damit enden, dass der Mann mit voller Macht zurückschlug, bevor Raschid Zeit hatte, Zhangs Meinung zu ändern. Es gab nur einen Weg, auf dem sich Dominic garantiert nicht einmischen konnte. Er wandte sich an die Wachen. »Bringt ihn in den Nordflügel und setzt ihn dort fest, bis ich nach ihm sende.«

Die beiden Wachen wurden von einem dritten Mann verstärkt, der Dominic sein Gewehr vorhielt, während sie ihn davonzerrten. Dominic sagte kein Wort. Das war nicht nötig. Die ganze Situation geriet zunehmend außer Kontrolle. Je schneller Raschid Zhang davon überzeugen konnte, dass ihre Heirat die beste Option für sie beide war, desto besser.

Raschid befand sich auf halbem Weg in die Frauengemächer, als sein Vater ihn im Korridor aufhielt.

»Raschid, stimmt es, dass du im Nordflügel einen Mann festhältst?«

Raschid erwiderte kühn den Blick seines Vaters. »Ja, Vater.«

»Dominic Corisi?«, fragte sein Vater wie beiläufig.

Raschid hatte nicht vor, in seiner Entscheidung zu wanken. »Genau.«

Sein Vater machte einen Schritt auf ihn zu und klopfte ihm leise lachend auf die Schulter. »Ich habe immer befürchtet, in dir würde nicht genug Feuer stecken, um Najriad zu regieren, aber wie ich sehe, habe ich mich geirrt. Du hast mehr als genug.«

Raschid war nicht wirklich stolz auf das, was er gerade tat, doch das Lob seines Vaters ließ ihn aufrechter stehen. »Ich weiß, was auf dem Spiel steht.«

Amir nickte und ließ die Hand fallen. »Ja, das kann ich sehen.« Er trat einen Schritt zurück und gestattete seinem Sohn auf diese Weise weiterzugehen. »Ich ziehe mich in meine Räume zurück. Außer du brauchst sie als Gefängniszelle für einen weiteren Gast.«

Raschid lächelte über den trockenen Humor seines Vaters. »Der Tag ist noch lang. Kann gut sein.«

Mit plötzlichem Ernst sagte der König warnend: »Sei vorsichtig, Sohn. Ich bin da, falls du mich brauchst.«

»Ich habe alles unter Kontrolle, Vater.«

»Natürlich«, erwiderte er lächelnd. »Hast du deine Verlobte schon überzeugen können?«

Raschid lächelte erneut. »Noch nicht.«

Amir verschränkte die Hände hinter dem Rücken. »Versuch es mit Lilien.«

»Blumen?« *Im Ernst?*

»Deine Mutter hat sie immer geliebt.« Und mit diesen Worten drehte sich sein Vater um und ging davon.

Lilien.

Tja, die Idee war zumindest nicht schlechter als alle anderen, die er an diesem Tag gehabt hatte.

* * *

Stundenlang Zeit in stiller Selbstreflexion zu verbringen, war etwas Neues für Zhang und sie empfand die Isolation in ihrer Suite seltsam beruhigend. Da sie ihr Businessteam nicht erreichen konnte, hatte es wenig Sinn, darüber nachzudenken, wie alle in ihrer Abwesenheit zurechtkamen. Sie hatte die besten Leute engagiert und bezahlte sie gut. Während der kurzen Zeit, die Zhang brauchen würde, um zu entkommen, konnten sie die Dinge alleine am Laufen halten.

Der Wunsch, ihrem Sicherheitsteam dabei zuzusehen, wie es den Palast stürmte, war im Verlauf des Tages abgeklungen. Sie wollte nicht, dass jemand verletzt wurde. Weder ihre Männer noch die Männer hier. Nicht einmal Raschid.

Ich will einfach nur nach Hause.

Wo immer das verflucht noch mal ist.

Beim Geräusch des Schlüssels im Schloss schrak Zhang auf, und sie wirbelte zur Tür herum. Eine winzige alte Frau trat ein. Sie schien über siebzig Jahre alt zu sein und trug ein langes lavendelfarbenes Kleid im westlichen Stil, das trotz des einfachen Schnittes ganz offensichtlich Haute Couture war. Mit ausgestreckten Händen ging sie auf Zhang zu. »Das ist also die Frau, die mein Haus auf den Kopf gestellt hat.«

Zhang verweigerte der Frau die Hand, doch ihre Widerspenstigkeit schien sie nicht zu beleidigen. Sie ging zu einer der Chaiselongues und nahm graziös darauf Platz. Dann klopfte sie sich auf den Schoß und deutete auf einen der nahebei stehenden Sessel. »Komm und unterhalt dich mit mir.«

Widerstrebend nahm Zhang ihr gegenüber Platz. Vielleicht konnte die Frau dazu überredet werden, sie freizulassen. Nur ein Dummkopf lässt sich aus Stolz eine Gelegenheit entgehen.

»Mein Name ist Hadia. So darfst du mich auch nennen.« Sie lächelte Zhang schelmisch an. »Oder ›Großmutter‹, wenn du das vorziehst.«

Zhang verschluckte sich fast daran, erlangte aber schnell wieder die Fassung und erwiderte: »Hadia, das ist ein schöner Name.«

Die ältere Dame lächelte. »Danke. Und nun erzähl mir, welche Leichtsinnigkeiten unter diesem Dach vorgehen. Die Männer wollen mich glauben machen, mein Enkelsohn habe dich von einer Hochzeit entführt, aber ich kenne Raschid, er würde sich niemals so verantwortungslos verhalten.«

»Du kennst ihn nicht so gut, wie du meinst.«

Ein weiser Funke blitzte in Hadias Augen auf. »Bist du unfreiwillig hier?«

Zhang wandte den Blick ab und errötete. »Inzwischen schon.«

Die ältere Dame hatte eine sanfte Art an sich, doch in ihren Fragen schwang eine gewisse Bestimmtheit mit. »Dann gibt es also in China einen Mann, der auf dich wartet?«

Zhang schüttelte den Kopf.

»Oder vielleicht in Amerika? Europa?«

Schon kapiert. Spar dir das Aufzählen aller Kontinente. »Ich bin Single«, stellte Zhang klar.

»Dann glaubst du also, du könntest einen Mann finden, der besser ist als mein Enkelsohn? Einen, der größer ist? Einen attraktiveren?« Hadias Augen verengten sich. »Denkst du, du wirst einen finden, der ehrenhafter ist?«

Frustriert fauchte Zhang: »Wie wär's mit einem, der nicht derart unerträglich kontrollierend ist? Der Ehemann, den ich mir aussuche, wird es nicht ganz so eilig damit haben, mich einzusperren, als wäre ich eine Neuerwerbung, die er nicht verlieren will.«

»Und wenn du nicht eingesperrt wärst?«

»Würde ich gehen.«

»Dann war es womöglich weise von meinem Enkelsohn, dir die Last dieser Option zu nehmen?«

Zhang funkelte Raschids Großmutter finster an. »Was ist nur mit den Frauen hier los? Wie kannst du es gutheißen, dass ich so behandelt werde?«

»Misshandelt er dich? Hast du blaue Flecken unter der Seide, mit der er dich einkleidet?«

Zhang seufzte. »Nein. Dennoch möchte ich nicht hier sein. Ist das nicht genug?«

Die ältere Dame strich ihr Kleid glatt. »Normalerweise ja, aber du musst einen Moment lang nicht nur dich selbst sehen, sondern einen Blick auf die Gesamtsituation werfen.«

Zhang stand auf und erhob verärgert die Stimme. »Was ich klar und deutlich sehen kann, ist, dass Raschid meine Wünsche egal sind. Er kümmert sich nur darum, was das Beste für ihn ist.«

Hadia zuckte leicht mit einer Schulter. »Wenn ein Mann mit dem Rücken zur Wand steht, muss er schwere Entscheidungen treffen. Raschid kämpft nicht nur um seinen Titel. Die gesamte Zukunft Najriads steht auf dem Spiel. Er bittet dich nicht, mehr aufzugeben, als er selbst es zu tun bereit ist. Bist du derart wichtig, dass deine Unannehmlichkeit es wert ist, das Leben all der Menschen zu verlieren, wenn unsere Grenzen fallen sollten?«

Zhang wehrte sich gegen die Überzeugungskraft von Hadias Worten. Sie wollte Raschid nicht als Helden sehen. Ihn als Feigling zu sehen, machte es leicht, ihm den Rücken zuzukehren. Doch zu wissen, dass er bereit war, seine Freiheit für sein Volk zu opfern, traf mitten ins Herz und vergrößerte ihre Qual, entschlossen zu bleiben. Außerdem erinnerte es sie daran, dass er sie aus politischen Gründen heiraten wollte und nicht, weil er sich sein Leben nicht mehr ohne sie vorstellen konnte.

»Eine Ehe wäre nicht einfach nur eine Unannehmlichkeit für mich. Ich besitze ein Unternehmen und viele Menschen verlassen sich auf mich. Würden wir einfach mal rational über alles sprechen, könnten wir uns eine Strategie überlegen, mit der wir die Situation entschärfen können, ohne zu dieser drastischen Maßnahme zu greifen.«

»An einem Krieg ist nichts rational, Zhang, und unser Land steht am Rand eines Krieges.«

»Und welchen Vorteil soll die Ehe mit mir bringen – Zugang zu mehr Geld für Raschid, um die Verteidigung zu finanzieren?«

»Es ist nicht dein Geld, was Raschid von dir braucht«, antwortete Hadia vage.

Zhang setzte sich neben Hadia. *Das möchte ich dir so gern glauben.* »Wirklich? Er spricht bereits davon, mein Unternehmen unter seine Kontrolle zu bringen. Angeblich, weil er mir diese Sorge abnehmen will.«

Hadia schüttelte mitfühlend den Kopf. »Vielleicht liegt es an meinem Alter, aber ich lege nicht mehr viel Wert auf das, was jemand sagt. Wer wissen will, was im Herzen eines Mannes steckt, muss auf seine Handlungen achten. Mein Enkelsohn hat sein Vermögen mit harter Arbeit und Integrität aufgebaut. Er ist der Familie und dem Land treu geblieben. Jetzt beabsichtigt er, dich zu heiraten. Ich glaube nicht, dass er die Situation ausnutzen würde, um dich zu berauben.«

»Nicht mal, wenn er mit dem Rücken zur Wand steht? Es tut mir leid, ich teile dein Vertrauen in die Menschheit nicht.« Zhang hatte Mitgefühl für die Frau neben sich, also vertraute sie ihr mehr an, als sie es normalerweise tun würde. »Ich habe sehr hart um meine Unabhängigkeit gekämpft – und ich lasse sie mir von niemandem wegnehmen.«

Hadia beugte sich vor und legte Zhang einen Schlüssel in die Hand. Dann erhob sie sich langsam. »Ich habe die Wache vor der Tür abtreten lassen. Im gegenüberliegenden Zimmer befindet sich ein Telefon, und am Fuß der linken Treppe steht ein Auto bereit. Der Fahrer ist mir loyal und wird dich überall hinfahren. Falls du gehst.«

Zhangs Hand schloss sich um den Schlüssel. »Vielen Dank.« Sie stand auf und straffte die Schultern. »Es tut mir leid, dass ich nicht helfen kann. Aber das ist nicht mein Krieg.«

»Natürlich«, erwiderte die Frau traurig. »Wenn du morgen noch hier bist, zeige ich dir Nilon. Dann wirst du sehen, wofür Raschid so hart zu kämpfen bereit ist, um es zu bewahren.«

Der Schlüssel grub sich in Zhangs geballte Hand ein. »Ich werde nicht hier sein.«

Hadia berührte sanft Zhangs zitternde Hand. »Versprich mir, dass du eine Sache tun wirst, bevor du gehst.«

Ich kann ihr nicht versprechen, Raschid noch einmal zu sehen. Ich würde ihm meine Absichten nie verheimlichen.

»Wenn ich das kann«, antwortete Zhang ehrlich.

Hadia drückte bestärkend ihre Hand. »Ruf deine Eltern an und triff erst danach deine Entscheidung.«

Mit diesem Wunsch der Großmutter hatte sie überhaupt nicht gerechnet. *Ob ich nun vorher anrufe oder danach … was macht das für einen Unterschied? Das kann ich ihr problemlos versprechen, und erstaunlicherweise stellt das diese Frau zufrieden genug, um mich freizulassen.*

Nachdem Hadia gegangen war, stand Zhang noch lange mitten im Wohnzimmer, und der Schlüssel grub sich in ihre weiche Haut. *Ich bin frei.* Dann verließ sie ihre Suite durch die unverschlossene Tür und betrat das gegenüberliegende Zimmer, in dem sie, genau wie Hadia es versprochen hatte, ein Telefon vorfand.

Mom, Dad, ich war doch an diesem Wochenende bei der Hochzeit, und dort ist was Komisches passiert.

Nein, so geht das nicht.

Mom, mir geht's gut. Hör auf zu weinen. Mir ist nichts passiert.

Tut mir leid wegen der ganzen Sache mit der internationalen Schande, die ich über unsere Familie gebracht habe.

Zhang seufzte und griff nach dem Hörer.

Es gibt wirklich keine Chance, dass sie diese Neuigkeiten gut aufnehmen werden, oder?

»Zhang! Wir hatten erwartet, noch gestern von dir zu hören«, meldete sich ihre Mutter im Pekinger Dialekt.

Zhang schaute zur Decke und entschied sich, mit Bruchstücken der Wahrheit zu antworten. »Ich war beschäftigt.«

»Du bist ständig beschäftigt, aber eine Familie sollte diese Art Neuigkeiten nicht von einem Fremden erfahren.«

»Mutter«, wählte Zhang ihre Worte sorgfältig, »nicht alles ist so, wie es euch dargestellt worden ist.«

Xiaolis Stimme kletterte mehrere Oktaven höher. »Du wirst den Prinzen nicht heiraten?«, fragte sie fast schon hysterisch.

Die Stunde der Wahrheit.

»Er ist nicht der Mann für mich, Mutter. Ich reise heute ab und ...«

»Nicht der Mann für dich?«, fiel ihre Mutter ihr ins Wort. »Gibt es überhaupt einen Mann, der gut genug für dich ist? Xin war nicht gut genug. In China leben über eine Milliarde

Menschen und du konntest hier keinen Mann finden? Du musstest dir ausgerechnet einen Ausländer aussuchen, mit dem ich kein Wort wechseln können werde?«

Zhang rieb sich verärgert die Stirn. »Weil du dich weigerst, Englisch zu lernen.«

»Wieso sollte ich auch? Ich habe das alles nie gewollt. Ich war glücklich in unserem Dorf. Das ist *dein* Traum. Es ist dir völlig egal, welche Auswirkung das auf den Rest von uns hat. Wie konntest du mir das antun? Interessiert es dich überhaupt, welcher Schande du mich damit aussetzt? Ich kann nicht mehr aus dem Haus gehen. Alle reden nur noch über dich, und kaum jemand glaubt, dass du wirklich entführt worden bist. Meine Tochter ist eine Hure, sagen sie. Und jetzt willst du mir erzählen, dass du diesen Mann nicht heiraten wirst? Sogar er ist nicht gut genug für dich?« Zhang hörte, wie ihre Mutter in Tränen ausbrach, und es versetzte ihr einen Stich.

»Mutter«, sagte Zhang eindringlich. Sie wünschte, sie wäre bei ihr, auch wenn sie wusste, dass sie dann auch nichts hätte sagen können, das den Schmerz ihrer Mutter lindern konnte. Es gibt Enttäuschungen, die einfach zu tief treffen.

»Ich erkenne dich nicht wieder, Zhang. Ich verstehe nicht, wie du uns das antun konntest«, jammerte Xiaoli unter Tränen, und dann erklang ein schepperndes Geräusch, als wäre das Telefon zu Boden gefallen.

Einen Moment später war Zhangs Vater am Telefon. »Deine Mutter fängt sich schon wieder. Ich bin erleichtert, deine Stimme zu hören«, tröstete er seine Tochter auf Englisch.

Durch all die hochbrodelnden Emotionen hatte Zhang jetzt einen dicken Kloß im Hals.

»Stimmt es, dass du den Prinzen nicht heiraten wirst?«, fragte Qiang.

Gibt's auf diese Frage eine richtige Antwort?

»Ist er ein grausamer Mann?«, fragte ihr Vater weiter, als sie nicht antwortete.

Zhang ließ die beiden Tage Revue passieren und wusste, dass er es nicht war. Er war zwar dermaßen von sich selbst überzeugt, dass es einen wahnsinnig machen konnte, aber mal davon abgesehen, dass er sie hier festhielt, gab es an seinem Verhalten ihr gegenüber nichts auszusetzen. »Nein, Vater.«

»Ist er ein ehrenwerter Mann?«, fragte Qiang leise.

So schwer es ihr auch fiel, das zuzugeben: Raschids Loyalität zu seiner Familie und seinem Land war etwas, das sie widerstrebend respektierte. »Ja«, flüsterte sie.

Die Stimme ihres Vaters wurde emotionaler und tiefer. »Du bist mein Kind, Zhang, und ich würde alles für dich tun. Wenn du mir sagst, dass du misshandelt wurdest, werde ich alles unternehmen, um zu dir zu kommen und dich nach Hause zu holen. Dieser Prinz Raschid wird in keinem Winkel der Welt vor meiner Rache sicher sein. Ich gebe liebend gern meinen letzten Atemzug, um dich zu retten und nach deiner Rückkehr zu beschützen. Was die Leute sagen, ist mir egal. Wenn dich jemand verletzt, stehen wir einander bei.« Heiße Tränen liefen Zhang über die Wangen. »Aber wenn du freiwillig mit diesem Mann gegangen bist – wenn du getan hast, was die Leute behaupten –, musst du das wieder in Ordnung bringen.«

»Was willst du damit sagen, Vater?«, fragte Zhang flüsternd.

Noch nie hatte die Stimme ihres Vaters gezittert, aber als er ihr jetzt antwortete, tat sie es. »Sag mir, dass du diesen Mann kennst, Zhang. Sag mir, dass das nichts weiter als eine inszenierte Brautentführung war und ihr miteinander durchbrennen wolltet. Sag, dass du ihn heiraten wirst. Bring das wieder in Ordnung – um deiner Mutter willen, um unserer Leute willen, um meinetwillen … und deinetwillen.«

Zhang sank auf den Stuhl neben dem Telefon und wischte sich die Tränen aus dem Gesicht. Es war ganz egal, wie viel Geld sie besaß oder an wie vielen Orten sie in ihrem Leben schon gewesen war, letzten Endes war sie die Tochter ihres Vaters. Sein Respekt bedeutete ihr mehr als die öffentliche Meinung. Seine Ehre war ihr Opfer wert. »Das werde ich«, versprach sie, als ihre Entscheidung fiel. »Sag Mutter, dass sie sich etwas Schönes kaufen muss, denn sie wird an einer königlichen Hochzeit teilnehmen.«

Einen Moment lang herrschte Stille. Dann sagte ihr Vater: »Du wirst eine ausgezeichnete Prinzessin abgeben, mein Kind.«

Zhang lachte, obwohl sie seine Worte wenig amüsant fand. »Auf jeden Fall werde ich eine sein, die niemand so schnell vergessen wird.«

»Sei nicht traurig, Zhang. Du brauchst einen guten Mann.«

Das dachte ich auch.

Aber ich hatte mir das alles etwas anders vorgestellt.

Man muss sehr vorsichtig sein mit dem, was man sich wünscht – und anscheinend auch sehr konkret.

Liebes Universum, ich möchte gern einen kurzen Nachtrag zu meinem früheren Wunsch einreichen. Gibt es auch nur die geringste Möglichkeit für mich, Liebe zu finden, ohne dass man von mir verlangt, alles aufzugeben, wofür ich so hart gearbeitet habe?

Es kam keine Antwort, aber das hatte sie auch nicht erwartet.

Ich muss damit aufhören, Zeit mit Bitten um Unmögliches zu verschwenden und mir vorzumachen, all dem Chaos würde ein größerer Plan zugrunde liegen. Ich bin auf mich allein gestellt, genau wie immer.

Wie schlimm die Angelegenheit werden wird, hängt nur davon ab, inwieweit ich das zulasse.

Raschids erstes Angebot war eine Ehe auf Zeit gewesen; eine Ehe, die die öffentliche Meinung zufriedenstellt und uns die Möglichkeit bietet, sich nach einem Jahr scheiden zu lassen. Dieses Angebot hätte ich annehmen sollen. Aber vielleicht ist es noch nicht zu spät dafür. Er ist auf meine Einwilligung in die Ehe angewiesen und weiß nicht, dass ich inzwischen beschlossen habe, ihn zu heiraten. Ich habe ein milliardenschweres Unternehmen aus dem Nichts aufgebaut, dann werde ich es doch wohl noch schaffen können, für mich einen Ausweg aus dem hier auszuhandeln.

Sechs Monate.

Ein Vertrag, der mir mein Eigentum sichert.

»Ich melde mich bald mit den Einzelheiten zum Ablauf der Woche«, sagte Zhang, verabschiedete sich von ihrem Vater und legte auf. Langsam ging sie über den Korridor zurück in ihre Suite und schloss die Tür hinter sich.

Am Samstag werde ich heiraten.

Heiraten!

Bilder von Raschid blitzten vor ihrem geistigen Auge auf. Sein überraschtes Gesicht, als sie ihn bei der Hochzeit unvermittelt geküsst hatte. Seine entspannten, stolzen Züge, als er im Flugzeug neben ihr geschlafen hatte. Das schnelle, sexy Lächeln. Das tief rumpelnde Lachen, wenn sie ihn aufzog. Wie amüsiert er war, wenn sie ihm drohte.

Nachdenklich drehte sie den Schlüssel in der Hand. Die Erinnerung daran, wie sie Raschids Namen laut ausrief, als er sich wieder und wieder in ihr versenkte und sie in schwindelerregende Höhen ihrer Leidenschaft katapultierte, sandte eine prickelnde Welle durch sie hindurch. Kann eine Ehe auf Zeit auch voller Leidenschaft sein? Sie wappnete sich gegen die Wellen des Begehrens.

Nein, das wäre ein fataler Fehler.

In so einer Abmachung kann man sich als Frau leicht verlieren. Es ist besser, das Arrangement so weit wie möglich auf der geschäftlichen Ebene zu halten.

Zhang versteckte den Schlüssel in der Schublade einer Kommode bei der Tür.

Wenn ich jetzt nicht schlau vorgehe, könnte ich alles verlieren.

KAPITEL 11

Zhang hockte auf einem der Sessel im Wohnzimmer ihrer Suite, als sie hörte, wie sich die Tür öffnete. Dennoch hielt sie den Blick auf den Boden gerichtet. In den letzten paar Stunden hatte sie im Geiste eingeübt, was sie Raschid sagen wollte.

Würde er sauer oder erleichtert reagieren?

»Zhang?«, fragte Raschid leise, doch sie drehte sich immer noch nicht um. Es sah ihr nicht ähnlich, sich vor etwas Unangenehmem zu drücken, aber sie wusste, dass zwischen ihnen alles anders werden würde, sobald sie ihren Teil gesagt hatte. Er hatte dann keinen Grund mehr, weiterhin so zu tun, als wäre sie für ihn mehr als nur ein Fehler, den er mit einer Heirat aus politischen Gründen ausmerzen würde. Egal, wie er reagierte oder wie sehr es wehtat, alles war besser, als diese Illusion aufrechtzuerhalten, zwischen ihnen gäbe es etwas.

Nichtsdestotrotz hatte seine Sorge um sie – erzwungen oder nicht – etwas an sich, wonach sie sich sehnte. Wie würde es sich anfühlen, von einem ihr ebenbürtigen Mann geliebt zu werden, wahrhaftig geliebt zu werden? Würde sie in der Geborgenheit dieser Liebe zu einem Punkt finden, an dem sie nicht rund um die Uhr stark sein musste?

Er ging vor ihr in die Hocke und berührte sanft ihre Wange. Als sie sich weigerte, ihm in die Augen zu sehen, legte er ihr einen kleinen Blumenstrauß auf den Schoß. »Die sind für dich.«

Ein greifbarer Beweis dafür, wie weit er diese Farce treiben wollte. Als Nächstes würde er ihr seine Liebe erklären und damit wirklich das Herz brechen. Sie atmete zittrig durch und besann sich auf ihre Entschlossenheit.

Er nahm ihre Hände in seine und sagte sanft: »Sei nicht traurig, Zhang. Wirf mir die Blumen ins Gesicht. Ich mag es lieber, wenn du mich hasst.«

Sie schüttelte traurig den Kopf und strich nachdenklich über die zarten weißen Blütenblätter. »Ich hasse dich nicht. Ich will dich hassen, aber ich kann es nicht. Das habe ich mir alles selbst eingebrockt.«

Ohne Vorwarnung oder Erlaubnis hob er sie hoch, setzte sich in den Sessel und platzierte sie auf seinem Schoß. Widerstreitende Emotionen durchzuckten Zhang und jeder einzelne ihrer Muskeln spannte sich an. Ein Teil von ihr wollte sich wehren und ihn anschreien, er solle sie loslassen. Ein anderer Teil wollte ihm die Arme um den Hals werfen und ihn nie wieder loslassen.

Er umschlang ihre Taille und legte sein Kinn auf ihren Kopf. »Ich trage genauso viel Schuld daran wie du«, sagte er mit rauer Stimme.

Zhang seufzte und gestattete sich einen Moment des Trostes. Was, wenn das alles war, was sie je bekommen würde? Sie sollte die letzten Augenblicke dieser Vertrautheit genießen. Plötzlich verspürte sie den Drang, sich absichtlich an dem anschwellenden Beweis dafür zu reiben, dass sich auch ihre Nähe auf ihn auswirkte, aber sie unterdrückte den Impuls. »Ich bin immer noch sauer auf dich.«

Sie spürte, wie er an ihrem Haar lächelte. »Ich weiß.«

Sie löste sich von ihm und sah zu ihm auf. »Ich mag es nicht, wenn man mir vorschreibt, was ich zu tun habe.«

In seinen Augenwinkeln zeigten sich Lachfältchen. »Darauf wäre ich nie gekommen.«

Zhang wand sich ein wenig unter der Intensität seiner gefährlich dunklen Augen. *Einfach raus damit. Sag's ihm und erklär ihm die neuen Regeln.*

Raschid stöhnte auf. »Rutsch nicht so herum. Ich kann mich nicht konzentrieren, wenn du das machst, und wir müssen reden.«

Reden wird überbewertet.

Unter ihr pulsierte der Beleg dafür, wie groß sein Verlangen nach ihr war, und das katapultierte ihren Puls in schwindelerregende Höhen. Sie senkte den Blick, damit er ihre zunehmende Erregung nicht mitbekam. Bei der Erinnerung daran, wie gekonnt er jeden Zentimeter ihres Körpers erkundet und entflammt hatte, zogen sich ihre inneren Muskeln zusammen und sie wurde feucht. Das kraftvolle Spiel seiner Rückenmuskeln unter ihren Händen, der Geschmack seiner Haut, das intime Kitzeln seines heißen Atems … Viel zu deutlich erinnerte sie sich daran, wie er erbebte, kurz bevor er kam.

Ich muss ihm sagen, dass ich ihn heiraten werde – solange gewisse Klauseln Teil der Vereinbarung sind. Regel Nummer eins: Nichts von dem hier. Das ist die reinste Folter.

»Hörst du mir überhaupt zu, Zhang?«, murmelte er an ihrem Ohr.

»Ja«, log sie dreist.

Er lachte leise und küsste ihren Hals. Zhang konnte das Zittern nicht unterdrücken, das ihren ganzen Körper durchfuhr. »Wäre es so furchtbar, jede Nacht in meinen Armen zu verbringen? Wenn wir heiraten, können wir dort weitermachen, wo wir in unserer ersten Nacht aufgehört haben.«

»Falls wir heiraten«, korrigierte Zhang mit vor unterdrückter Leidenschaft rauer Stimme.

Sein sexy Lächeln untergrub fast ihre Entschlossenheit. Er strich ihr mit der Hand durchs Haar und wirkte weitaus selbstzufriedener, als er sollte. »*Falls* – wie ich sehe, machen wir Fortschritte.«

Sie nahm seine Hand, um ihn davon abzuhalten, sie damit weiterhin abzulenken. »Ich bin bereit, die Bedingungen zu verhandeln, zu denen das möglich wäre.« Seine freie Hand legte sich auf einen ihrer Schenkel, fing an, sie sanft zu streicheln, und brachte Zhang einen Moment lang durcheinander. Mit ihrer anderen Hand legte sie auch diesen Missetäter auf Eis und sagte: »Anfangs hast du gesagt, wir könnten heiraten und uns nach einem Jahr scheiden lassen. Sechs Monate wären mir lieber.« Sie legte seine Hände auf die Armlehnen des Sessels, in dem sie saßen, und hielt sie dort fest. »Und am besten wäre es, wenn wir die Sache zwischen uns platonisch halten. Mit Sex wird die Situation nur komplizierter werden.«

Raschid erstarrte. »Sind das alle deine Bedingungen?« Etwas Gefährliches schwang in dieser leise ausgesprochenen Frage mit.

Sie sah ihm unerschrocken in die Augen. »Nein. Außerdem will ich, dass du einen Vertrag unterschreibst, der Eight Lions Development vor einem Eingriff oder Inbesitznahme deinerseits schützt. Ich brauche deine Hilfe bei der Führung meiner Firma nicht. Wenn es sein muss, kann ich das meiste eine Weile lang an mein Team delegieren, aber ich werde niemandem die Kontrolle über mein Unternehmen überlassen.«

Er schien sich unter ihr anzuspannen wie eine Katze vor dem Sprung. »War's das?«

Sein Ausdruck war unmöglich zu deuten. »Ja.«

Wird er einwilligen?

Wird er mir auch Bedingungen vorsetzen?

Sie wartete und vergaß fast, Luft zu holen.

»Ich werde einen Vertrag unterschreiben, der dein Eigentum schützt. Du vertraust mir noch nicht und wahrscheinlich reicht die Zeit nicht aus, um das noch vor unserer Hochzeit zu ändern.«

Zhang seufzte erleichtert auf.

Er befreite eine Hand aus ihrem Griff und strich mit dem Daumen besitzergreifend über die Kante ihres Unterkiefers. »Aber mit deinen anderen Bedingungen gibt's ein Problem.«

Zhang schluckte schwer und wartete.

»Du bist jetzt mein, Zhang, und unsere Ehe wird eine echte Ehe sein.« Er beugte sich zu ihr und flüsterte an ihren Lippen. »Ich werde dich jede Nacht in meinem Bett haben.« Mit einer sanften Bewegung drehte er ihren Kopf zur Seite und verschaffte sich Zugang zu ihrem Hals. Sein heißer Atem prickelte auf ihrer Haut, während er sie mit Worten für sich beanspruchte. »Ich werde deinen Körper genießen und du meinen. Mein Name wird der einzige Name sein, den du in Ekstase ausrufst. Jetzt gehörst du mir.«

Das hört sich himmlisch an.

Zhang schüttelte den Kopf.

Nein, das klingt gefährlich! Ich habe mich viel zu hart abgerackert, um jetzt meine Unabhängigkeit gegen ein Leben voller Orgasmen einzutauschen.

Voller unglaublicher, weltbewegender, durchdringender Orgasmen.

»Ich gehöre niemandem«, widersprach Zhang, doch ihre Stimme triefte nur so vor Lust. »Sechs Monate, mehr kann ich dir nicht anbieten, und Sex gehört nicht zur Abmachung.«

Seine andere Hand stahl sich an ihrem Bein hinauf, glitt unter ihr Kleid und beanspruchte einen Moment lang ihren Oberschenkel für sich, bevor sie weiterwanderte. Warm, fest und forschend. »Dann werden wir die Bedingungen wohl neu verhandeln müssen, nicht wahr?«, flüsterte er.

Seine Lippen legten sich auf ihre und forderten eine Antwort ein, die Zhang beim besten Willen nicht verweigern konnte. Seine Zunge stieß in ihren Mund, neckend, einnehmend. Zhang begegnete ihr mit ihrer eigenen und kämpfte gleichzeitig darum, sich nicht selbst zu verlieren. Sie erbebte, als sein Daumen die Seide ihres Slips beiseiteschob und anfing, rhythmisch ihren Kitzler zu massieren.

Ihm jetzt nachzugeben, wäre ein echter Fehler.

Aber einige Fehler fühlten sich einfach zu gut an, um sie nicht zu begehen.

Ihre Beine spreizten sich ein wenig mehr, damit er besser an sie herankam. Er erhöhte das Tempo und eine durchdringende Hitze baute sich langsam in ihr auf. »Warum willst du abstreiten, was zwischen uns ist?«, raunte Raschid. »Du willst das genauso sehr wie ich.«

Jedes zusammenhängende Argument löste sich auf, als er zusätzlich zum Daumen noch seinen Zeigefinger einsetzte und ihren empfindlichsten Punkt sanft rieb. Die Hitze, die sie durchzuckte, war fast schon zu intensiv, um angenehm zu sein. Sie klammerte sich mit der Hand an seinem Unterarm fest und ihre Entschlossenheit schmolz dahin.

So etwas ein Leben lang ist vielleicht gar nicht so schlimm, wie ich dachte.

»Heirate mich. Behalt dein Unternehmen, aber gib mir das hier«, raunte er an ihrem Mund. Zhang erzitterte vor Lust, als er mit einem Finger in sie hineinglitt und ihn sanft rotieren ließ, ohne mit dem Daumen vom gleichmäßigen äußeren Takt abzukommen. »Gib dich mir hin.«

Er zog den Ausschnitt des Kleides zur Seite und fing an, durch die Spitze des BHs hinweg ihre Brust zu verwöhnen. Warme, nasse Kreise wechselten sich mit sanftem Saugen ab. Heißer, schwerer Atem brannte auf ihrer Haut und spiegelte ihr eigenes wildes Atemtempo wider, als sie sich fallen ließ und seinen talentierten Fingern entgegenkam.

Als er mit einem zweiten Finger in sie eindrang, setzte er mit einer stoßenden Bewegung ein – langsam rein und raus. Zhang konnte keinen klaren Gedanken mehr fassen, nahm sein Gesicht in die Hände und presste wie verzweifelt ihre Lippen auf seine. Gleichzeitig versenkte er sich tief in ihrem Mund und in ihrer Mitte. Sengend heiße Ekstase schwoll an und pflanzte sich wie eine Welle durch ihren Unterleib fort. Ihr stockte der Atem und sie spannte die inneren Muskeln um seine Finger an.

Er löste sich aus dem Kuss und flüsterte: »Sag Ja, Zhang.«

Eine erschütternd heiße Welle nach der anderen überrollte ihren Körper. Wie von Sinnen warf sie den Kopf zurück und schrie: »Ja ... ja ...«, und als der Höhepunkt kam, noch einmal lauter: »Ja!« Besitzergreifend legte er seine Hand über ihre nasse Mitte, während Zhang noch zittrig in den Nachbeben der Lust schwelgte.

Seine Taktik hatte sich in puncto Heiratsanträge verbessert.

Er kuschelte die Nase an ihren Hals. »Du bist mein, Zhang.« Sein Glied war noch immer hart und pulsierte unter ihr. Er nahm ihre Hand, änderte ihre Sitzposition und presste sie auf seinen Steifen. »Sieh, was du mit mir machst.« Er rieb ihre Hand über seinen Schaft. »Deine Fantasie ist zu meiner geworden.«

Sie zog ihre Hand zurück und all die in ihr wirbelnden Emotionen brachten sie zum Zittern. *Abgrenzung. Wir müssen uns abgrenzen.* »Ich habe auch Fantasien, in denen *ich* das Sagen habe.«

In seinen Augen brannte größer werdendes Verlangen. »Die würden mir bestimmt gefallen.« Sein leises sexy Lachen verwirrte sie.

»Das ist nicht lustig.« Sie wollte aufstehen, doch er hielt sie auf seinem Schoß fest.

Unvermittelt schlüpfte er mit der Hand in ihr offenes Oberteil, unter die Spitze ihres BHs, und umfasste ihre kleine Brust. »Das war kein Witz.« Sanft zwirbelte er ihre Brustwarze zwischen den Fingern und sah ihr dabei tief in die Augen. Als sie, so von ihm verwöhnt, steif wurde, lächelte er.

Trotz der aufflammenden Empfindungen, die sie erneut zu überrollen drohten, hob Zhang stolz das Kinn und sagte: »Sechs Monate, Raschid.«

»Das ist doch ein Anfang«, murmelte er und ein geduldiges Lächeln zupfte an seinen Mundwinkeln.

Sie versteifte sich und stieß seine Hand fort. »Das ist mein Ernst. Und so was werden wir ab jetzt nicht mehr machen.«

Er lachte, erhob sich und nahm ihre Hand. »Komm, unten ist ein Gast, der nicht ohne Handgreiflichkeiten gehen wird, wenn er dich nicht zu Gesicht bekommt.«

Zhang nickte und machte sich nicht einmal die Mühe zu fragen, wer der Gast war.

Wie soll ich ihn davon überzeugen, dass ich keinen Sex will, wenn ich bei jeder seiner Berührungen dahinschmelze?

Die Hand leicht auf ihrem unteren Rücken platziert, führte er sie den Korridor entlang. Sie sah über die Schulter und ihre Blicke trafen sich. Raschids Lächeln verriet, dass er ganz genau wusste, welche Wirkung er auf sie hatte. »Eigentlich darf ich mich nicht im Frauenflügel aufhalten, und bis wir verheiratet sind, darfst du nicht in meiner Suite schlafen. Ich kann es kaum erwarten bis zum Wochenende.«

Ich auch nicht.

Siehst du? Das ist doch nicht sonderlich hilfreich.

Ich muss stärker sein.

Wir müssen damit aufhören, bevor noch einer von uns vergisst, in welcher unmöglichen Lage wir uns befinden und dass wir überhaupt nicht zusammenpassen.

Noch bevor sie das Ende des Korridors erreichten, blieb Raschid stehen und drängte sie rücklings gegen die Wand. »Einen letzten Kuss zur Überbrückung.«

Seine Lippen senkten sich erneut auf ihre und sie schlang ihm die Arme um den Hals.

Das werde ich ihm unbedingt klarmachen.

Später.

KAPITEL 12

»Ich hab Abby schon gesagt, dass du nicht gerettet werden willst!« Dominic fluchte lang und saftig. Sein halbes Gesicht war rot und rund ums Auge zeichnete sich langsam ein Veilchen ab.

Raschid stand neben Zhang und seine Hand ruhte nach wie vor auf ihrem unteren Rücken. Vor Anspannung feste Muskeln waren das einzige Anzeichen dafür, dass seine zukünftige Frau sich angesichts von Dominics Rage unwohl fühlte. »Beruhige dich, Dominic«, sagte er.

»Ist ein Anruf denn zu viel verlangt? Mir ist egal, was du mit deinem Leben anstellst, Zhang, aber alle waren deinetwegen in Aufruhr.«

»Dominic, ich …«, begann Zhang.

Aus einem plötzlichen Beschützerinstinkt heraus fiel Raschid ihr ins Wort: »Die Schuld liegt bei mir, Dom.« Er holte tief Luft und rief sich die guten Absichten seines Freundes in Erinnerung. »Ich weiß deine Loyalität für Zhang zu schätzen.«

Etwas an seinem Ton drang anscheinend zu Dominic durch. »Du kannst mir danken, indem du diesen Schlägern befiehlst, die Waffen zu senken.«

Raschid nickte den Wachen zu, die widerstrebend die Läufe ihrer Gewehre senkten, und musterte das Gesicht seines

138

Freundes. »Du hast Glück, dass du noch am Leben bist. Diese Männer haben den Befehl, die königliche Familie um jeden Preis zu verteidigen.«

Dominic rieb sein angeschwollenes Gesicht und funkelte finster einen der Gardisten an. »Einige genießen den Job mehr als andere.«

Raschid merkte sich Dominics Worte und wollte später mit dem Gardekommandeur sprechen. »Lasst uns allein«, befahl er den Wachen.

Sie zögerten.

Raschid wiederholte den Befehl. »Ich sagte – hinaus.«

»Ja, Eure Hoheit«, erwiderte einer von ihnen, und die anderen bildeten sein Echo.

Als sie sich in Bewegung setzten, flog Dominics Faust hoch und erwischte den Mann, den er angefunkelt hatte, direkt im Gesicht. Er taumelte seitwärts, und die beiden anderen Wachen reagierten sofort alarmiert, wurden jedoch durch Raschids Befehl auf Arabisch gestoppt. »Dieser Mann ist mein Gast, und zwar einer, der während seines kurzen Aufenthaltes nicht gut behandelt wurde. Ihr solltet die Lautstärke meiner Stimme nicht mit Nachsicht verwechseln. In mir steckt mehr von meinem Vater, als ihr ahnt. Es wäre klüger, das nicht zu vergessen.«

Seine Warnung brachte ihm endlich den Respekt ein, der bereits seiner bloßen Anwesenheit geschuldet sein sollte. Die Wachen verbeugten sich betreten und zogen sich hastig zurück.

Zhang schüttelte den Kopf. »Ich muss Arabisch lernen.«

Dominic wischte sich etwas vom Ärmel seines Jacketts, so als wollte er die beleidigende Anwesenheit der Männer wegwischen, die eben verschwanden. »Es gibt Dinge, die bedürfen keiner Übersetzung. Zumindest weiß ich jetzt, dass er nicht auf deinen Befehl hin gehandelt hat.« In seinen Augen blitzte noch immer ein wütender Funke. »Aber wir sind noch nicht quitt, Raschid. Diesmal bist du zu weit gegangen.«

Raschid stellte sich selbstsicher dem Zorn seines Freundes und sagte aus der Tiefe seines Herzens: »Dom, ich bin exakt so weit gegangen, wie ich musste. Ich kämpfe hier um die Zukunft meiner Familie. Du kannst mir entweder helfen oder du kannst gehen. Aber sei gewarnt: Wenn nötig, bin ich in der Lage, noch um einiges weiter zu gehen. Wenn es gilt, die Menschen zu beschützen, die mir wichtig sind, ist meine Moral – flexibel. Das solltest gerade du gut verstehen.«

Dominic schien diese neue Seite an einem Freund, den er zu kennen geglaubt hatte, abzuwägen. »Ist Abby sicher, wenn ich sie herbringe? Denn es ist völlig ausgeschlossen, dass sie nicht zu deiner Hochzeit kommen will.«

»Mein Sicherheitsdienst wird dir zur Verfügung stehen«, versicherte Raschid ihm.

Dominic berührte die wachsende Schwellung an seiner Schläfe und drückte mit dieser Geste aus, wie groß sein Vertrauen darauf war, das heil zu überstehen.

»Die heutigen Vorfälle werden sich nicht wiederholen. Dafür sorge ich. Wenn meine Männer den Befehl bekommen, werden sie euch mit ihrem eigenen Leben beschützen.«

Dominic nickte, ergänzte aber: »Dennoch würde ich ein paar meiner eigenen Leute mitbringen. Nur für den Fall.«

»Natürlich«, erwiderte Raschid. »Ich werde für euch einen Bereich des Palastes vorbereiten lassen. Du kannst jegliche Sicherheitsmaßnahmen ergreifen, die du willst.« Ihm kam ein Gedanke und er fragte: »Und heute bist du alleine hergekommen?«

Dominic lächelte einfach nur. »Ja, das ist eine private Angelegenheit.«

Raschid lachte. »Du bist wirklich ein verrückter Hund.«

Dominic lächelte. »Hey, ich bin nicht derjenige, der Zhang heiratet. Hast du gewusst, dass sie mir eine Schwadron Männer mit Maschinenpistolen auf meine Insel geschickt hat?«

Sie hat was?! Bei Dominics Hochzeit hatte er hier und da ein paar Fetzen von der Geschichte mitbekommen, sie aber nie mit der zierlichen Frau an seiner Seite in Verbindung gebracht. Es fiel ihm schwer, das Bild von ihr in seinem Jet, wundervoll nackt und verspielt lachend, mit dem Wissen unter einen Hut zu bringen, dass sie zu den wenigen Menschen weltweit gehörte, die sich je direkt mit Dominic angelegt hatten. Und wahrscheinlich hätte sie gewonnen, wenn Abby sie nicht zurückgepfiffen hätte.

Zhang schien seinen Moment des Unbehagens zu genießen und lächelte über Raschids zusammengezogene Augenbrauen, als wüsste sie, was er dachte. Seinen Stimmungswechsel ließ er an dem Freund aus: »Sprich mit Respekt über sie, Dominic, oder du wirst in meinem Haus nicht willkommen sein.«

Erstaunt hob Dominic die Augenbrauen. »Zhang ist nicht so leicht beleidigt.«

Raschids Hand fiel von Zhangs Rücken und er trat einen Schritt auf Dominic zu. »Aber ich.«

»Ist das wirklich nötig?«, fragte Zhang leicht amüsiert.

Hundertprozentig.

Raschid erwiderte: »Das hat nichts mit dir zu tun, Zhang.«

»Ich würde sagen, schon«, meinte sie sarkastisch.

Raschid drang absichtlich in Dominics Distanzzone ein und sagte: »Dom und ich stellen nur ein paar Dinge klar.«

Dominic hielt dem verärgerten Blick seines Freundes stand. Dann entspannte sich seine Miene, ein Lächeln erschien und er legte Raschid eine Hand auf die Schulter. »Okay«, sagte er und nickte.

Und damit war der Sturm vorübergezogen.

Raschid erwiderte die Geste. Dann trat er wieder einen Schritt zurück und sagte: »Komm, Dominic. Mein Vater wird dich sicher kennenlernen wollen.«

Wieder an Zhangs Seite, führte er sie einen der Korridore entlang. Mehrmals bemerkte er, wie sie ihm einen Blick zuwarf, und wusste, dass sie ihm etwas sagen wollte. Während sie gingen, beugte er sich zu ihr hinab, damit sie es ihm mitteilen konnte, ohne belauscht zu werden.

»Du brauchst mich nicht in Schutz zu nehmen.«

Seine Hand streichelte ihren unteren Rücken. »Als meine Frau wirst du immer unter meinem Schutz stehen. Deine Ehre ist meine Ehre. Dominic versteht das jetzt.«

Bei seiner Berührung versteifte sie sich. »Und wenn ich meine Schlachten selbst schlagen will?«

Raschid lächelte. »Dann werden wir viele Nächte damit verbringen, uns wieder zu versöhnen, bis du unsere Sitten verstehst.« Allein beim Gedanken daran schwappte eine Welle der Erregung über ihn hinweg. »Was nicht unbedingt schlecht sein muss.«

Zhang funkelte ihn finster an, doch hinter ihrer Fassade aus Stärke erkannte er die Antwort ihrer Leidenschaft darauf.

Er übergab sie an eine der Wachen und befahl dem Mann auf Arabisch, sie in ihre Suite zurückzubringen. »Es ist nicht nötig, sie einzuschließen«, fügte er hinzu und fühlte sich bestärkt von seiner Anweisung.

Auf Englisch sagte er: »Zhang, im Zimmer gegenüber deiner Suite steht ein Telefon. Du kannst alle Anrufe tätigen, die du erledigen möchtest.«

Er war sich nicht ganz sicher, wie er das Lächeln interpretieren sollte, das sie ihm zuwarf, als sie sagte: »Wie freundlich von dir.«

Sie ging davon und er sah ihr nach. Der sanfte Schwung ihrer Hüften verzauberte ihn, und er redete sich ein, nicht darüber enttäuscht zu sein, dass sie, ohne sich kurz zu ihm umzudrehen, um die Ecke verschwand.

Dominic wippte nachdenklich vor und zurück und sagte: »Du spielst mit dem Feuer bei ihr, Raschid.«

Raschid starrte seinen amüsierten Freund finster an. »Ich weiß, was ich tue.«

Dominic schüttelte den Kopf und legte seinem Freund bestärkend eine Hand auf die Schulter. »Mit dem Alter werde ich immer reflektierter, und eben ist mir klar geworden, dass Liebe und Trauer ein paar Phasen gemeinsam haben. Du steckst definitiv in der Phase der Verleugnung.«

»Ich bin nicht verliebt«, erwiderte Raschid knapp.

Dominic lachte. »Die berühmten letzten Worte. Na los, komm, gehen wir zu deinem Vater. Ich habe noch eine Hochzeitsreise, zu der ich zurückwill.«

Sie gingen weiter den Korridor entlang und Raschid sagte: »Diesmal liegst du falsch, Dominic.«

Wie der Rest des Palastes wiesen auch die Räume des Königs eine Kombination aus althergebrachter Handwerkskunst und modernem Luxus auf. Er war ein reicher Mann, der einen Teil seines Wohnbereichs für den Empfang politischer Größen aus der ganzen Welt nutzte, weshalb sein Wohnzimmer ein Prunkstück in Creme und Gold war. Als Amir seinen Sohn sah, lächelte er und winkte ihn und dessen Freund näher. »Wie ich sehe, bringst du mir noch mehr Gesellschaft«, sagte er und machte eine Geste zu den bereits anwesenden Männern. »Wenn ich gewusst hätte, dass die Feierlichkeiten derart früh beginnen, hätte ich uns Unterhaltung geordert.«

»Vater, ich hätte dir sagen sollen …«

Amir winkte entspannt ab. »Keine Sorge, mein Sohn, ich finde es von Gast zu Gast interessanter.« Er setzte sich und ermunterte auch die anderen, Platz zu nehmen. Aber nur einer setzte sich. Amir deutete auf den älteren Mann rechts neben sich. »Mr Andrade und sein Sohn Stephan sind hier, um ein potenzielles Geschäft zu besprechen. Mr Walton berichtet, er habe eine verstörende Nachricht von einem Freund bekommen und dachte, er sei in Gefahr. Aber wie ich sehe, brauchen wir uns ...« Er hielt inne, musterte Dominics geschundenes Gesicht und fuhr fort: »... um diesen Punkt nicht länger zu sorgen.«

Dominic starrte Jake finster an. »Hast dir ja ordentlich Zeit gelassen, um herzukommen.« Als er den halb leeren Teller mit Früchten vor seinem Geschäftspartner stehen sah, fragte er sarkastisch: »Wie war das Mittagessen?«

Jake schien der Groll seines Freundes kein bisschen zu beunruhigen. »Ich war in London, als ich erfahren habe, dass du hergekommen bist. Du hast Glück, dass ich bereits auf dem Weg war, als deine Nachricht kam.«

»Glück?!«, fragte Dominic. »Ich habe noch nie von einer Rettungsmission gehört, bei der erst noch schnell ein Snack serviert wird.«

Jake lächelte. »Diplomatie, Dominic. Ich hatte nicht vor, ohne dich von hier zu verschwinden.«

Dominic wandte sich an den einzigen blonden Mann im Raum und fragte mit dröhnender Stimme: »Bist du auch hergekommen, um mich zu retten, Stephan?«

Stephan nahm sich einen Moment Zeit, um die Spuren in Dominics Gesicht zu mustern, und obwohl er versuchte, sich zurückzuhalten, zuckten seine Mundwinkel amüsiert. »Ich bin eingeladen worden. Keine Ahnung, was dir zugestoßen ist, aber mein Aufenthalt war so weit sehr angenehm.«

Dominic streckte die Hände aus und griff sich den Mann beim Hemdkragen. So ziemlich jeder hätte sich geduckt, doch Stephan lachte schallend los. »Dominic, ich kann nicht ... ich kann nicht so tun, als fände ich es nicht zum Totlachen, wie die königliche Garde dich einfängt.«

Als Dominic mit der linken Faust ausholte, um seinem alten Rivalen das Lachen aus dem Gesicht zu schlagen, lachte Stephan nur noch ausgelassener und hob in gespielter Selbstverteidigung eine Hand. »Denk an deine Schwester, Dom. Sie mag's nicht, wenn wir uns streiten.«

Mit einem frustrierten Knurren stieß Dominic den noch immer feixenden Stephan von sich. »Eines Tages treibst du es zu weit, Stephan.«

Ohne auch nur im Geringsten beunruhigt zu wirken, zog Stephan sein Hemd zurecht. »Was kann ich denn dafür, dass du so leicht ausrastest?«

Jake stellte sich zwischen die beiden Männer. »Das bringt doch niemandem was.«

»Vor kaum fünf Minuten fandest du die Situation auch lustig, also tu nicht so, als ob«, konterte Stephan.

Raschid mischte sich ein. »Vielleicht sollten wir über etwas weniger Explosives reden.«

»Wie zum Beispiel, weshalb wir alle hier sind? Lil ist in London geblieben, aber sie macht sich Sorgen um Zhang«, sagte Jake.

»Es gibt keinen Grund, sich um irgendetwas Sorgen zu machen. Zhang und ich werden dieses Wochenende heiraten.«

»Wenn möglich, würde ich sie gern sehen«, bat Jake.

Dominic warf ein: »Ich habe sie gerade getroffen. Sie tut es nicht unter Zwang.«

»Natürlich sind Sie alle eingeladen, an der Hochzeit teilzunehmen und sich selbst davon zu überzeugen«, sagte Raschids Vater.

Stephan witzelte: »Sind Sie sicher, dass Najriad zwei Besuche von Dominic aushält?«

Dominic stieß einen hässlichen gutturalen Ton aus. »Raschid, mach Stephan doch mal mit deiner Garde bekannt. Bitte.«

Raschid lachte.

Von seinem Sitzplatz aus schaltete sich Victor Andrade in den testosterongeschwängerten Schlagabtausch ein und wies seinen Sohn sacht in die Schranken. »Stephan, das reicht. König Amir wird glauben, ich hätte dir keine Manieren beigebracht.«

Selbst ein Vater, lachte der König verständnisvoll. »Ich habe zwei Söhne. Solange kein Blut fließt, mache ich mir normalerweise keine Sorgen.«

Victor stimmte in sein Lachen ein. »Manchmal führen sie sich noch wie Schuljungen auf, und es fällt einem schwer, die Zügel abzugeben. Finden Sie nicht auch?«

Amir sah seinem Sohn in die Augen. »Ich gebe zu, dass es in der Vergangenheit Momente der Besorgnis gab, aber ich bin mit jedem neuen Tag mehr von meinem Sohn beeindruckt.«

Raschid fühlte sich plötzlich viel jünger als dreißig und richtete sich stolz auf. Zum ersten Mal, seit sein Vater ihn nach Hause beordert hatte, traute er es sich selbst zu, Najriad vielleicht doch noch retten zu können.

Kurze Zeit später erhoben sich Stephan und dessen Vater und schüttelten dem König und Raschid die Hände. Stephan sagte: »Danke. Wir haben alle Informationen, die wir brauchen, und werden Ihnen, basierend auf dem, was wir vorhin besprochen haben, einige Vorschläge übersenden.«

Victor ergänzte: »Wir erwarten nicht, dass Sie umgehend darauf eingehen, da Ihre Familie diese Woche mit Sicherheit sehr beschäftigt sein wird. Falls Sie Fragen haben, können Sie sich gern an uns beide wenden.«

Stephan ging an Dominic vorbei und fragte: »Sollen wir dich zu Hause absetzen?«

Dominic schüttelte den Kopf und erwiderte: »Grüß Nicole von mir.«

Victor schüttelte herzlich Dominics Hand und fragte: »Kommst du noch vor dem Wochenende in die Staaten zurück?«

»Ich bleibe ein paar Tage mit Abby in London.«

Raschid rief zwei Wachen zu sich, die Stephan und dessen Vater hinauseskortierten.

* * *

146

Beim vierten Klingeln hob Lil endlich ab. Sie hörte sich wie immer ganz durch den Wind an, was Zhang seltsam tröstlich fand. Der Großteil ihrer Welt stand völlig auf dem Kopf, aber Lil war der Beweis dafür, dass etwas davon noch intakt war.

»Lil«, fing Zhang an, wurde aber schnell von ihrer Freundin unterbrochen.

»O Gott, Zhang! Geht's dir gut?« Lil sagte laut: »Abby, es ist Zhang!«

Zhang stöhnte. »Ich hatte gehofft, wir könnten unter vier Augen sprechen.«

Lil wandte sich erneut an ihre Schwester und korrigierte sich dramatisch: »Nein, nein, nicht Zhang. Sondern … Stan?«

Zhang hörte Abby sagen: »Schwindeln liegt dir wirklich überhaupt nicht im Blut, Lil. Wenn das Zhang ist, kannst du sie fragen, ob's ihr gut geht? Dann lasse ich euch in Ruhe miteinander reden.«

Einen Moment lang schwieg Lil und sagte dann: »Ich hab das Gefühl, du willst mich austricksen. Wenn ich frage, wie's ihr geht, weißt du ja, dass es Zhang ist.«

»Das weiß ich auch so schon.«

Verärgert senkte Lil die Stimme. »Sie will allein mit mir sprechen.«

»Was, wenn sie Hilfe braucht und nur eine Minute Zeit hat, uns das zu sagen, bevor man sie erwischt?«

Hektisch erwiderte sie: »O Mist, daran hab ich gar nicht gedacht! Zhang, geht's dir gut? Sag was.«

»Ich vermisse euch beide.« Zhang lächelte ins Telefon und verdrehte resigniert die Augen. »Stell mich auf Lautsprecher.«

»Dom und ich waren in Südamerika, als wir dieses Foto gesehen haben. Was ist passiert, Zhang?«, fragte Abby. »In der Zeitung stand, du seist entführt worden. Wir haben versucht, dich zu erreichen, und als du nicht an dein Handy gegangen bist, wusste ich, dass was nicht stimmt. Dominic hat mich zu Lil nach London geschickt und ist direkt nach Najriad geflogen.«

»Jake sollte inzwischen auch schon da sein«, ergänzte Lil.

»Ich habe nur Dominic gesehen«, sagte Zhang.

»Und geht es ihm gut?«, fragte Abby. »Er war ungeheuer wütend, und ich hatte schon Angst, er würde etwas Waghalsiges tun und dabei umkommen.«

Zhang dachte an sein verquollenes Gesicht, behielt das jedoch für sich. Abby würde sich sinnlos mehr Sorgen machen. »Als ich ihn zuletzt gesehen habe, war er zusammen mit Raschid auf dem Weg zu seinem Vater.«

»Wie ich Jake kenne, wird er wahrscheinlich mit dem König Mittag essen«, meinte Lil. Zhang musste zugeben, dass ihre Vermutung wohl genau ins Schwarze traf. Wenn Jake in Najriad war, würde er bereits die Wogen glätten.

Zwar war es zu spät, um sie zu retten, dennoch fand sie es süß von ihm.

»Es war furchtbar, ihn gehen zu lassen«, gestand Abby. »Aber ich werde nie vergessen, dass du gekommen bist, um mich zu holen, als ich dich gebraucht habe.« Sie hielt inne und fragte dann: »Wenn du nicht in Gefahr bist, warum bist du dann nicht ans Telefon gegangen?«

»Weil ihr Handy bei mir ist«, gab Lil widerstrebend zu.

Abby wurde laut, als sie fragte: »Zhangs Handy ist bei dir und du hast mir nichts davon gesagt? Moment mal, wieso hast du eigentlich ihr Handy?« Und dann an Zhang gerichtet: »Wieso hat sie dein Handy?«

Zhang wollte eben antworten, doch wie gewöhnlich beantworteten sich die Amerikanerinnen ihre Fragen selbst. »Lil, was hast du angestellt?«, wollte Abby wissen.

»Kann sein, dass ich gewettet habe, sie würde sich nicht trauen, Raschid zu küssen.«

Abby seufzte. »Lil, wie konntest du nur?«

»Ich habe nur ›küssen‹ gesagt«, verteidigte sich Lil. »Keine Ahnung, was die beiden auf diesem Foto machen, aber damit hatte ich garantiert nichts zu tun.«

»Abby, mach deiner Schwester keine Vorwürfe«, mischte sich Zhang ein. »Ich habe die Wette angenommen und ich habe die Hochzeit mit Raschid verlassen. Den Fotografen haben wir überhaupt nicht bemerkt. Lils Idee ist nur ein wenig außer Kontrolle geraten.«

»Das ist ja nichts Neues«, kommentierte Abby. »Lil, du hast mir die Hochzeitsreise ruiniert.«

Kein bisschen reuevoll konterte Lil: »Du kannst dir jederzeit eine neue leisten. Und wie oft hätte Zhang die Gelegenheit bekommen, noch einmal einen heißen Scheich zu küssen?«

In die einsetzende Pause hinein sagte Zhang: »Abby, es tut mir leid um deine Hochzeitsreise. Ich weiß, das wird sie sogar noch weiter hinausschieben, aber ich rufe an, um euch beide zu einem Hochzeitsdinner am Samstag einzuladen.«

Einen himmlischen Moment lang schwiegen beide Frauen. »Heiratest du etwa, Zhang?!«, sprudelte es dann aus Lil hervor.

Beinahe hätte Zhang über die Begeisterung der jungen Frau gelacht.

Abby klang um einiges zurückhaltender. »Ist das auch wirklich dein Wunsch, Zhang? Wenn nicht, können wir das wieder in Ordnung bringen. Ich weiß nicht, wie, aber ich bin mir sicher, dass man da was unternehmen kann.«

»Ich muss wissen, wie er dir den Antrag gemacht hat!«, sagte Lil. »Es war sicher ganz wundervoll, als du Ja gesagt hast.«

»Lil, sie kennt ihn doch erst seit meiner Hochzeit. Glaubst du allen Ernstes, dass sie sich lieben?«

»Du hast nach nur einer Woche beschlossen, Dominic zu heiraten!«, verteidigte Lil ihren Enthusiasmus.

»Das war was ganz anderes«, widersprach Abby.

»Na klar, total anders. Mal sehn. Du hast eine Nacht mit Dominic verbracht, bist mit ihm in ein anderes Land geflogen, alle Welt dachte, er hätte dich entführt, aber du warst wirklich in ihn verliebt und bereit, ihn zu heiraten. Stimmt, jetzt sehe ich, dass das vollkommen anders war.«

Abby seufzte, doch dann lachte sie. »Ich hasse es, wenn du gleichzeitig total recht hast und absolut falschliegst. Das macht es wirklich schwer, mit dir zu diskutieren.«

Lil lachte auch. »Nur, weil ich die Dinge anders sehe, heißt das nicht, dass meine Sicht falsch ist. Okay, können wir wieder über Zhang reden? Zhang, bist du noch dran?«

Zhang lachte leise. »Ja, ich bin hier.«

»Du wirst doch nicht gezwungen, Raschid zu heiraten, oder, Zhang?«, fragte Lil.

Zhang zögerte. Sie bezweifelte, dass die beiden Frauen verstehen würden, dass die Familienehre schwerer wog als das Glück des Einzelnen. Amerikaner sehen sich als Individuen und vorrangig für ihr eigenes Glück verantwortlich. Sie sind stolz auf ihre Unabhängigkeit. Zhang hatte zwar gegen so einige Aspekte ihrer Heimatkultur rebelliert, doch die Familienehre bedeutete ihr nach wie vor genauso viel wie ihr eigenes Leben. Sie wusste, dass Raschid ebenso empfand. Davon abgesehen konnte sie ihnen wohl kaum erzählen, wie sie sich das sinnliche Netz, in das sie jetzt verwickelt war, selbst gewoben hatte. Also antwortete sie einfach: »Niemand zwingt mich.«

»Bist du glücklich?«, fragte Abby.

Ja zu sagen, wäre gelogen. »Ich will ihn heiraten.«

»Das kommt so plötzlich.« Der besorgte Ton in Abbys Stimme machte deutlich, dass die Freundin nach wie vor Zweifel hegte.

»Also ich finde das romantisch«, meinte Lil. »Und wir können innerhalb einer Woche auf zwei Hochzeiten tanzen!« Nach kurzem Überlegen fragte sie: »Zhang, können wir diese

Hennasache machen? Du weißt schon, diese abwaschbare Tätowierung?«

»Das wird nur eine ganz kleine Hochzeit. Familie und Freunde. Es ist eher eine Formalität und weniger eine Feier. Ich bezweifle, dass viele Traditionen der einen oder der anderen Seite befolgt werden.«

»Man heiratet nur einmal. Warum genießt du es nicht?«, drängte Lil.

Lil hatte nicht ganz unrecht. Ja, über so einige Aspekte dieser Hochzeit hatte sie keinerlei Kontrolle, aber was sprach dagegen, alles andere zu genießen? Dann könnte sie dem Palastpersonal noch etwas anderes zu tun geben, als sie nur zu bewachen. »Also gut, wenn ihr am Freitag kommt, feiern wir zu dritt eine Hennanacht.«

»Wirklich?«

»Na sicher.«

»Das ist nicht nötig, Zhang. Es ist deine Hochzeit. Du musst nichts Besonderes organisieren, damit wir kommen.«

»Ich muss nicht – ich will es.«

»Abby, entspann dich. Das wird lustig«, meinte Lil. »Und ich wette, Zhang hätte gern etwas, das sie von dem ganzen Trubel ablenkt.« Zhang widersprach nicht und Lil fuhr fort: »Abby tickt ganz anders als wir, Zhang. Die Entscheidung für Dominic ist das einzige Unkonventionelle, das sie je gemacht hat.«

»Als wir?«, wiederholte Zhang verwundert.

»Als wir uns begegnet sind, habe ich gleich gewusst, dass wir verwandte Seelen sind, Zhang. Ich weiß ganz genau, wie es dir ging, als die Situation außer Kontrolle geraten ist. So einen Mist stelle ich andauernd an. Wichtig ist nur, dass du weißt, dass das demütigende und peinliche Gefühl wieder verschwindet. Manchmal geht sogar alles gut aus. Du darfst die hässlichen Behauptungen in der Presse nicht an dich ranlassen.«

Abby beeilte sich, den Monolog ihrer Schwester abzuschneiden. »Lil, das hilft Zhang doch nicht, sich besser zu fühlen.«

»Denkst du etwa, dass sie die Zeitungen noch nicht gesehen hat?«, konterte sie.

Oh, Lil. »Ich weiß deine Absichten zu schätzen«, sagte Zhang. »Aber egal, was in der Presse steht, wir bleiben bei der Story einer geplanten Brautentführung, um miteinander durchzubrennen.«

»Und du willst, dass wir uns an diese Story halten?«, fragte Lil.

So barsch es sich auch anhörte, manche Dinge mussten ausgesprochen werden. »Nein, ich bitte euch, überhaupt nichts zu sagen. Sprecht mit niemandem darüber.«

»Keine Sorge, Zhang.«

»Lil, das ist wichtig. Mit niemandem.«

Lil seufzte theatralisch. »Ich habe nur ein einziges Mal einen Fehler mit dem Paparazzo gemacht und es wurde nie veröffentlicht.«

»Wenn du diesen Fehler jetzt machst, wird es viele Menschen das Leben kosten, Lil«, machte Zhang deutlich. »Das ist nicht Boston oder New York. Hier kann ein Fehler nicht einfach nur peinlich, sondern tödlich sein.«

Zur Abwechslung hatte Lil einmal keine gewitzte Antwort parat.

»Ist es sicher für uns, wenn wir kommen?«, fragte Abby leise.

»Ich würde euch nicht einladen, wenn dem nicht so wäre. Aber vielleicht sollte Colby nicht …«

Lil fiel ihr ins Wort. »Ich werde Marie bitten, auf sie aufzupassen. Sie liebt Colby und wird nichts dagegen haben, hierher zu fliegen. Jake hätte wahrscheinlich ohnehin darauf bestanden. Ich dachte immer, er hätte seine Gefühle unheimlich gut im Griff, aber ihr solltet mal sehen, wie er wegschmilzt, wenn die Kleine weint. Sie weiß ganz genau, wie sie ihn um den kleinen Finger wickeln kann. Es ist zum Totlachen, ihr dabei zuzusehen.«

Immer die Planerin, fragte Abby: »Dann möchtest du also, dass wir frühestens Freitagmorgen kommen? Wir organisieren alles auf unserer Seite, dann können wir früh zu dir rüberfliegen, wenn du magst.«

So wunderbar diese beiden Frauen auch waren, je weniger Zeit sie in Najriad verbrachten, desto geringer war das Risiko, dass noch etwas anderes schiefging. »Ich muss noch einiges erledigen, bevor ihr eintrefft.«

Wie zum Beispiel, meinen gesunden Menschenverstand wiederfinden.

»Am Samstag werden Raschid und ich einige Verträge in Anwesenheit unserer Eltern unterzeichnen«, fuhr Zhang fort. »Dann folgt gleich die eigentliche Trauung, aber nur im Kreis unserer Familien. Am selben Abend findet dann zur Feier ein Dinner statt.« Da sie gerade bei einer aufwendigen und fröhlichen Hochzeit gewesen waren, hatte Zhang das Gefühl, sie müsste ihre Freunde auf den gravierenden Unterschied vorbereiten. Aufgrund der Umstände war die üblicherweise eine Woche andauernde Extravaganz, die eine Hochzeit sowohl in Zhangs als auch in Raschids Kultur war, auf eine formale und bescheidene eintägige Angelegenheit zusammengeschrumpft. Keine der beiden Familien war sonderlich stolz auf die Publicity, die ihren Hochzeitstag umgab. Da das Resultat das Gleiche sein würde, hatte es wirklich keinen Sinn, darüber zu brüten, was hätte sein können. *Wer sein Leben damit verbringt, immer dem nachzutrauern, was nicht ist, verpasst dabei das, was ist.* »Es wird anders werden als bei dir, Abby, aber ich freue mich, dass ihr beide kommt.«

»Gibt es Besonderheiten, auf die wir achten müssen?«, fragte Abby.

Zhang überlegte und antwortete: »Kleidet euch konservativ. Auch bei der Hochzeit. Tragt etwas, das die Schultern bedeckt, und achtet auf lange Röcke.«

»Wie beklemmend«, kommentierte Lil. »Ich kann mir nicht vorstellen, an einem Ort zu leben, an dem ich nicht anziehen kann, was ich will.«

»Anders heißt nicht unbedingt, dass es besser oder schlechter ist, Lil. Oftmals steht ›besser‹ einfach nur für das, womit man groß geworden ist und das man gewohnt ist«, erwiderte Zhang.

Getreu ihrer direkten Natur fragte Lil: »Werden die Frauen dort wie Bürger zweiter Klasse behandelt?«

»Ich bin noch nicht lange genug hier, um sagen zu können, wie die Mehrheit der Frauen behandelt wird«, antwortete Zhang ehrlich. »Aber ich vermute, Najriad ist wie jede andere Gesellschaft auch – sie hat ihre Stärken und ihre dunklen Schattenseiten. Zeig mir ein Land, in dem man sich für nichts schämt, und ich zeige dir ein Volk, das eine Lüge lebt. Es gibt immer etwas Wundervolles und etwas Hässliches. Das ist das natürliche Gleichgewicht.«

»Mit der Vorstellung, dass dir jemand sagt, was du zu tun hast, Zhang, tue ich mich ziemlich schwer«, warf Abby ein.

»Ich gebe zu, dass mir nicht alle Aspekte an dieser Sache leichtfallen werden.«

»Ich wünschte … ich wünschte, ich könnte auch so gute Ratschläge geben wie du, Zhang«, sagte Lil. »Du hast mir wirklich geholfen, mich selbst besser zu verstehen. Ich möchte das Gleiche für dich tun, aber ich weiß nicht, was ich sagen soll.«

Zhang lächelte sanft ins Telefon. »Manchmal kann man nichts weiter tun, als den anderen zu unterstützen, indem man da ist.«

»Das können wir«, sagte Abby.

154

»Hey, gibt's auch Kamele bei der Hochzeit?«, fragte Lil und ließ den Ernst der Sache hinter sich.

Abby stöhnte.

Zhang lachte. »Der Palast, in dem wir wohnen, steht mitten in einer großen Stadt ... in etwa so groß wie London. Sogar in New York hättest du bessere Chancen, ein Kamel zu Gesicht zu bekommen.«

»Nicht zu vergessen, dass du hier mit einem furchtbaren Klischee eine ganze Region einstufst, die in Wahrheit ziemlich modern ist«, ergänzte Abby.

»Willst du etwa behaupten, dass es da drüben kein einziges Kamel gibt?«, konterte Lil.

Mit einem schuldbewussten Lächeln, das ihr niemand außer Lil abgewinnen konnte, gestand Zhang ihr zu: »In der Nähe der Wüstenfestung habe ich tatsächlich eins gesehen.«

Darauf sprang Lil sofort an. »Wüstenfestung?! Ich wusste es! Oh, Zhang, du musst mir wirklich alles erzählen.«

Tut mir leid, Lil, dafür ist das einen Tick zu pikant.

»Lil, einige Dinge sind privat«, mahnte Abby.

»Nicht zwischen Zhang und mir. Wir haben einen Draht«, erwiderte Lil selbstsicher.

Zhangs Lächeln wurde breiter und unerwartete Tränen traten ihr in die Augen. In ihrer Familie gab es keine weiblichen Mitglieder, denen sie nahestand. Noch nie hatte jemand so mit ihr gesprochen wie Lil, und sie fragte sich, ob es sich so anfühlt, wenn man eine Schwester hat. Abby und Lil piesackten einander, aber war den beiden Frauen auch klar, was für unwahrscheinliche Glückspilze sie waren, dass sie einander hatten?

»Ich fühle mich geehrt, dass ihr beide Gäste bei meiner Hochzeit sein werdet. Abby, ich bedaure wirklich, dass du dafür deine Hochzeitsreise abbrechen musst.«

»Na ja, es war ja nicht gerade so, dass wir uns in einer abgelegenen Blockhütte verbarrikadiert hatten. Wir haben uns potenzielle Standorte für den Bau von Schulen angesehen. Dominic hat als Hochzeitsgeschenk für mich eine Stiftung in meinem Namen gegründet und wir starten ein Bildungsprogramm in Südamerika. Diese Arbeit ist sehr aufregend, aber nichts, was man nicht genauso gut ein paar Wochen später in Angriff nehmen kann. Deine Hochzeit ist wichtig. Nächste Woche wird Dominic mit seinem neuen Server in China beschäftigt sein. Ich bin einfach nur froh, dass ihn sein spontaner Ausflug nach Najriad nicht in Schwierigkeiten gebracht hat.«

Ich auch, dachte Zhang bei sich.

»Gut, dann sehe ich euch beide also am Freitag?«, fragte Zhang abschließend.

»Das würden wir um keinen Preis verpassen wollen«, bestätigte Abby.

»Warte mal. Was wünschst du dir als Hochzeitsgeschenk?«, fragte Lil.

»Ich habe alles, was ich brauche. Das heißt, fast alles«, antwortete sie. »Bring mein Handy mit.«

Zhangs zweiter Anruf ging an den Chef ihres Sicherheitsteams. Nach einer kurzen Schilderung der Situation, die auf ihrer Story mit dem Durchbrennen basierte, wies Zhang ohne Umschweife an: »Positionieren Sie Männer in und um Najriad. Ich wohne im Stadtpalast in Nilon. Niemand darf erfahren, dass Sie hier sind. Im Moment brauchen Sie nichts weiter zu tun, als in der Nähe zu bleiben und sich bereitzuhalten.«

Wenn man jemanden lange und gut genug bezahlte, erübrigten sich umfangreiche Begründungen – es wurden einfach nur Befehle ausgeführt. »Haben Sie einen konkreten Verdacht oder ist das eine Vorsichtsmaßnahme?«

»Im Augenblick nur eine Vorsichtsmaßnahme, aber halten Sie die Ohren offen. Ich habe ein schlechtes Gefühl, aber ich kann nicht genau sagen, was es ist.«

»Möchten Sie einen Mann im Palast haben?«

Zhang zog in Betracht, wie loyal sich die Dienerschaft bisher erwiesen hatte, und antwortete: »Ja. Aber Sie werden einen Einheimischen rekrutieren und extrem großzügig sein müssen.«

In den sechs Jahren, die das Team für sie gearbeitet hatte, war sie noch nie von ihm enttäuscht worden. *Ich bin keine hilflose Gefangene.* Es war an der Zeit, dass sie Raschid zeigte, wen genau er da heiratete. Ein paar Tage mit der Frau, die sie in Wirklichkeit war, und womöglich änderte er ganz schnell seine Meinung darüber, wie lange ihre Ehe halten oder nicht halten sollte.

Seltsamerweise machte sie dieser Gedanke trauriger, als sie zugeben wollte.

Den dritten Anruf wollte sie von allen am wenigsten tätigen. Sie versammelte das Führungsteam von Eight Lions Development, ihrer Immobiliengesellschaft, und informierte es darüber, dass sie vorübergehend außerhalb des Landes arbeiten würde ... sehr weit außerhalb.

Wieso?

Ach nur, weil ich heirate.

Da sie keinem von ihnen genug vertraute, um die Wahrheit zu erzählen, wurde die Erklärung zu einem qualvoll lang gezogenen Austausch von Lügen und Glückwünschen. Dem folgten noch mehr Lügen und Zusicherungen darüber, dass sie durch ihre Eheschließung die Treffen mit Klienten nur für kurze Zeit einschränken müsste.

Einsam und erschöpft kehrte Zhang in ihr Quartier zurück. Sie schlüpfte aus den flachen Schuhen, zog sich das Kleid über den Kopf und legte es ordentlich zusammengefaltet auf eine der Sitzbänke in ihrem Zimmer. In ihrer Unterwäsche tappte sie zum begehbaren Wandschrank und suchte sich ein pfirsichfarbenes Nachthemd aus Seide aus. Die kurze heiße Dusche nahm ihr etwas von der Anspannung, doch als sie sich in das große Bett legte, wirbelten ihr immer noch Gedanken durch den Kopf.

Allein zu sein ist nicht generell schlecht.

Beschwerten sich verheiratete Frauen nicht ständig übers Schnarchen, den Kampf um die Bettdecke und merkwürdige Gerüche? Zu Beginn der Ehe verleugnete man das, und wurde man als Paar vertrauter miteinander, riss man Witze. In Zhangs Bett hatte es über zehn Jahre lang keine Veränderung gegeben – absolute Stille, alles gehörte ohne jeden Streit ihr, immer ein leichter Duft ihres Lieblingsparfüms, eines Jasminöls. Das würde sich alles ab Samstagnacht ändern. Rechtlich gesehen würden Raschid und sie verheiratet sein, sobald sie ihre Verträge unterzeichnet hatten. Vielleicht wartete Raschid damit, sie in sein Quartier umzusiedeln, bis die letzten Gäste am Sonntag abgereist waren, aber sie bezweifelte, dass er derart geduldig sein würde.

Eine von Zhangs Stärken lag darin, schnell Entscheidungen treffen zu können. Unentschiedenheit behinderte Taten und führte zu Schwäche. In dem bloßen Akt, sich für einen Weg zu entscheiden und alle Energie darauf zu konzentrieren, lag Stärke.

Ich habe ihm gesagt, dass unsere Ehe für sechs Monate geschlossen wird.

Ich habe ihm gesagt, dass ich nicht noch mal mit ihm schlafen will.

Beide Ansagen hat er abgetan.

Zhang drehte sich auf den Bauch und boxte ins Kissen.

Bin ich auf ihn sauer, weil er nicht auf mich hören will?

Oder auf mich, weil ich froh bin, dass er's nicht tut?

Vielleicht ist in Najriad irgendwas im Kaffee, denn anscheinend kann ich hier nicht mehr klar denken.

Ab morgen trinke ich wieder Tee!

KAPITEL 13

Am nächsten Morgen saß Zhang nach einer Führung durch Nilon respektvoll verhüllt in einem einfachen blaugrünen, knöchellangen Kleid und passendem Tuch Hadia gegenüber in einem kleinen Café. Najriad war in einigen Aspekten modern und in anderen streng konservativ. Frauen allen Alters waren entweder mit Abayas verhüllt oder trugen einen eher westlichen – wenngleich auch sittsamen – Stil mit vorwiegend hohen Ausschnitten, langen Ärmeln und tiefen Säumen. Zhang hatte Hadia in dieser Angelegenheit um Rat gebeten. Sie wollte nicht, dass ihr erster Auftritt in der Öffentlichkeit anstößig war. Die Stadttour mit Hadia hatte damit begonnen, dass die alte Dame Zhang ihren Kleiderschrank besichtigen ließ.

Beim Anblick all der aktuellen Modelle internationaler Modedesigner würde man nie darauf kommen, dass Hadia bereits über siebzig Jahre alt war. Lachend erzählte sie, dass sie früher einmal einen Kleiderschrank für die Straße und einen für ihren Ehemann hatte, sich aber jetzt einfach nur so kleidete, wie es ihr gefiel. Das hieß nicht, dass sie die althergebrachten Sitten nicht respektierte. In der Öffentlichkeit blieb sie nach wie vor zumeist verhüllt und trug ein Tuch über den Haaren.

Nachdem Zhang sich, basierend auf Hadias Anregungen, ihre Kleidung ausgewählt hatte, sagte Hadia: »Als ich gelesen habe, was für ein überaus unabhängiges Leben du führst, war ich mir nicht sicher, ob ich dich als Königin von Najriad sehen konnte, aber du hast mich beeindruckt.«

Zhang hatte mit den Schultern gezuckt und erwidert: »Ich navigiere bereits an der Grenze zwischen zwei Kulturen, warum sollte mir da eine dritte noch etwas ausmachen?«

Im Café hatte Hadia Kaffee bestellt und Zhang klaren Verstand in Form von schwarzem Tee, eine englische Mischung. Hadia deutete auf die Wachen, die in der Nähe standen, und fragte: »Macht es dir etwas aus, dass du nicht alleine ausgehen kannst?«

Zhang schüttelte den Kopf. »Dieses Privileg habe ich schon vor Jahren eingebüßt, als ich zum ersten Mal echte Bekanntschaft mit Erfolg geschlossen hatte. Wenn man etwas besitzt, wird es immer jemanden geben, der es einem wegnehmen will. Normalerweise reise ich mit meinen eigenen Sicherheitsleuten.«

»Und wo sind diese Männer jetzt?« Hadia schaute sich in der belebten Straße um.

Für eine Frau, die den Großteil ihres Lebens in einem Palast verbracht hatte, wusste sie ziemlich gut Bescheid darüber, wie es in der Welt zuging. »Nicht weit weg«, gestand Zhang ein. Sie hatte nicht den geringsten Zweifel, dass einer ihrer Männer aus der Menge auftauchen würde, sobald sie beunruhigt etwas ausrief.

Hadia nickte billigend. »Und, wie gefällt dir Nilon?«

»Es ist wundervoll, und dass Raschid den Schwerpunkt auf höhere Bildung gelegt hat, ist deutlich zu sehen.«

»Sein Ziel ist es, auf allen Ebenen mathematische und wissenschaftliche Kenntnisse zu verankern, damit unser Volk nicht nur Arbeit in der Stadt findet, wenn er den Hauptsitz seines Konzerns hierher verlegt, sondern damit es unsere Wirtschaft mithilfe von Innovationen neu erfindet, kreiert und gestaltet.«

»Ein bewundernswertes Vorhaben.«

Und meinem eigenen recht ähnlich.

Beide bedankten sich zuvorkommend bei der jungen Frau, die ihnen die Getränke servierte. Das Mädchen erkannte die Mutter des Königs und verbeugte sich mehrmals. Die junge Frau trug ein einfaches besticktes Hemd und eine weite Hose, ihr langes schwarzes Haar war unverhüllt und ordentlich im Nacken zusammengebunden. Hadia hatte Zhang bereits erklärt, dass sich die Regeln für die Jugend änderten – etwas, worüber sie sich freute und was ihr gleichzeitig Sorgen bereitete. Doch Hadia hielt sich nicht länger mit dem Thema Bekleidungswahl auf, sie interessierten ganz andere Dinge. »Mein Enkel nimmt seine Pflichten sehr ernst, aber er ringt mit sich selbst. Hat er dir erzählt, dass seine Mutter bei seiner Geburt gestorben ist?«

Zhang schüttelte den Kopf und nippte an ihrem Tee. Die Frage erinnerte sie daran, wie wenig sie von dem Mann wusste, den sie in wenigen Tagen heiraten würde.

Hadia nippte an ihrem Kaffee und nickte der Kellnerin zufrieden zu, die sich daraufhin entfernte. »Es hat Raschid tief geprägt, aber er will nicht darüber sprechen. Seine Mutter war im Volk recht umstritten gewesen. Sie war Engländerin und niemand hatte sie akzeptiert.« Hadia lächelte bei der Erinnerung an sie. »Doch mein Sohn hat sie geliebt. Eine Zeit lang hatte ich befürchtet, dass er uns für sie verlassen würde, aber dann haben die beiden geheiratet und sie ist mit ihm hierhergekommen.«

Zhang lehnte sich vor. »Das war sicher nicht leicht für sie.«

»Das stelle ich mir auch so vor. An einigen ihrer Ansichten hielt sie stur fest, und das machte es für beide schwerer. Aber sie liebte Amir, und für mich war das genug, um sie zu akzeptieren. Das Volk war jedoch nicht so leicht zu gewinnen. Womöglich hätte sie es aber geschafft, wenn sie nicht im ersten Jahr ihrer Ehe schwanger geworden wäre. Fast die gesamte Schwangerschaft über war sie kränklich gewesen. Sie starb, bevor sie und das Volk einander kennenlernen konnten.«

»Das ist sehr traurig.«

Hadia stellte die Kaffeetasse ab, und als sie aufschaute, stand Trauer in ihren Augen. »Das war es in vielerlei Hinsicht. Ihr Tod hat meinen Sohn Amir schwer getroffen. Er war auf sich selbst wütend und auf das Volk, das nicht um sie trauerte – zeitweise wandte er sich sogar von seinem Glauben ab. Anfangs konnte Amir es nicht ertragen, Zeit mit Raschid zu verbringen. Er sagte, es sei zu schmerzlich. Manchmal denke ich, dass Raschid schon sein ganzes Leben lang den Preis für eine Tragödie zahlt, an der er keinerlei Schuld trägt.«

»Ist das der Grund, weshalb Raschid auf eine Schule im Ausland geschickt wurde?« Zhang brach fast das Herz für den kleinen Jungen, der alles verloren hatte, und für den Mann, der sich irgendwie die Schuld dafür gab.

Hadia zuckte mit einer Schulter. »Amir begründete es mit seinem Wunsch, moderne Technologien nach Najriad zu holen. Seine Erklärung war einleuchtend, doch mit der Entscheidung war ich nie einverstanden gewesen. Raschid war gerade mal acht Jahre alt gewesen, als er fortgeschickt wurde, und das ist viel zu jung, um ganz allein zu sein. Amir hätte ihn zumindest jeden Sommer nach Hause holen sollen, aber das tat er nicht. Er heiratete erneut, und möglicherweise war es für alle leichter gewesen, dass Raschid von der Bildfläche verschwunden war. Ich liebe meinen Sohn, aber als Ghalil zur Welt kam, hätte er Raschid nach Hause holen sollen. Den einen Sohn hier groß- zuziehen und den anderen in die Ferne zu schicken, hat die Brüder einander zu Fremden werden lassen. Aus Fremden wer- den ganz leicht Widersacher. Ghalil hat nie um die Liebe seines Vaters kämpfen müssen, und alle sind davon ausgegangen, dass er eines Tages König sein wird.«

»Obwohl Raschid der Erstgeborene ist?«

»In Najriad hängt es von der Familie ab, wer als zukünftiger Scheich herrschen wird. Abstammung ist also wichtig, doch Amir könnte seinen Titel auch ohne Weiteres einem Bruder oder einem Cousin übergeben, nicht nur seinen Kindern.«

»Hat Raschid überlegt, den Titel abzulehnen?«

»Dessen bin ich mir sicher. Das Volk kennt ihn nicht und vertraut ihm nicht. Hin und wieder hat er Schwierigkeiten, sich auf Arabisch auszudrücken. Zu zeigen, dass er des Titels würdig ist, fällt ihm ganz sicher nicht leicht.«

»Warum nimmt er ihn dann an? Außerhalb von Najriad führt er ein erfolgreiches Leben. Sein Bruder könnte König werden, und mir scheint, damit wären beide glücklicher.« Groll stieg in ihr auf, weil Raschid einem Land gegenüber loyal war, das bisher keins der Opfer zu schätzen wusste, die er für es gebracht hatte.

Hadia trank einen weiteren Schluck Kaffee und sagte: »Amir hat Raschid bestimmt. So einfach ist das. Soweit ich weiß, hat Raschid seinem Vater bisher nur ein einziges Mal etwas abgeschlagen.«

Zhang hob fragend eine Augenbraue.

»Deinetwegen. Amirs ursprünglicher Plan hatte unter anderem vorgesehen, dich den sprichwörtlichen Wölfen zum Fraß vorzuwerfen. Davon wollte Raschid jedoch nichts wissen.« Sie musterte Zhang aufmerksam, als sie ergänzte: »Du bist ihm wichtig.«

Diese Neuigkeit erschütterte Zhangs Fassung. Raschid hatte seinem Vater die Stirn geboten? Ihretwegen? »Er heiratet mich nur aus politischen Gründen.« Sie klammerte sich an eine Theorie, die immer schwieriger zu verteidigen war.

Hadia lächelte sanft. »Ach, tatsächlich? Ihm war eine Option unterbreitet worden, die seinen Vater und sein Land zufriedengestellt hätte, doch er wollte nicht zulassen, dass man dich öffentlich blamiert.«

Langsam wurde es Zhang unangenehm, sich mit einem Thema zu befassen, das den Weg infrage stellte, den sie eingeschlagen hatte. »Weshalb erzählst du mir das alles?«

»Weil dein Mund sagt, dass du meinen Enkel heiratest, doch deine Augen sagen etwas ganz anderes.«

Zhang tat so, als würde sie die Menschen beobachten, die draußen am Fenster vorbeigingen, und antwortete dabei steif: »Ich werde Raschid am Samstag heiraten.«

»Und dann?«, fragte Hadia.

»Wer kann schon wissen, was die Zukunft bringt?«, orakelte Zhang ausweichend.

»Man weiß es, wenn man sie im Herzen bereits vorgezeichnet hat.«

Endlich kommen wir zu dem Punkt, weshalb du den Vormittag mit mir verbringen wolltest. Zhang sah sie wieder direkt an und fragte: »Was willst du von mir, Hadia?«

»Ich will, dass mein Enkel endlich glücklich wird. Du glaubst, er bräuchte diese Hochzeit, um sein Land zu retten, aber das hätte er auch ohne Probleme tun können, ohne dich zu heiraten.« Sie beugte sich vor und fuhr mit ernster Stimme fort: »Ich kenne Raschid. Wenn er dir das ganze Leben verspricht, dann meint er das so. Du auch?«

Zhangs Herz klopfte wie wild. Am liebsten würde sie Hadia antworten, dass sie das überhaupt nichts anging, aber es war unmöglich, in diese weisen alten Augen zu blicken und dann nicht die Wahrheit zu sagen. »Raschid will über mich bestimmen«, flüsterte sie.

Plötzlich wirkte Hadia ganz amüsiert. »Das versuchen sie alle, Zhang. Möchtest du wirklich lieber einen Mann haben, der zu deinen Füßen kriecht, sobald du die kleinste Unzufriedenheit zeigst? Wie viel Spaß würde es denn mit so einem im Bett machen?«

Zhang wurde blitzartig tiefrot.

Hadia berührte leicht ihre Hand. »Ich habe dich in Verlegenheit gebracht. Das war nicht meine Absicht. Bitte entschuldige.«

Zhang sah der alten Dame in die Augen und erwiderte: »Eine Entschuldigung ist nicht nötig. Deine Frage hat mich einfach nur überrascht.«

Hadia lachte. »Ach, die jungen Leute glauben immer, die Älteren seien runzlig und enthaltsam zur Welt gekommen. Aber vor langer Zeit habe ich selbst einmal einen arroganten Wüstenprinzen geheiratet.« Die Erinnerung an ihn ließ kurz ihre Augen aufleuchten. »Ich vermisse ihn noch immer.« Sie nahm Zhangs Hand. »Wenn du einmal so alt bist wie ich, wird dir dann dein Stolz Kinder und Enkelkinder gegeben haben? Wird dir deine Unabhängigkeit, deren Verlust du so sehr fürchtest, bei all jenen Verlusten Trost spenden, die dir das Leben unweigerlich bringen wird? Was ist dein ganzer Reichtum wert, wenn du ihn nicht mit jemandem teilen kannst, den du liebst?«

Die Wahrheit, die Zhang sich schmerzlich eingestehen musste, schnürte ihr fast den Hals zu. »Raschid und ich, wir sind nicht ineinander verliebt.«

Hadia verzog das Gesicht. »Sich verlieben. Diesen Ausdruck habe ich noch nie gemocht. Liebe ist kein Zustand, den man schlagartig annimmt und wieder ablegt. Liebe wächst aus einem Samenkorn aus Vertrauen, das man ganz bewusst in dem Nährboden von Verbundenheit und Freundschaft aussät. Hegt und pflegt man sie mit Respekt und Leidenschaft, wird sie gedeihen. Du hast Angst, und das ist ganz natürlich – aber hat dich deine Angst davon abgehalten, deine Unternehmensziele zu erreichen? Du kannst mir nicht vormachen, dass du Raschid nicht willst. Ich sehe die Sehnsucht in deinen Augen, wenn wir über ihn sprechen. Du kannst alles haben, Zhang. Du kannst Liebe und ein erfülltes Leben haben, aber du musst darum kämpfen. Kämpfe ebenso entschlossen, wie du für dein

Unternehmen gekämpft hast, und vielleicht wirst du am Ende feststellen, dass du beides haben kannst. Die Frage, die du dir stellen musst, ist, ob du meinen Enkel haben willst. Wenn dem so ist, dann lass deine Befürchtungen hinter dir und hol dir, was du willst. Der Rest wird sich von ganz allein ergeben.«

Ich muss nichts weiter tun, als zuzugeben, dass ich es will?

Nicht nur für eine Nacht.

Nicht nur für sechs Monate.

Für immer.

Mit Raschid.

Ich will seine Leidenschaft, seine Geborgenheit – sein Baby.

Ich will das Eheversprechen sagen und es auch so meinen.

Hadia unterbrach ihre Gedanken. »Ich habe eine deiner Freundinnen kennengelernt.«

Lil? Abby? Die Liste ist jämmerlich kurz.

»Freundin ist vielleicht etwas übertrieben. Ihr habt vor ein paar Jahren zusammen an einer einwöchigen Konferenz der UNO zu den weltweiten Lebensbedingungen von Frauen teilgenommen. Dein Engagement, den Frauen deines Landes zu helfen, hat sie beeindruckt. Ihr Name ist Caroline Thelemaque.«

Bei dem Namen formte sich kein Bild vor Zhangs Augen. »Es tut mir leid, ich erinnere mich nicht an sie.«

Hadia winkte jemandem zu, der aus einem Taxi stieg. »Das macht nichts, denn sie ist hier.«

Was hast du vor, Hadia?

Zhang erhob sich zusammen mit Hadia, um die Frau zu begrüßen, die das Café betrat und zu ihrem Tisch kam. Sie war nur durchschnittlich groß, doch ihr strahlendes Lächeln erhellte alles in ihrer Umgebung. Zhang fiel sofort wieder ein, wer sie war. Wer konnte schon die lebhafte Haitianerin vergessen, deren Selbstsicherheit genau zu ihrer herausfordernd weiblichen Geschäftskleidung passte? Heute hatte sich Caroline zwar etwas dezenter angezogen, doch ihre Energie war dieselbe.

166

Ihr wundervolles schwarzes Haar zeigte stolz ein paar graue Strähnen, und sie hatte es zum Teil mit einem modischen Tuch verhüllt, höchstwahrscheinlich aus Respekt für Hadia.

Sie verbeugte sich leicht vor der alten Dame und schüttelte ihr herzlich die Hand. »Eure Majestät, diese Einladung ist eine Ehre, vielen Dank.« Dann schüttelte sie Zhang enthusiastisch die Hand. »Miss Yajun. Prinzessin. Ich weiß nicht genau, wie ich Sie ansprechen soll.«

Zhang konnte nicht anders, als Carolines warmes Lächeln zu erwidern. »Bitte nennen Sie mich Zhang.«

Hadia setzte sich und die beiden jüngeren Frauen taten es ihr gleich.

»Caroline ist mit einem Videoteam hergekommen«, erzählte Hadia. »Sie dokumentiert, wie die Ausrichtung auf Bildung und Technologie schon jetzt die Bedingungen für die Frauen in unseren ländlichen Gebieten verändert. Raschid erlässt Gesetze, die jungen Frauen vorschreiben, bis zum Alter von achtzehn Jahren die Schule zu besuchen. Er möchte, dass mehr von ihnen an unseren Universitäten studieren.«

Zhang lehnte sich vor. »Ich wusste nicht, dass das eins von Raschids Vorhaben ist.«

»Vielleicht habt ihr mehr gemeinsam, als du denkst«, erwiderte Hadia.

Diese Feststellung war Zhang unangenehm und sie wandte sich an Caroline. »Bei unserer letzten Begegnung haben Sie in Kanada gelebt und an der Finanzierung für ein Projekt in Haiti gearbeitet, stimmt's?«

Caroline bestellte einen Kaffee und antwortete dann: »Richtig, das Projekt läuft immer noch. Es ist einfach großartig. Wir bringen Frauen unternehmerische Grundlagen bei und helfen ihnen, die Ressourcen zu finden, die sie als Selbstständige brauchen. Eine Frau stellt zum Beispiel Handtaschen aus alten Cornflakesverpackungen her. Damit hat sie ein Einkommen für ihre Familie und verwertet gleichzeitig etwas, das sonst Müll geworden wäre.«

Plötzlich bereute es Zhang, dass ihrer ersten Spende an diese Frau keine weiteren gefolgt waren. Das würde sie schon bald wiedergutmachen. Im Moment fragte sie nur: »Verwenden Sie dieses Filmmaterial zur Einwerbung von Spenden?«

»Nein, genau genommen habe ich mit der Doku nichts zu tun. Ich habe mich dem Team nur angeschlossen, weil ich so viel Wunderbares darüber gehört habe, was hier momentan geschieht. Manchmal besuche ich erfolgreiche Programme gern vor Ort, um wieder Energie aufzutanken. Wenn man an die Probleme denkt, mit denen sich Frauen weltweit konfrontiert sehen, kann das einen schon überwältigen. Sie lassen sich nicht durch Grenzen aufhalten oder spezifischen Kulturkreisen zuordnen. Egal, wohin ich komme, überall finde ich Frauen vor, die mit Armut, Missbrauch oder einfach nur der Überzeugung zu kämpfen haben, dass ihre Lebenslage nicht zu verbessern sei. Länder wie Najriad erinnern uns daran, dass wir tatsächlich Fortschritte machen, aber das ist nie leicht.«

Hadia ergänzte: »Missbrauch und Traditionen können manchmal eng miteinander verflochten sein. Es braucht eine geschickte Hand, um sich um das eine zu kümmern, ohne das andere in Stücke zu schlagen. Caroline, ich habe sehr viel Gutes über Sie gehört und wie Sie mit dieser Gratwanderung umgehen.« Sie warf Zhang einen Blick zu und sagte: »Ich glaube, du versuchst, mit deinen Programmen in China Ähnliches zu erreichen, Zhang.«

Zhang nickte. »Anfangs treffe ich immer noch auf Widerstand. Viele Eltern glauben, ich würde propagieren, unsere Sitten abzulegen und die des Westens anzunehmen. Mit der Zeit erkennen sie, dass Bildung keineswegs die Moral untergräbt. Die Fähigkeit zu lesen macht ein junges Mädchen nicht unanständig, aber sie könnte ihr helfen, später ihre Kinder zu ernähren, falls ihr Mann jung sterben sollte. Die Überzeugung, dass sich die Männer der Familie schon um einen kümmern werden, trifft nur dann zu, wenn man auch eine Familie hat. Es liegt mir wirklich sehr am Herzen zu zeigen, wie viel die Macht der Bildung zur Stärkung von Gemeinden beitragen kann.«

»Sie sind eine Inspiration für Frauen in der ganzen Welt, Zhang, und was Sie für die Frauenbewegung in China getan haben, ist Stoff für Legenden«, sagte Caroline. »Ich kann mir kaum vorstellen, wie viel Hoffnung Sie nach Najriad bringen, wenn Sie Königin sind.«

Angesichts von Carolines Komplimenten und ihres Enthusiasmus kam sich Zhang ein wenig wie eine Hochstaplerin vor. Beinahe hätte sie verkündet, dass die Wahrscheinlichkeit recht gering sei, dass sie sich in Probleme hier vor Ort einbringen würde. Höchstwahrscheinlich würde sie schon lange von Raschid geschieden sein, wenn er König wurde.

Außer, wenn ich hierbleibe.

Bei dem Gedanken drehte sich Zhang der Magen um und ihr Mund wurde ganz trocken.

Ich bleibe nicht hier.

Oder?

Einem Impuls folgend, fragte sie: »Caroline, sind Sie verheiratet?«

Die Frau lächelte strahlend. »Ja, seit zwanzig Jahren.«

»Und dennoch reisen Sie in der Welt herum? Ist das kein Problem?«

Caroline schien zu spüren, wie wichtig diese Frage für Zhang war. »Mein Mann ist nicht immer glücklich, wenn ich verreise, aber meine Arbeit bedeutet mir sehr viel und er weiß das.«

Seltsamerweise fühlte es sich sicher an, diesen beiden Frauen ihre tiefsten Ängste anzuvertrauen. »Ich habe unglaublich lange um meine Unabhängigkeit gekämpft und die Vorstellung zu heiraten macht mir Angst. Ich befürchte, dass ich mich irgendwie selbst verlieren werde.«

Hadia lächelte mitfühlend und Caroline erwiderte: »Am Anfang ging es mir genauso, aber meinem Mann ist bewusst, dass er eine starke und unabhängige Frau geheiratet hat. Sicher, manchmal ist es schwierig, aber wir arbeiten gemeinsam daran. Ich liebe ihn und das weiß er. Er liebt mich und beweist es, indem er nicht nur das Gute, sondern auch das Schlechte akzeptiert. Ich kann nicht immer verreisen, wenn ich das möchte, weil er mich braucht oder die Kinder. Die Ehe ist ein Kompromiss für beide Beteiligten. Alle, die hartnäckig behaupten, es sei leicht, lügen. Dennoch habe ich es nie bereut, mich für die Liebe entschieden zu haben.«

Zhang konnte nicht anders, als davon gerührt zu sein, wie sehr sich diese Frau sowohl ihrem Mann als auch sich selbst verschrieben hatte. »Hört sich so an, als wäre Ihr Mann ein echter Glückspilz.«

Caroline lächelte fröhlich. »Das ist er auch. Ich habe ihm zwei wunderbare Kinder geschenkt: unseren Sohn Patrick und unsere Tochter Sarah; und wir streiten uns nicht darum, wer das Sagen hat. Ich verstehe, dass es ihm wichtig ist, der Mann in unserem Haus zu sein, und er versteht, dass er und unsere Kinder von einer glücklichen Frau am besten umsorgt werden. Die Ehe braucht kein Tauziehen zu sein. Ein Kompromiss ist wie ein Geschenk für den Mann, den man liebt, und wenn es der richtige Mann für einen ist, dann ist es ein Geschenk, das er zehnfach zurückgibt.«

Zhang traten die Tränen in die Augen, als ihr klar wurde, dass sie dieses Thema nie mit ihrer Mutter besprochen hatte, und sie bezweifelte, dass das je geschehen würde. Waren diese Frauen schon immer so sicher im Umgang mit sich selbst, oder hatten sie jemanden, der sie geleitet hatte?

Als würde sie spüren, wie Zhangs Stimmung sank, lockerte Caroline das Gespräch auf, indem sie sagte: »Unterm Strich ist das schon alles, was ich zum Thema Ehe raten kann, außer vielleicht noch, dass man nie unterschätzen sollte, wie wichtig es ist, die Leidenschaft füreinander am Leben zu halten. Viele Paare schieben einander zur Seite, um mehr für die Kinder oder die Arbeit da zu sein. Ein hungriger Mann kann nie ein glücklicher Mann sein. Wenn Sie Ihren Mann gut versorgen, werden Sie eine Ehe führen, um die Sie alle Ihre Freunde beneiden werden.«

»Oh, ich kann nicht kochen«, meinte Zhang.

Hadia und Caroline wechselten Blicke und lachten. »Meine zukünftige Schwiegertochter hat einen sehr trockenen Humor«, neckte Hadia. »Eine kluge Frau hat keine Angst davor, ihren Mann zufriedenzustellen.«

Zhangs Gesicht nahm eine tiefrote Farbe an.

Caroline beeilte sich zu sagen: »Ich hoffe, ich habe keine Grenzen überschritten, indem ich all das erzählt habe. Beim Thema Liebe und Ehe bin ich nicht gerade schüchtern.«

Zhang erlangte ihre Fassung zurück. »Einige meiner besten Freunde geben auch gern viel von sich preis. Ein Charakterzug, den ich langsam zu schätzen lerne.« An Hadia gewandt sagte sie: »Allmählich beginne ich auch, die hohe Kunst der Manipulation zu bewundern.«

Hadia akzeptierte ungeniert Zhangs Urteil über ihr Vorgehen an diesem Tag. »Du hast so viel für dein Heimatland erreicht, Zhang. Ich wollte dir zeigen, dass deine Arbeit noch lange nicht beendet ist. Caroline wollte dich heute treffen, weil sie dich bewundert, aber ich frage mich, ob es da nicht auch so einiges gibt, was sie dir noch beibringen könnte.«

»Oh, ich würde nie auf die Idee kommen, vorzuschlagen ...«, warf Caroline plötzlich bescheiden ein.

Zhang fiel ihr ins Wort und sagte augenzwinkernd: »Eure Majestät, Sie sind wirklich eine ganz gerissene Dame. Caroline, möchten Sie in ein paar Wochen nochmals für einen Besuch herkommen? Vielleicht können Sie im Palast übernachten. Ich möchte sehr gern mehr über Ihre globalen Programme erfahren.«

»Es wäre mir eine Ehre, Eure Hoheit.«

Zum ersten Mal scheute Zhang nicht vor dem Titel zurück. »Die Ehre liegt ganz bei mir.«

Sie lächelte die beiden Frauen an und bestaunte die Weisheit des Universums.

Zwei völlig verschiedene Frauen, die viele grundsätzliche Überzeugungen teilen und ihr Glück gefunden haben.

Vielleicht hat Hadia recht.

Ich habe noch so viel zu lernen.

* * *

Ein Klopfen an der Tür zum Hauptbüro des Palastes unterbrach Raschids Telefonat mit seinem Team bei Proximus. Raschid legte das Gespräch auf Warteschleife, drehte sich im Ledersessel hinter dem großen Schreibtisch zur Tür und sagte auf Arabisch: »Herein.«

Der königliche Berater Basir trat ein und verbeugte sich leicht mit Respekt. »Eure Hoheit.«

»Mein Vater und Ghalil haben den ganzen Vormittag auswärts zu tun, falls Sie nach ihm suchen. Sie sollten mittags zurück sein.«

»Bitte entschuldigen Sie die Störung, Eure Hoheit, aber Sie sind es, mit dem ich gern sprechen möchte«, erwiderte der alte Mann.

»Dann einen Moment, bitte.« Raschid wechselte ins Englische, gab seinem Team Bescheid, dass sie das Telefonat später fortsetzen würden, und zählte einige Punkte auf, die bis dahin erledigt werden sollten. »Bitte, setzen Sie sich«, sagte er zum königlichen Berater, ohne zu bemerken, dass er nach wie vor Englisch sprach. Ein weiteres Klopfen an der Tür kündigte die Ankunft einer Kanne Kaffee an. Das Personal hielt unaufgefordert die angemessene Etikette aufrecht und überspielte auf diese Weise unauffällig Raschids Unwissenheit. Raschid lehnte dankend ab, aber Basir nahm den henkellosen kleinen Becher entgegen, den ihm der Diener anbot, nippte daran und schenkte dem Mann ein freundliches Lächeln, der sich daraufhin zügig entfernte.

Kaum dass die Tür hinter ihm ins Schloss gefallen war, sagte Basir: »Heute Morgen ist es zu einem zweiten Anschlag auf Ihren Vater gekommen. Seine Autokolonne wurde beschossen.«

Der erste war kurz nach der Ankündigung von Raschids Heimkehr erfolgt. Die Sicherheitsmaßnahmen waren in allen Bereichen verstärkt worden. Der zweite Anschlag war beunruhigend, doch er kam nicht unerwartet, da man den oder die Attentäter beim ersten Mal nicht ergreifen konnte. »Gibt es Verletzte?«, fragte Raschid, erhob sich und ging zum Berater hinüber.

»Nein, die Autokolonne war nur ein Täuschungsmanöver. Ihr Vater und Ihr Bruder befinden sich in Sicherheit. Sie sind zu Besuch bei Scheich Hamad bin Dani al Butrus im Palast von Sasiah.«

»Weiß mein Vater Bescheid?«

»Noch nicht, aber sein Sicherheitsteam wurde informiert. Bei ihrer Rückkehr werden entsprechende Sicherheitsmaßnahmen ergriffen. Je weniger davon wissen, umso besser.«

»Wer war das?« Raschid lief verärgert auf und ab.

Basir zuckte mit einer schmalen Schulter. »Es gibt Stimmen, die behaupten, es seien unsere Leute, die gegen Ihre anstehende Hochzeit mit einer ausländischen Frau protestieren.«

Raschid blieb wie angewurzelt stehen. Das wäre eine unglückselige Komplikation. Doch Basir hatte nicht sonderlich überzeugt davon geklungen. »Sie sind anderer Meinung?«

»Ich habe keine Beweise, aber mein Bauchgefühl sagt mir, dass dies nur eine Täuschung ist, um uns von etwas weitaus Schlimmerem abzulenken, das in Gang gesetzt wurde. Ich kenne die Anführer der infrage kommenden Gruppierungen sehr gut und es gab keinerlei Vorspiel zu dem hier.« Er bedachte Raschid mit einem langen, starren Blick. »Darüber hinaus finde ich es verdächtig, dass das Leben Ihres Vaters bei keinem der Anschläge tatsächlich in Gefahr war.«

»Was wollen Sie damit sagen, Basir? Jemand möchte den Anschein erwecken, das Leben meines Vaters sei in Gefahr, ohne dass dem tatsächlich so ist? Weshalb sollte man das tun?« Raschid kam auf die Antwort, bevor der Berater ein Wort sagte. »Um mich zu diskreditieren.«

Basir neigte den Kopf leicht zur Seite. »Ganz genau. Dieser Feind ist gefährlicher als all jene, die unsere Landesgrenzen infrage stellen wollen. Er ist wie eine Schlange im hohen Gras – noch nicht dreist genug, Sie direkt anzugreifen, aber ebenso tödlich.«

»Haben wir irgendwelche Hinweise?«

»Nur einen: Wer auch immer es ist, weiß ganz genau, wo sich Ihr Vater garantiert nicht aufhalten wird. Sie müssen jeden in Betracht ziehen.« Er hielt inne und ergänzte dann: »Sogar Ghalil.«

»Nein!«, blaffte Raschid hitzig. Er musste zwar zugeben, dass Ghalil wütend und misstrauisch war – aber ein Verräter? Das wollte er nicht glauben. »Mein Bruder hat mit dieser Sache nichts zu tun.«

Klugerweise senkte Basir respektvoll den Blick, als er sagte: »Die Historien königlicher Familien sind übersät von Toten, die genauso dachten.«

»Ich kenne meinen Bruder. Er ist jung und spricht oft, ohne nachzudenken, aber so etwas würde er nicht tun.«

»Ich hoffe, Ihr Vertrauen in ihn mündet nicht in Ihr Verderben.«

Das hoffe ich auch.

Es gibt noch eine andere Möglichkeit.

»Basir, es könnte ein Mitglied der königlichen Garde sein.« Die nächsten Worte waren die schwersten, die er je hatte aussprechen müssen. »Sie ist mir nicht loyal.«

Basir versuchte nicht, diese Wahrheit zu leugnen. »Es ist ein Zeichen echter Stärke, wenn man eine Schwäche eingestehen kann.«

Raschid schlug wütend mit der Hand gegen die Wand. »Diese spezielle Schwäche könnte uns allen das Leben kosten. Es kann doch nicht sein, dass ich außerhalb von Najriad ein Finanzimperium führe, in dem alle meine Befehle ohne Zögern ausgeführt werden, aber hier, in meinem eigenen Land, muss ich mich wiederholen und Drohungen aussprechen, damit irgendetwas passiert!«

»Es klingt so, als wüssten Sie bei dem einen besser, wie man es motiviert, als bei dem anderen.«

Raschid seufzte. »Manchmal frage ich mich, ob ich der richtige Mann bin, um über Najriad zu herrschen.«

»Vielleicht sind Sie es nicht«, erwiderte Basir, und Raschid riss schockiert den Kopf zu ihm herum. Geradeheraus zu sprechen, war die Eigenschaft, die Basir so wertvoll für die Hantan-Familie machte, doch der Stachel darin tat trotzdem weh. Basir fügte hinzu: »Nicht, solange Sie sich das selbst fragen. Was macht einen guten König aus, Raschid?« Als Raschid nicht antwortete, fragte Basir: »Weshalb lieben die Menschen Ihren Vater?«

»Mein Vater hat Najriad sein ganzes Leben gewidmet.«

»Richtig. Dabei hat er viele Opfer gebracht – sogar seinen erstgeborenen Sohn.« Raschid drehte sich um und ließ Basirs Worte einfach nur einsinken. »Er hat Sie der Welt übergeben, weil er wusste, Sie würden zurückkehren und das vollbringen, was er nicht geschafft hat – unsere Abhängigkeit von Bodenschätzen zu beenden. Diese Entscheidung war ihm nicht leichtgefallen, aber er hat es getan. Die königliche Garde beschützt ihn, weil er uns alle beschützt. Wenn Sie möchten, dass ein Mann bereit ist, sein Leben für Ihres zu geben, müssen Sie sich erst selbst fragen, ob Sie bereit sind, Ihres für ihn zu geben.«

»Das bin ich«, sagte Raschid knurrend.

»Dann beweisen Sie es, Eure Hoheit, und die Menschen werden Ihnen folgen.«

»Wie soll ich das anstellen?«

Basir beugte den Kopf. »Diese Frage können nur Sie beantworten, Eure Hoheit.«

Raschid drehte dem Berater den Rücken zu und starrte zum Fenster hinaus.

Basir verstand diese Geste als Ende des Gesprächs, öffnete die Tür und sagte noch leise: »Finden Sie Trost in dem Wissen, mein junger Prinz, dass Ihr Vater mich einmal das Gleiche gefragt hat und ich ihm genauso geantwortet habe.«

KAPITEL 14

Später am Tag lief Zhang wie eine eingesperrte Löwin in ihrer Palastsuite auf und ab.

Hadias Worte gingen ihr nicht aus dem Kopf. *»Du kannst Liebe und ein erfülltes Leben haben, aber du musst darum kämpfen. Kämpfe ebenso entschlossen, wie du für dein Unternehmen gekämpft hast, und vielleicht wirst du am Ende feststellen, dass du beides haben kannst.«*

Ich fürchte mich nicht davor, um das zu kämpfen, was ich will.

Aber ist es das, was ich will?

Raschid war chauvinistisch und arrogant, aber er war zugleich zärtlich und stark. Ja, er hatte sie eingesperrt wie eine Neuerwerbung für seinen Harem, aber das hatte er getan, um sie zu beschützen. Wenn Hadia die Wahrheit gesagt hatte, dann hatte er seinem Vater die Stirn geboten, um sie zu verteidigen, und ihre Ehre war ihm wichtiger als seine Freiheit.

Inmitten einer Schlacht um die Souveränität seines Landes und um sein Recht, darüber zu herrschen, hatte er sich dafür entschieden, sie zu beschützen. Nein, noch erkannte er sie nicht als ihm ebenbürtig an. Sonst hätte er sich ihr geöffnet, und statt seiner Großmutter hätte er ihr von seinen Problemen erzählt. Aber er war ein guter Mann, dem etwas an ihr lag, und sein

Verlangen nach ihr war ebenso durchdringend wie ihres nach ihm.

Damit kann ich was anfangen. Zhang nutzte Raschids Worte und lächelte.

»Du bist mein«, hatte er auf seine leidenschaftliche, besitzergreifende Art gesagt.

Damit kann ich ebenfalls was anfangen, dachte sie, *solange es auf Gegenseitigkeit beruht.*

Sie überlegte, ob sie Raschid anrufen und ihm sagen sollte, dass sie ihre Meinung geändert hatte. Wenn die Gäste erst einmal eintrafen, würden sie keine Zeit mehr füreinander haben. Fakt war, da sie jetzt in die Heirat eingewilligt hatte, wurde es nicht gern gesehen, wenn sie zusammen waren. Die najriader Tradition verlangte, dass Zhang sich für eine Zeit der Reflexion und Vorbereitung zurückzog. Planmäßig würde sie Raschid erst wiedersehen, wenn ihre Eltern und der König sich kennenlernten und sie den Ehevertrag unterschrieben.

Ich weiß nicht, ob ich so lange warten kann. Was, wenn er vorher nicht noch mal zu mir kommt?

Er wird denken, ich sei durchgeknallt, wenn ich jetzt verlange, ihn zu sehen, nur um ihm zu sagen, dass ich ihn wirklich heiraten will – obwohl wir bereits heiraten werden. Man kann einem Mann nicht erst sagen, die eigene Unabhängigkeit sei wichtiger als alles andere, um dann am nächsten Tag das genaue Gegenteil zu behaupten.

Eine Ehe ist nicht wie ein Gericht, das man sich von der Speisekarte bestellen kann.

Hab ich etwa gesagt, »auf begrenzte Zeit«, garniert mit »verdammt noch mal, ich will hier raus«?

Nein, nein, ich meinte »für immer und ewig« mit einem Schuss »glücklich für den Rest ihrer Tage«.

Panik stieg in ihr auf. Sie sank schwer wie ein Stein auf den Rand ihres Bettes und umfasste ihre zitternden Hände im Schoß.

Ich hab den Verstand verloren!

Oder dein Herz, flüsterte das Universum.

Oder mein Herz, wiederholte Zhang zustimmend.

Sie gab sich die Erlaubnis und malte sich ein Leben mit Raschid in Najriad aus. Sie würde ihm dabei helfen, den Hauptsitz von Proximus nach Nilon zu verlegen. Zusammen könnten sie daran arbeiten, den Familien auf dem Land mehr Möglichkeiten zu eröffnen – Männern und Frauen, die in Armut lebten. Mit Hadias Hilfe würde sie lernen, mit den lokalen Sitten und Gebräuchen umzugehen.

Hadia. Zhang lächelte, als sie an die Frau dachte, die sie nie wieder unterschätzen würde.

Großmutter.

Meine Großmutter, wenn ich mich für dieses Leben entscheide. Und das tue ich.

Raschid ist ein guter Mann, und wir können zusammen daran arbeiten, eine starke Ehe aufzubauen – eine, in der Liebe Wurzeln schlägt und gedeiht. Ein Leben, in dem es nicht um meine Ziele oder seine Ziele geht, sondern um unsere gemeinsame Vision für beide.

Ihr Herz jubelte, als die Unentschlossenheit von ihr abfiel und sie ganz genau wusste, was sie mit dem Rest ihres Lebens tun wollte.

Ungeachtet dessen, was ich zu ihm gesagt habe, werde ich am Samstag diesen feierlichen Schwur leisten: Raschid bin Amir al Hantan – ich gebe dir den Rest meines Lebens.

* * *

Auf der anderen Seite des Palastes lief Raschid wie ein einge-
sperrter Löwe in den Räumen seiner Suite auf und ab.

*Wie konnte ich mir nur einbilden, ich könnte Zhang beschüt-
zen? Ich kann nicht mal meine eigene Familie beschützen.*

Sein erster Impuls war, die Hochzeit abzusagen. Doch es
war zu spät, um das Ruder herumzureißen. Wenn die Hochzeit
nicht stattfand, würde Zhangs Familie mit einer öffentlichen Brüskierung umgehen müssen, und der Anschein der
Unentschlossenheit würde seinen Feinden nur noch mehr in
die Hände spielen und ihre Argumente gegen ihn stärken.

Er sollte seine amerikanischen Freunde anrufen und
ihnen sagen, dass sie nicht kommen sollen. Aber die Pläne als
Reaktion auf den aktuellen Anschlag zu ändern, würde man
ihm als Schwäche auslegen. Nichts ist gefährlicher, als einen
Feind sehen zu lassen, dass man angreifbar ist.

*Ich hätte sie nicht fragen dürfen, mich zu heiraten. Ich hätte
einen anderen Weg finden müssen. Die Befriedigung meiner eigenen
Bedürfnisse hat schon wieder jemanden in Gefahr gebracht, der
mir wichtig ist.*

Ja, in gewisser Weise war die Entscheidung zu heiraten
gefallen, um ihre Ehre wiederherzustellen. Doch Raschid rang
mit dem beunruhigenden Wissen, dass sie tatsächlich auf einer
weitaus weniger noblen Wahrheit beruhte. *Ich wollte sie haben.
Es war mir egal, dass sie Angst davor hatte, was das mit dem Leben
machen würde, das sie sich aufgebaut hat. Ihre Bedürfnisse waren
mir nicht wichtig genug, um nach einer anderen Lösung zu suchen.
Ich habe sie für mich beansprucht, und in meiner Arroganz habe
ich mir eingebildet, wir könnten auf diesem wackligen Fundament
eine Zukunft aufbauen.*

*Ich habe meine Handlungen von Lust lenken lassen und als
Resultat muss eine gute Frau für meine Fehler bezahlen. Vielleicht
sogar mit ihrem Leben, wenn ich den Verräter unter meinem Dach
nicht finde.*

Er sank schwer wie ein Stein auf den Rand seines Bettes – von dem er ihr gesagt hatte, dass sie es bald miteinander teilen würden. Plötzlich wusste er, was er tun musste.

Sie hat recht mit ihrer Forderung, die Ehe kurz zu halten.

Ich kann die Zeit nicht zurückdrehen und das, was wir getan haben, ungeschehen machen.

Ich kann nicht garantieren, dass sie die Zeit, die sie hier verbringt, nicht bereuen wird, aber ich kann ihr das geben, was sie mehr als alles andere haben will.

Ungeachtet dessen, was ich am Samstag laut ausspreche, werde ich diesen feierlichen Schwur leisten: Zhang Yajun – ich gebe dich frei.

KAPITEL 15

Völlig überraschend für Zhang schickte Raschid am nächsten Morgen nach ihr und wollte sie im Büro des Palastes sehen. Als sie eintrat, blieb er mit auf dem Rücken verschränkten Händen inmitten des Raumes stehen. Er trug wie immer einen einfachen Thawb mit Kufiya, dennoch schien er irgendwie verändert. »Komm herein«, sagte er.

Sie ging direkt auf ihn zu und hoffte, ihm würde das schwarze Kleid gefallen, das sie mit Gedanken an ihn ausgewählt hatte. Mit voller Absicht trat sie so nahe an ihn heran, dass sie in Reichweite für ihn war. Die harten Linien in seinem Gesicht wurden nicht weicher – weit entfernt von der Reaktion, die sie sich erhofft hatte. Im Vergleich zu all ihren vorherigen Begegnungen war sein Auftreten so vollkommen anders, dass Zhang fragte: »Ist etwas geschehen?«

»Nein«, antwortete er. »Aber wir werden morgen heiraten und es gibt ein paar Punkte, die wir besprechen müssen.«

Da hast du völlig recht!

Wenn du mich nochmals daran erinnern willst, dass wir trotz meiner Forderung einer platonischen Ehe im selben Bett schlafen werden – das ist jetzt okay für mich. Du brauchst nicht mal zu sagen, dass du mich liebst, gib mir nur irgendein Zeichen, dass Hadia recht hat und dir etwas an mir liegt.

Er räusperte sich. »Ich habe dafür gesorgt, dass im Ehevertrag ausdrücklich festgehalten wird, dass ich weder bei deinem Unternehmen noch bei deinem Vermögen Mitspracherechte habe – unabhängig davon, wie lange die Ehe besteht. Außerdem wird es dir ab Montag freistehen, so oft wie nötig nach China zu reisen.«

»Danke«, sagte Zhang, doch ihr Magen verkrampfte sich schmerzhaft.

»Dieses Büro steht dir vorerst zur freien Verfügung. Es ist keine Eskorte mehr nötig, wenn du dich im Palast bewegen willst, aber vielleicht solltest du eine anfordern, bis du dich hier besser auskennst. Wenn du es vorziehst, kann ich ein Büro näher bei deinen Räumen einrichten lassen.«

Meine Räume? Was ist mit unseren Räumen? »Das ist sehr freundlich von dir«, sagte sie langsam. »Mir ist beides recht.«

Zhang konnte sich keinen Reim auf den Ausdruck in Raschids Augen machen. Sie streckte die Hand aus, um sie ihm auf die Brust zu legen, doch er trat einen Schritt zurück. Sie ließ die Hand wieder fallen. *Jetzt mache ich mir wirklich Sorgen.*

»Wie hat dir die Führung meiner Großmutter durch Nilon gefallen?«, fragte er.

»Die Tour hat mir sehr großen Spaß gemacht. Deine Großmutter ist eine unglaubliche Frau.« Sie wollte weitererzählen, spürte jedoch, dass er noch mehr zu sagen hatte. Was war geschehen, dass sie vom Zuflüstern geheimer Fantasien nun bei Small Talk unter guten Bekannten gelandet waren? Sie wollte ihn an den Schultern packen und so lange schütteln, bis er ihr sagte, was los war.

Raschid fuhr mit der höflichen Konversation fort. »Es ist schön, dass ihr euch versteht. Sie kann dir mit allem helfen, was du zur Vorbereitung der Zeremonie brauchst. Die ersten Gäste sind bereits eingetroffen. Meine Großmutter sagt, du hast für heute Abend eine kleine Party geplant.«

»Ja«, antwortete Zhang, »Eine Hennanacht für die Frauen.«
Rede mit mir, Raschid. Obwohl er sie ansah, wirkte ihr Verlobter, als wäre er meilenweit weg.

Raschid nickte. »Das wird meiner Großmutter Spaß machen.«

Zum Glück wird das keine wilde Party.

»Ist dir bewusst, wie der Samstag ablaufen wird? Wir werden im Versammlungssaal vor meinem Vater und in Anwesenheit deiner Eltern unsere Gelübde ablegen«, fuhr Raschid fort. »Sie werden die Geschenke austauschen, wir unterzeichnen die Papiere. Dann gibt es eine kurze Unterbrechung.« Einen Moment lang wirkte er betreten. »Traditionell ist das die Zeit, in der Braut und Bräutigam die Ehe vollziehen. Danach kehren sie zurück, um gemeinsam mit ihren neuen Familien ein Mahl zu sich zu nehmen. Heutzutage wird diese Zeit eher dafür genutzt, um Fotos zu machen, aber bei uns beiden wird weder das eine noch das andere nötig sein.«

Nicht einmal der Vollzug der Ehe?

Wo ist der Prinz mit den wandernden Händen und den heißen Küssen? Ich hatte gehofft, mit ihm den Rest meines Lebens zu verbringen.

»Wie es aussieht, nicht«, meinte Zhang abrupt.

»Ich weiß, dass das alles nicht leicht für dich ist, Zhang«, sagte Raschid und berührte ganz leicht ihre Wange, bevor er die Hand zurückzog, als hätte er das nicht beabsichtigt und es sofort bereut. »Aber ich werde das wiedergutmachen. Das verspreche ich dir.« Eine Traurigkeit trat ihm in die Augen, die blitzartig ein panisches Gefühl in Zhang aufzucken ließ. »Morgen Abend werden wir für ein gemeinsames Mahl im großen Speisesaal zusammenkommen. Am Sonntag können wir die Feierlichkeiten fortsetzen, oder wir schicken die Gäste nach Hause, so wie es dir am liebsten ist.«

Zhang machte einen Schritt auf ihn zu. *Mir wäre es am liebsten, wenn du mir sagst, was verdammt noch mal los ist!*

Er wandte sich von ihr ab und ging auf die Tür zu.

»Raschid«, stieß sie aus.

Besorgt von der Dringlichkeit in ihrem Ton, sah er zurück. »Ja?«

»Ist ganz sicher nichts passiert?«

Seine Lippen wurden zu einer schmalen Linie. »Nichts, womit ich nicht klarkommen kann.«

Und zwar alleine.

Er brauchte es nicht auszusprechen – Zhang wusste, wie er es meinte. Dennoch musste sie versuchen, zu ihm durchzudringen. »Egal, worum es geht, ich kann helfen.«

Ein kleines Lächeln kräuselte seine Lippen. »Du bist eine unglaubliche Frau, Zhang, und dein Angebot ist großzügig, aber das ist etwas, worum ich mich selbst kümmern muss.«

Er schloss die Tür hinter sich und ließ sie mitten im Büro stehen.

Es wäre ein Leichtes gewesen, sich von Verunsicherung überrollen zu lassen; leicht, sich selbst einzureden, dass er es sich anders überlegt hatte und sie nicht mehr wollte.

Doch Unsicherheit gehörte ebenso wie Unentschlossenheit zu den unproduktiven Schwächen, die sich Zhang ganz bewusst nicht gestattete. Ein Begehren wie das, das er für sie hatte, konnte kein Mann vortäuschen, und es verschwand auch nicht über Nacht. Irgendetwas war geschehen.

Etwas Schwerwiegendes.

Was auch immer es ist, ich kann entweder zulassen, dass es mein Schicksal bestimmt, oder ich kann um das kämpfen, was ich will.

Und ein guter Kampf hat mir schon immer Spaß gemacht.

Hast du gehört, Universum?

Raschid ist mein.

Jetzt muss ich nur noch herausfinden, was uns im Weg steht.

Zhang durchquerte das Büro und setzte sich in den Ledersessel hinter dem Schreibtisch. Schnell durchsuchte sie die Schubladen, konnte jedoch nichts finden, das sie lesen konnte. Sie lehnte sich zurück. Ihr Blick fiel auf den Computer in der Ecke des Schreibtisches und ihr kam eine Idee.

Raschid, ich bin wirklich froh, dass du mir nicht auch das Versprechen abgenommen hast, mich aus deinen Geschäften rauszuhalten.

Ich hasse Lügen.

Während sie die Nummer eines Mannes wählte, den sie früher nur als eine mögliche Quelle zur Finanzierung eines ihrer Projekte in China angesehen hatte, reflektierte Zhang darüber, welche unerwarteten Wendungen das Leben nehmen konnte. Gewöhnlich war sie nicht jemand, der um Hilfe bat. Doch was auch immer mit Raschid los war, ihr Bauchgefühl sagte ihr, dass es wichtig genug war, um ihren Stolz hintanzustellen. Der Mann hob ab und sie sagte: »Dominic, du musst mir einen Gefallen tun.«

Dominic seufzte wie ein Mann, der auf Wunsch seiner Frau die Couch nun zum dritten Mal umstellen soll, und erwiderte: »Sag bloß nicht, dass du jetzt doch wegwillst.«

»Nein. Ich bleibe. Ich muss mir nur einen deiner Angestellten ausleihen.«

»Mrs Duhamel? Die hat schon zu tun und passt für Lil auf Colby auf.«

»Was bitte sollte ich mit deiner persönlichen Assistentin wollen?«

»Keine Ahnung, einen dieser Beautytage planen oder so was. Frauen machen das doch gern kurz vor dem Hochzeitstag, oder nicht?«

Weiblicher Stolz flammte auf. Zhang zog die Augenbrauen zusammen und fragte: »Was willst du damit sagen, Dominic?«

Seinen Fehltritt bemerkend, schob Dominic hastig hinterher: »Warum sagst du mir nicht einfach, was du brauchst?«

Zhang verkniff sich ein Lächeln. Abby war ihm eine gute Lehrerin. »Hast du nicht vor Kurzem einen Hacker engagiert?«

»Und was bitte, wenn?«

»Setz ihn noch heute ins Flugzeug hierher. Und sag ihm, er soll Übersetzungssoftware mitbringen. Die wird er brauchen.«

»Was ist da los, Zhang?«

»Irgendwas stimmt hier nicht. Ich habe das Gefühl, Raschid ist in Gefahr.«

Dominic fluchte. »Bist du sicher, dass du nicht einfach von dort verschwinden willst? Du brauchst nur ein Wort zu sagen und dann ziehen wir das durch.«

Und das würde er auch schaffen.

Für gewöhnlich umarmte Zhang niemanden, aber wenn Dominic jetzt hier bei ihr gewesen wäre, hätte sie vielleicht eine Ausnahme gemacht. Genau wie sie hatte er sich alles, was er hatte, selbst erkämpft, und das hatte ihm eine harte Schale verliehen.

Momentan lernten sie beide die gleiche Lektion: Niemand verbringt die letzten Augenblicke seines Lebens damit, den Wert seiner Besitztümer zusammenzurechnen. Am Ende zählt nur, ob man Liebe geschenkt und erhalten hat – und welchen Einfluss diese Erfahrung auf das eigene Verhalten hatte.

Dominic war ein besserer Mensch, seit er seine frisch angetraute Frau kannte.

Das ist, was ich will. »Raschid und ich werden morgen heiraten, Dom. Wir werden lange und glücklich miteinander leben.« *Für eine Chance darauf bin ich bereit, alles zu riskieren.*

»Nicht, wenn Raschid rausbekommt, was du vorhast«, warnte Dominic.

Ungeduldig trommelte Zhang mit den Fingernägeln auf der Rückseite des Hörers und erwiderte: »Deine Sorge ist wirklich rührend, Dominic, aber ich will nur wissen, ob du dabei bist.«

»Hm, mal überlegen. Extrem geheim, höchst illegal, potenziell explosiv – musst du da wirklich noch fragen? Na klar bin ich dabei.« Er schwieg kurz. »Jeremy arbeitet momentan mit einem Imageberater. Ich werde ihm sagen, dass die Teilnahme an dieser Hochzeit gut für sein neues Image ist. Aber es kann sein, dass er eine Begleitung mitbringt.«

»Das ist okay. Je mehr Leute kommen, desto besser. Wenn das funktionieren soll, werden wir die Ablenkung brauchen. Was meinst du, sollten wir Jake einweihen?«

»Nein, bei so was würde er nie mitmachen. Glaub mir, es ist leichter, um Vergebung zu bitten als um Erlaubnis.«

Ohne es zu merken, hatte Zhang die Luft angehalten und atmete jetzt auf. »Dominic, dafür hast du etwas gut bei mir.«

»Nein, habe ich nicht«, erwiderte Dominic. »Du bist meiner Frau eine gute Freundin. Das zählt enorm viel für mich.« Er räusperte sich und fuhr fort: »Ich möchte, dass du glücklich bist, Zhang.«

Bei seinen Worten wollte Zhang gleichzeitig lachen und weinen. »Ich auch«, sagte sie leise und legte auf.

Ich auch.

* * *

Raschid traf sich mit dem Kommandeur der königlichen Garde Marschid. »Dieses Wochenende wird das Haus voller Gäste sein und die Familie wird sich auf die Festlichkeiten konzentrieren.«

»Jawohl, Eure Hoheit.«

»Ich will verstärkte Sicherheitsmaßnahmen für meinen Vater. Zwei Wachen rund um die Uhr an seiner Seite, und ich will, dass sich die Männer abwechseln. All unsere Ressourcen werden zum Schutz der restlichen königlichen Familie und unserer Gäste eingesetzt. Außerdem möchte ich, dass Sie die Maßnahmen für mich lockerer gestalten. Wenn das funktionieren soll, muss ich zeitweise ganz ohne Schutz sein.«

Marschid runzelte verwundert die Stirn. »Eure Hoheit?«

»Wir haben einen Verräter unter uns und ich will ihn herauslocken. Bei der Hochzeit werde ich ankündigen, dass ich meine Krönung vorverlege. Wenn jemand etwas unternehmen will, werden ihm diese Neuigkeit und der Schutzmantel der Hochzeit genug Gelegenheit zum Handeln bieten. Vertrauen Sie niemandem.«

»Wollen Sie andeuten, dass es einer der Wachen der königlichen Garde ist?«, fragte der Mann empört.

»Ich weiß nicht, wer es ist, aber ich riskiere mein Leben, damit wir es rechtzeitig herausfinden.«

»Das ist ein gefährlicher Plan, Hoheit.«

»Jemand bedroht meine Familie und das aus dem Palast heraus. Man könnte uns alle mit Leichtigkeit im Schlaf abschlachten. Auf meine Weise wird nur ein Leben riskiert, meins. Falls ich sterbe, sorgen Sie einfach nur dafür, dass Sie den Bastard fassen, der es getan hat.«

Marschid stellte sich kerzengerade hin und sah Raschid direkt in die Augen. »Jawohl, Eure Hoheit.«

* * *

Zhang war gerade dabei, sich auf dem Weg zurück in den Frauenflügel im Labyrinth der Korridore zurechtzufinden, als Raschids jüngerer Bruder Ghalil auftauchte. Er kam ihr entgegen, und erst schien es so, als würde er sie beim Vorbeigehen nicht einmal mit einem Nicken grüßen, doch im letzten

189

Augenblick blieb er stehen und funkelte sie finster an. »Ich finde Ihre Dreistigkeit erstaunlich.«

Mit weiterhin höflichem Ausdruck erwiderte Zhang: »Ach, wirklich?«

»Ja, ich finde es erstaunlich, dass Sie meinen Bruder heiraten wollen, obwohl das Volk von Najriad Sie so offensichtlich ablehnt. Sie sollten verschwinden, bevor jemand verletzt wird.«

Die magmaartige Rage, die sich in ihr aufgestaut hatte, fand endlich ein Ventil. Wenn Ghalil Zhang besser gekannt hätte, wäre er bei ihrem schmalen Lächeln und dem leisen Ton zurückgeschreckt – beides Anzeichen für die tödliche Stille vor dem Sturm. »Ich finde Ihre nicht vorhandene Loyalität zu Ihrem Bruder ebenso erstaunlich, und nur ein Feigling konfrontiert eine Frau, wenn er sie alleine und angreifbar wähnt.« Ghalil wollte gerade etwas erwidern, doch Zhang lehnte sich zu ihm vor und fuhr ihn bissig an. »Ihr Fehler ist zu glauben, ich sei angreifbar. Und falls Sie austesten wollen, ob ich die Wahrheit sage, legen Sie einfach Hand an mich, und wir werden sehen, wie lange Sie sie behalten. Ich brauche den Schutz Ihrer Garde nicht, aber Sie vielleicht, wenn Sie nicht vorsichtig sind.«

»Sie wagen es, mir zu drohen?«, entgegnete er mit vor Wut gehobener Stimme. »Ich könnte Sie ins Gefängnis werfen lassen!«

Zhangs Lippen kräuselten sich verächtlich. »Das können Sie liebend gern versuchen. Gehen Sie zu Ihrem Vater und sagen Sie ihm, dass Sie versucht haben, einer Frau, die unter seinem Schutz steht, Angst einzujagen, und dass sie sich nicht, wie erhofft, gefügt hat. Diese Nachricht wird er sehr gut aufnehmen, da bin ich mir sicher. Oder noch besser, beschweren Sie sich doch bei Raschid, wenn Sie sich heute besonders mutig fühlen.«

Der Kommandeur der Garde kam auf sie zu, doch bebend vor Wut bemerkte Zhang ihn erst, als er hinter Ghalil stehend fragte: »Haben Sie sich verlaufen, Miss Yajun? Wünschen Sie, dass ich Sie irgendwo hinbegleite?«

Ihm war anzusehen, dass er den letzten Teil der Unterhaltung mitbekommen hatte und es nicht guthieß, wie sich der junge Prinz verhielt. Zhang nahm mit einem anmutigen Nicken sein Angebot an. Ghalils gerötetes Gesicht ließ vermuten, dass er noch mehr hätte sagen wollen, doch Zhang war sich sicher, dass sie nichts davon hören wollte. »Ich möchte zurück in meine Suite.«

An der Seite des Kommandeurs lief sie die Korridore entlang und gelangte in den Bereich des Palastes, in den Ghalil ihnen niemals folgen würde. Vor ihrer Tür stieß sie zittrig die Luft aus und sagte: »Vielen Dank.«

Der Mann verbeugte sich leicht.

Bevor sie die Tür öffnete, fragte Zhang noch: »Hat er recht? Sind die Menschen gegen mich eingestellt?«

Der Mann antwortete langsam und schien seine Worte sorgfältig zu wählen. »Sie kennen Sie nicht, doch Sie werden viel Zeit haben, das zu ändern.«

»Wirklich?«, fragte Zhang. »Ich habe das Gefühl, an diesem Wochenende wird in diesem Palast mehr als nur eine Hochzeit stattfinden.«

»Sie sind nicht in Gefahr«, erwiderte der Hauptmann schwammig.

»Um mich mache ich mir keine Gedanken. Ich habe Ressourcen, sogar hier vor Ort, die nützlich sein könnten, wenn ich wüsste, was hier vorgeht.«

Der Hauptmann zuckte nicht einmal mit der Wimper.

»Sie werden mir nichts verraten, nicht wahr?« Als er weiterhin schwieg, fügte Zhang hinzu: »Ich weiß Ihre Loyalität zu schätzen, aber eines sollten Sie wissen.«

Er sah ihr in die Augen.

»Wenn Raschid in Gefahr ist, werde ich alles tun, was nötig ist, um ihn zu beschützen. Kommen Sie mir nicht in die Quere.«

Ein Funke Anerkennung blitzte in seinem ansonsten sorgfältig ausdruckslosen Gesicht auf, und er verabschiedete sich mit einer vollkommen unverbindlichen Verbeugung.

Raschid, was sind das für Schwierigkeiten, in denen du steckst?

Als ich gesagt habe, ich würde für dich kämpfen, habe ich das im übertragenen Sinne gemeint.

Ich muss wirklich besser aufpassen, wie ich die Dinge formuliere.

Warum gaukeln uns Märchen immer vor, dass alles ganz leicht sei?

Schneewittchen brauchte nichts weiter zu tun, als ein ausgiebiges Nickerchen zu halten.

Ich dagegen werde wahrscheinlich bei dem Versuch, meinen Prinzen zu retten, noch ins Gras beißen.

Als Zhang ihre Suite betrat und sich die Schuhe von den Füßen streifte, überkamen sie unerwartet amüsante Gedanken.

Wenn das hier schiefgeht, könnte das mein neuer Beruf werden – Kinderbücher schreiben.

Märchen vom Rande des Abgrunds, von Prinzessin Zhang bin Amir al Hantan.

Jedem Buch würde eine dieser niedlichen, aufwendig eingekleideten Puppen beiliegen. Aber wenn ein Kind an dem Band im Rücken zog, würde sie statt der süßen Phrasen etwas ganz anderes sagen: »Komm meinem Happy End verdammt noch mal nicht in die Quere!«

KAPITEL 16

Es war bereits Abend, als Zhang ihrer Mutter im luxuriösen Wohnzimmer der Suite, die der König persönlich ihren Eltern zugewiesen hatte, Tee servierte. Ihre Mutter trug einen langärmligen und auf Figur geschnittenen Qipao in Rosa. Der Kragen war mit Knöpfen versehen und mit blauen Blüten bestickt. Das seidene Kleid wurde wundervoll durch eine bestickte Schärpe akzentuiert, die schräg über dem Oberteil lag.

Seit der Zeit, als Zhang Xin verlassen hatte, kam zwischen den beiden Frauen nur noch schwer eine Unterhaltung in Gang. »Hast du alles, was du brauchst?«, fragte Zhang auf Chinesisch.

Ihre Mutter verzog leicht angesäuert das Gesicht. »Das ist englischer Tee. Du hättest mich warnen sollen.«

Zhang seufzte erleichtert auf. Ihre Mutter hatte ein unverfängliches Thema gewählt und im Allgemeinen waren ihre Vorwürfe harmlos. Genau genommen bezweifelte Zhang, dass ihre Mutter überhaupt wusste, wie man ein Kompliment macht. Kritik an der Auswahl des Tees war, soweit es Zhang betraf, praktisch so gut wie ein Olivenzweig. »Ich werde jemanden vom Personal bitten, grünen Tee für dich aufzutreiben. Es gibt hier mit Sicherheit welchen.«

Ihre Mutter trank einen weiteren Schluck. »Ich habe den König getroffen. Er scheint ein recht angenehmer Mann zu sein. Ein wenig dick.«

Zhang biss sich auf die Lippe, um sich das Lächeln zu verkneifen, das sich beinahe auf ihrem Gesicht ausgebreitet hatte. Manchmal war es gar nicht so schlecht, dass sich ihre Mutter weigerte, Englisch zu lernen.

»Dein Vater hat gesagt, dass wir an einer Hennanacht teilnehmen werden.« Ein Hauch von Abscheu huschte ihr übers Gesicht. »Dabei werden doch abwaschbare Tätowierungen aufgebracht, oder nicht? Ich hoffe, deine Freunde reagieren nicht allergisch darauf.«

Zhang verschluckte sich an ihrem Tee. Ihre Mutter hatte vor, dabei zu sein? »Ich hätte nicht gedacht, dass du daran teilnehmen willst. Ich habe angenommen, du möchtest dich ausruhen.«

Der bohrende Blick ihrer Mutter richtete sich auf sie. »Mir wurde gesagt, alle weiblichen Familienmitglieder seien eingeladen. Raschids Großmutter kommt. Möchtest du mich etwa nicht dabeihaben?«

Warum habe ich bei ihr immer das Gefühl, ich würde ein Minenfeld überqueren?

»Natürlich möchte ich dich dabeihaben.«

Flunker, flunker …

Ihre Mutter stellte die Tasse ab. »Morgen wirst du ein Mitglied der Familie deines Ehemannes werden. Ich dachte immer, das wäre der traurigste Aspekt daran, eine Tochter zu haben.« Als Zhang etwas erwidern wollte, strich sich ihre Mutter das Kleid glatt und fuhr fort: »Ist er aber nicht.«

O je, gleich kommt's.

»Am traurigsten ist es, wenn man die Tochter bereits vor der Ehe verliert.« Auf den Punkt brachte sie es, indem sie Zhang in die Augen sah und sagte: »Ich hoffe wirklich, dass du dich in deiner neuen Familie wohler fühlen wirst als in unserer.«

Sofort schnürten ihr Tränen den Hals zu. »Mutter …«

»Bitte streite es nicht ab, Zhang«, fiel ihre Mutter ihr mit stolz erhobenem Kinn ins Wort. »Ich war nie die Mutter, die du haben wolltest. Ich war nie gut genug für dich. Ich bezweifle, dass du mich überhaupt für dieses Wochenende hergeholt hättest, wenn dein Vater nicht gewesen wäre.«

Zhang konnte nicht abstreiten, dass ihre Anschuldigungen der Wahrheit entsprachen. Doch der Grund dafür war nicht, dass sie ihre Mutter für nicht gut genug hielt. Ganz im Gegenteil. Sie versuchte eine versöhnliche Strategie. »Vater meint, wir seien uns zu ähnlich, um gut miteinander auszukommen.«

Eine der feinen Augenbrauen im Gesicht ihrer Mutter hob sich.

»Ich bin stur wie ein Esel.«

Ihre Mutter nickte. »Und so direkt, dass es fast an Grobheit grenzt.«

»Ich könnte sogar mit Gandhi einen Streit vom Zaun brechen«, fuhr Zhang fort.

Ihre Mutter lächelte kaum wahrnehmbar. »Stimmt.«

»Und ihn gewinnen.« Zhang schmunzelte.

Ihre Mutter schüttelte missbilligend den Kopf, sagte jedoch: »Wahrscheinlich würdest du das.«

»Und du würdest es ganz genauso machen«, schob Zhang ganz bewusst nach.

Für den Bruchteil einer Sekunde traten ihre Differenzen in den Hintergrund. »Gut möglich.«

Zhang hielt sich davon ab, ihre Mutter zu berühren. »Ich weiß, dass ich nicht die Tochter bin, die du dir gewünscht hast. Aber du irrst dich bei so einigen Dingen. Du warst eine sehr gute Mutter, und ich habe mir so sehr gewünscht, ich könnte die gleichen Dinge anstreben wie du. Wenn ich das gekonnt hätte, wäre ich bei Xin geblieben, und dann wärst du stolz auf mich gewesen, aber ich brauchte etwas anderes.«

»Etwas Besseres?« Obwohl der Ton der Frage barsch war, hörte Zhang ihren Schmerz heraus.

»Nein.« Zhang lehnte sich beschwörend zu ihr vor, damit sie es verstand. »Einfach anders.«

Einen Augenblick lang schwiegen beide. Dann machte ihre Mutter eine Geste in den Raum und meinte: »Nun, dieser Ort ist mit Sicherheit ganz anders. Dein Prinz ist ein gut aussehender Mann – für einen Ausländer.«

Zhang nickte.

Ihre Mutter erhob sich. »Dann lass uns zu dieser Hennanacht gehen. Meine Hände könnten ein wenig Verzierung vertragen.«

Erstaunt und mit einem leicht hoffnungsvollen Gefühl fragte Zhang: »Du willst dich tätowieren lassen?«

»Glaubst du etwa, du wärst die Einzige mit einer wilden Seite?«, entgegnete ihre Mutter mit vollkommen ernster Miene.

Zhang lachte, bis ihr eine einzelne Träne über die Wange lief. Fast an der Tür, holte sie zu ihrer Mutter auf und sagte: »Ich entscheide selbst, welche Sitten ich befolgen will. Ab morgen werde ich zwar zu Raschids Familie gehören, aber nur unter der Bedingung, dass du und Vater willkommen seid, ebenfalls hier zu leben. Mag sein, dass wir unsere Probleme haben, aber du hast mich niemals verloren und das wirst du auch nie.«

Ihre Mutter wartete darauf, dass Zhang ihr die Tür öffnete. »Wir? Also ich habe keine Probleme.« Doch in ihren Augen stand ein Glitzern, das Zhang seit sehr, sehr vielen Jahren nicht mehr gesehen hatte.

»Natürlich nicht, Mutter.« Zhang verbeugte sich respektvoll und lächelte Richtung Boden.

Als sie in den Korridor hinausgingen, fragte ihre Mutter: »Bist du sicher, dass du heute Abend dieses Kleid tragen möchtest?«

Zhang schaute hinab auf den grünen Seidenqipao, den Hadia ihr für den Abend geschenkt hatte. Er war nicht ganz so verziert wie der ihrer Mutter, doch das Kleid war ein exquisit gefertigtes Exemplar formeller chinesischer Bekleidung. Sie wusste, dass ihre Mutter diese Wahl großartig fand, und deshalb war sie von der Frage auch nicht verunsichert. Die Rückkehr zur Normalität war fast eine Erleichterung. In gewisser Hinsicht würde die Beziehung zu ihrer Mutter immer auf angenehme Weise unangenehm sein.

Und das ist okay.

* * *

Im Erdgeschoss des Palastes war Raschids Junggesellenabschied voll im Gange. Trotz des ägyptischen Popsängers, der im Hintergrund dudelte, und des Nebels der Behike-Zigarren, die die Männer rauchten, blieb die Stimmung relativ ernst. König Amir und Zhangs Vater hatten sich mit der Behauptung, die jungen Männer nicht aufhalten zu wollen, in ein anderes Zimmer zurückgezogen. Da Alkohol und Tänzerinnen keine Option waren, bezweifelte Raschid, dass die Partystimmung ohne die beiden Väter wesentlich wildere Ausmaße annehmen würde als mit ihnen.

»Dominic, wie sieht's aus mit China nächste Woche?«, fragte Raschid.

Dominic paffte an seiner Zigarre und musterte seinen alten Freund, bevor er antwortete. »Alles läuft planmäßig.« Nach einem weiteren Zug meinte er wie beiläufig: »Mich würde viel mehr interessieren, weshalb du dich für eine Partnerschaft mit Andrade Solutions entschieden hast, wenn du ein innovatives Produkt für Proximus brauchst.«

Vollkommen taub für Dominics herausfordernden Ton, schaltete sich Jeremy, der Mann, dessen Anwesenheit Dominic aus Gründen der »Geselligkeit« erbeten hatte, in die Unterhaltung ein. »Andrade Solutions ist der absolute Vorreiter. Die entwickeln Drähte auf atomarem Niveau, was die Zahl von Transistoren, die man auf einen Chip quetschen kann, durch die Decke gehen lassen wird. Damit wird der Umfang von Supercomputern unglaublich schrumpfen.«

Jake beugte sich in seinem Sessel vor und meinte: »Du bringst mich immer wieder zum Staunen, Jeremy.«

Nicht einmal Raschid konnte sagen, ob Jake den Hacker beleidigte oder ihm ein Kompliment machte. Jeremy zuckte einfach mit den Schultern und hörte das, was er hören wollte. »Etwa weil ich lesen kann? Das steht überall im Netz. Ich kann's kaum erwarten, bis Quantencomputer eine brauchbare Option für die Öffentlichkeit sind. Genau genommen würde ich mir wünschen, dass man den Physikern die Patente abnimmt und den Spieleentwicklern in die Hände drückt – dann wäre die Technologie bereits auf dem Markt und nicht versteckt in den Labors der Universitäten. Ich will holografische Displays und Gesichtsausdruckserkennung, und ich will das alles nicht größer als mein Smartphone.«

In der entstehenden Pause bemerkte Raschid, dass Dominic Jeremys enthusiastische Befürwortung von Stephans aktuellen Projekten ignorierte und stur auf Raschids Antwort wartete. »Dom, ich wollte dich bei deiner Hochzeit darauf ansprechen, aber das war nicht der beste Ort, um übers Geschäft zu reden. Ich habe keinen Vertrag mit Stephan unterschrieben. Wir führen einfach nur Gespräche.«

»Das ist mir scheißegal, Raschid. Wenn du etwas brauchst, dann kommst du zu mir«, erwiderte Dominic in einem Ton, der eine unangenehme Stille folgen ließ.

So großzügig das Angebot auch war, nicht einmal Dominic konnte diese Situation in Ordnung bringen. »Das weiß ich zu schätzen, Dom.«

»Das meine ich ernst, Raschid. Schließlich sind wir schon seit über zehn Jahren Freunde. Du kannst mich um alles bitten.« Er zerrieb das, was von der Zigarre übrig geblieben war, in dem Aschenbecher neben sich. »Außer wenn ich auf meiner verschobenen Hochzeitsreise bin. Wer mich in dieser Woche anrufen will, sollte besser auf dem letzten Loch pfeifen.«

Neugierig stürzte sich Jeremy auf den Punkt, der ihn am meisten faszinierte. »Wie habt ihr euch eigentlich alle kennengelernt?«

»Ich glaube, ich bin über Jake gestolpert, als der versucht hat, ein Rugbyteam davon abzuhalten, Dominic krankenhausreif zu schlagen«, antwortete Raschid, dankbar für den Themenwechsel.

Jake lächelte. »Ich hatte schon fast vergessen, dass wir uns so begegnet sind.«

»Ich war okay. Und es war nicht das ganze Team«, korrigierte Dominic.

Raschid erzählte, woran er sich erinnerte. »Nur etwa acht davon. Riesige behaarte Kerle. Zwei hielten Dom fest, während ein anderer auf ihn einschlug. Womit hattest du dir eigentlich diese Abreibung verdient?«

Dominic lehnte sich schulterzuckend in seinen Sessel zurück. »Daran kann ich mich nicht mehr erinnern.«

Jake lachte. »Ich schon. Du hast einem von denen zugerufen, dass es kein Wunder ist, dass seine Mutter die ganze Nacht über nicht erwähnt hat, wie hässlich ihr Sohn ist.«

Dominic feixte. »Ach ja. Glaub mir, das war nichts verglichen mit dem, was er über meine Mutter gesagt hat. Kann sein, dass ich falsch eingeschätzt habe, wie sauer die sein werden, wenn ich auch einen Spruch ablasse.«

Jake beugte sich zu Jeremy hinüber, als wollte er ihm geheime Informationen zuflüstern. »Dominic hatte früher mal ein Problem mit seiner großen Klappe.«

Mit einem amüsierten Kopfschütteln wies Dominic die Anschuldigung von sich. »Ich musste arbeiten, um mir die Uni zu finanzieren. Ich hatte gar nicht die Energie für eine große Klappe. Du warst es doch, der bequem von Mamas und Papas Geld gelebt hat. Du hättest eingreifen und mich retten sollen.«

»Das hab ich doch. Ich habe den Jungs klargemacht, wie viele von ihnen nötig gewesen waren, um dich festzunageln, und dass sie überlegen sollten, dich ins Team aufzunehmen«, erwiderte Jake.

Dominic stöhnte. »Dann verdanke ich die folgenden zwei Jahre mit gebrochenen Nasen und Knochen also dir.«

Jake zeigte auf Raschid. »Bei ihm kannst du dich auch bedanken. Es waren seine Mannschaftskameraden.«

Raschid hob beide Hände und lachte. »Hey, als ich dazugekommen bin, war schon fast alles vorbei und Jake schien mit dem Mannschaftskapitän 'nen Vertrag für deine professionelle Karriere auszuhandeln. Ich habe nichts weiter getan als zuzustimmen, dass man dich ins Team aufnehmen sollte.«

Jake meinte schulterzuckend: »Das hat dir gutgetan, Dom. Du brauchtest ein Ventil für die ganze Wut.« Das Thema wechselnd, fügte er an: »Ich frage mich, was die Mädels heute vorhaben.«

Raschid dachte an die bunte Mischung an Frauen. »Wahrscheinlich nichts Besonderes. Meine Großmutter und Zhangs Mutter sind auch dabei. Wie viel Spaß kann das schon werden?«

* * *

Mit einem leichten Gefühl der Bange führte Zhang ihre Mutter in den Hauptraum des Frauenflügels, in dem sich ihre Freundinnen bereits versammelt hatten. Der Raum war mindestens viermal so groß wie ihr eigenes Wohnzimmer und in mehrere Bereiche aufgeteilt. Auf großen Teppichen standen Sitzgruppen aus modernen Möbeln und lagen Kissen, die ebenfalls zum Sitzen vorgesehen waren. Alle erhoben sich, als sie eintraten.

Hadia kam auf sie zu und begrüßte Zhang mit mehreren Küssen auf die Wangen. Nach dem dritten hörte sie auf zu zählen. Als die alte Dame Zhang über die Schulter blickte und deren Mutter entdeckte, leuchtete echte Freude in ihrem Gesicht auf. Sie konnte sich gerade noch davon abhalten, sie zu berühren.

Xiaoli senkte zur Begrüßung höflich den Blick und instruierte dabei ihre Tochter auf Chinesisch: »Sorg ja dafür, dass mich diese Frau nicht anfasst.«

Hadia sah zu Zhang mit der Bitte, dies zu übersetzen. »Sie sagt, es sei ihr eine Ehre, dich kennenzulernen«, schwindelte Zhang auf Englisch.

Hadia lächelte und bedeutete ihnen beiden mit einer einladenden Geste, weiter in den Raum zu kommen.

Dann traten Abby und Lil gemeinsam vor, um Zhang zu begrüßen. Abby umarmte sie kurz und sagte: »Du siehst so wundervoll aus, Zhang!«

Zhang errötete.

Lil drückte Zhang mit einer weitaus enthusiastischeren Umarmung an sich. »Dieser Palast ist einfach fantastisch, oder? Du findest es sicher großartig hier. Exotisch genug, um sich wie in einem fremden Land zu fühlen, aber ohne sich fragen zu müssen, wie man die Toiletten benutzt.«

Und verlässlich wie immer bringt Lil wieder alles in die richtige Perspektive.

Zhang lächelte und umarmte ihre Freundin. Dann stellte sie ihnen ihre Mutter vor. »Abby, Lil, das ist meine Mutter Yajun Xiaoli. Ihr könnt Mrs Yajun zu ihr sagen. Bitte entschuldigt, dass sie kein Englisch spricht.«

Xiaoli lächelte die beiden Frauen höflich an und meinte: »Das sind die Frauen, von denen du mir erzählt hast? Ich hatte sie mir hübscher vorgestellt.«

»Hör auf, Mutter«, zischte Zhang ihr zu.

Abby mischte sich mit einem entspannten Lächeln in das Gespräch ein. Ohne darauf einzugehen, dass sie Xiaolis Bemerkung verstanden hatte, sagte sie mit dem wenigen Chinesisch, das sie beherrschte: »Mrs Yajun, ich freue mich, Sie kennenzulernen.«

Xiaoli fiel die Kinnlade runter und Zhang musste sich das Lachen verkneifen. Es dauerte einen Moment, bis Xiaoli ihre Fassung wiedererlangte und die Begrüßung erwiderte. Mit einem schmalen Lächeln merkte sie an: »Meine Tochter hat nicht erwähnt, dass Sie Chinesisch sprechen.«

Als geborene Friedensstifterin antwortete Abby: »Mein Vokabular ist recht bescheiden, aber wenn Sie sich mit jemandem unterhalten möchten, können Sie sich heute Abend gern neben mich setzen.«

Leicht reuig bedankte sich ihre Mutter bei Abby, weigerte sich jedoch, ihrer Tochter in die Augen zu sehen. Wahrscheinlich war das auch gut so, denn Zhang wusste nicht, ob sie hätte ernst bleiben können.

Lil beugte zur Begrüßung den Kopf, sprach dabei jedoch ihre Schwester an. »Abby, du hast so ein Glück, dass du so viele Sprachen sprichst.«

Abby lächelte Zhang an. »Das hat seine Vor- und Nachteile.«

Diese augenzwinkernde Anmerkung erinnerte Zhang an einen der vielen Gründe, weshalb sie diese beiden Frauen so sehr mochte. Abby hätte sich den Kommentar ihrer Mutter zu Herzen nehmen und beleidigt sein können. Stattdessen fand sie etwas Amüsantes an der Situation und machte dadurch den gesamten Abend erträglicher. Egal was geschehen würde, später würden sie darüber lachen.

Die letzte der anwesenden Frauen trat vor, und Zhang nahm an, dass es die berüchtigte Imageberaterin von Dominics neuem Hackerfreund war. Obwohl Jeremy Kater der Ruf vorausging, brillant im Umgang mit Computern zu sein, hatte Zhang nach einer Begegnung mit ihm den Eindruck, dass er nicht eben viel Zeit außerhalb seines Kellers verbracht hatte. Diese Frau beneidete sie nicht um ihren Job. Zhang reichte ihr die Hand. »Sie müssen Jeisa Borreto sein. Ich freue mich, dass Sie uns Gesellschaft leisten.«

Die wunderschöne Brasilianerin trat vor und ergriff mit einem warmen Lächeln Zhangs Hand. »Die Freude ist ganz meinerseits. Ich hoffe, ich störe nicht bei diesem besonderen Anlass. Da ich eingeladen worden bin, wollte ich auch erscheinen, aber jetzt sehe ich, dass dies eine kleine private Sache ist, und wahrscheinlich sollte ich mich lieber auf mein Zimmer zurückziehen.«

»Das darfst du dir nicht entgehen lassen, Jeisa«, protestierte Lil.

Zhang hielt die Hand der Frau einen Moment länger fest und sagte: »Es wäre mir eine Ehre, wenn Sie bleiben und sich zu uns gesellen.«

Nach diesen Worten nahmen die Frauen gemeinsam auf einer Seite des Raumes Platz. Eine unangenehme Stille legte sich über die Gruppe, da keine so recht wusste, was sie sagen sollte.

»Woher kommen Sie?«, fragte Hadia Jeisa.

Die Schönheit mit dem goldenen Hautton antwortete mit leichtem portugiesischem Akzent: »Santo Amaro. Sind Sie schon einmal dort gewesen, Eure Majestät?«

Hadia schüttelte den Kopf. »Leider nicht, aber ich habe gehört, es wird auch Brasiliens Manhattan genannt, also nehme ich an, dass es sehr überlaufen und voller Mode ist.«

Jeisa lächelte zustimmend. »Ich glaube, diese Beschreibung trifft es ganz gut.«

Dazu gab es nichts weiter zu sagen, und eine nächste peinliche Pause trat ein und zog sich hin. Zhang warf einen Blick auf ihre Uhr. *Wo zum Teufel bleibt die Hennakünstlerin? Die müsste doch inzwischen hier sein.*

Eine Bedienstete brachte ein Tablett mit Obst, Dips und einer Auswahl verschiedener Brote herein. Hadia wurde zuerst bedient, danach Zhang und anschließend die Gäste. Schweigend kosteten die Frauen von den Gerichten. Gerade als Zhang den Abend als einen der längsten und qualvollsten in der jüngeren Vergangenheit ad acta legen wollte, stand Lil auf. »Ich habe eine Überraschung für dich, die diese Party vielleicht etwas lebendiger machen wird. Zhang, darf ich?«

»Ich hoffe, es ist kein Stripper«, murmelte Xiaoli.

»Ich auch«, stimmte Abby auf Chinesisch zu.

Die beiden wechselten kurz einen Blick und wandten dann ihre Aufmerksamkeit wieder der lebhaften Brünetten zu, die in der Ecke der Sitzgruppe gerade ein kleines Radio aufstellte.

Da Zhang der Überraschung keinen Einhalt gebot, sah Lil das als Erlaubnis an, volle Kraft voraus zu fahren. Fast augenblicklich erfüllte langsame und sinnliche ägyptische Musik die Luft. Der verspielte Rhythmus war unbestreitbar einnehmend. Lil eilte zu einigen Kartons, die sie unweit aufgestapelt hatte, und begann, sie zu verteilen. »Die hier habe ich in einem Partyladen gefunden, sie sind also nicht authentisch, aber ich bin froh, dass ich ein paar mehr gekauft habe, dann können alle ihr eigenes haben.«

Lil verbeugte sich und reichte Hadia einen Karton. »Eure Majestät, ich hoffe, Sie empfinden das nicht als beleidigend.«

Nicht, dass sich Lil von so etwas aufhalten lassen würde. Zhang lächelte und nahm ihren eigenen großen Geschenkkarton entgegen.

Als sämtliche Kartons verteilt waren, wurde Zhang klar, dass die gesamte Runde darauf wartete, dass sie ihren zuerst öffnete. Sie nahm den Deckel ab und hob vor aller Augen etwas heraus, das wie ein grünes Bikinioberteil aussah und mit goldenen Ketten und Münzen behängt war.

Lil erklärte hastig: »Außerdem befindet sich bei allen noch ein Gürtel aus Goldmünzen im Karton. Die sind echt. Ich dachte, das wäre ein nettes Andenken an dieses Wochenende.«

Als die Frauen ihre Geschenke öffneten und mit den Händen über die knalligen Haremsoutfits – jedes ausgefallener als das vorherige – strichen, war Zhang buchstäblich sprachlos. Es war einer dieser Momente, in denen die Zeit stehen blieb und man mit tausend unterschiedlichen, sich widersprechenden Emotionen rang.

Abby sprach als Erste, und es wurde quälend deutlich, wie peinlich es ihr war. »Oh, Lil.«

Ohne wirklich die Stimmung der anderen Frauen erfasst zu haben, verteidigte Lil ihr Geschenk. »Das ist absolut passend, Abby. Ich habe mich über die Sitten in Najriad informiert, und bei der Hennanacht geht's vor allem darum, dass die Frauen tanzen und feiern. Es wurde mehrfach erwähnt, dass improvisierter Bauchtanz sehr beliebt ist. Ich dachte, das würde Spaß machen.« Sie schaute sich um, registrierte den mangelnden Enthusiasmus und wandte sich an Zhang. »Das ist dir doch nicht peinlich, oder, Zhang? Das könnte Spaß machen, oder nicht?«

Zhang sah zu ihrer Mutter, deren Gesichtsausdruck undurchdringlich war. Als sie den Kopf zu Hadia wandte, war sie überrascht, sie lächeln zu sehen.

Hadia sagte: »Bei meiner Hennanacht haben wir tatsächlich getanzt und die Musik war der sehr ähnlich, die Sie gewählt haben, Lil.« Ihr Lächeln wurde breiter. »Ich kann nicht behaupten, dass ich je so etwas getragen hätte, aber es leuchtet mir ein, dass das – so wie Sie sagen – Spaß machen würde.«

Lil warf jegliche Zurückhaltung über Bord und fragte: »Dann können Sie uns bestimmt ein paar traditionelle Tanzschritte zeigen?« Mit ihren Händen imitierte sie recht steif die Bewegungen einer hawaiianischen Tänzerin.

Niemandem außer Lil würde es einfallen, die Mutter eines Königs um Tanzunterricht zu bitten.

Zhang hielt die Luft an.

Hadia erhob sich und legte sich den Goldmünzengürtel um. »Ich glaube schon.« Sie warf einen Blick hinab auf Zhangs Mutter, die ihren Karton noch nicht geöffnet hatte. »Das Kostüm, das Sie mitgebracht haben, würde ich auch gern anziehen, aber in meinem Alter bleiben einige Dinge besser verhüllt.« An Zhang gewandt fuhr sie fort: »Dagegen ist deine Mutter aber noch sehr jung geblieben. Ich werde ein paar traditionelle Schritte vorführen, wenn sie sich mit dem Outfit schmückt, das Lil für sie gekauft hat.«

Mit trockenem Mund und nahe dran, den inneren Kampf um ihre Fassung zu verlieren und ihren Schock zu zeigen, übersetzte Zhang die Herausforderung für ihre Mutter. Für Zhang stand es außer Frage, dass ihre Mutter sich hochmütig verweigern würde, und deshalb war sie umso erstaunter, als Xiaoli ihr Geschenk öffnete, sorgfältig jedes einzelne Stück darin begutachtete und langsam anfing zu lächeln.

»Sag der …«, begann Xiaoli, hielt dann jedoch mit einem Blick zu Abby inne und antwortete Zhang mit mehr Bedacht. »Sag deiner neuen Großmutter, dass ich früher ebenfalls gern getanzt habe und dass es mir eine Ehre wäre, von ihr zu lernen.« Sie erhob sich. »Wo finde ich bitte einen Umkleideraum?«

Zhang deutete auf ein Badezimmer am anderen Ende des Raumes und sah dann ihrer Mutter hinterher, die mit hoch erhobenem Kopf und Lils Geschenk unterm Arm fortging. Zhang blickte Hadia in die glitzernden Augen und flüsterte: »Ich kann nicht glauben, dass sie mitmacht.«

Hadia lächelte. »Lil hat mir von der Wette erzählt, die dich und meinen Enkel zusammengebracht hat.« Bevor Zhang die Chance hatte, verlegen zu werden, fuhr sie fort: »Ich habe mich gefragt, woher deine Courage kommt. Jetzt weiß ich es.« Zu den anderen Gästen sagte sie: »Natürlich sollten Sie Lil zu Ehren ihr Geschenk heute Abend auch tragen. Zhangs Mutter ist doch unmöglich die einzige Frau, die dafür mutig genug ist.«

Zhang flüsterte ihrer zukünftigen Großmutter zu: »Du bist so gerissen.«

Hadia reagierte emotionaler, als Zhang es von ihr erwartet hätte. »Das Leben ist kurz, Zhang. Man sollte sich mit Haut und Haar darauf einlassen. Morgen wird es mehr als genug Gründe geben, um ernst zu sein. Gestatte dir, diesen Abend zu genießen. Wir versammeln uns aus gutem Grund ohne die Männer. Hier gibt es niemanden, der uns sagt, was sich gehört oder was nicht.« Sie hob anmutig die Arme über den Kopf und schwang die Hüften von einer Seite zur anderen. »Heute tanzen wir.«

Als Xiaoli aus dem Badezimmer zurückkehrte, verschlug es Zhang die Sprache, so schön sah ihre Mutter aus. Das kleine Oberteil des Kostüms betonte ihre schlanke Figur. Die mit Pailletten besetzten weißen Haremshosen boten freien Blick auf ihren flachen Bauch und ließen beim Gehen ihre Beine aufblitzen. Obwohl ihre Mutter und Hadia verschiedene Sprachen sprachen, verstanden sie sich in diesem Moment ganz ausgezeichnet.

Zwei Frauen, die in einem Alter waren, in dem sich viele nicht mehr attraktiv fanden, bewiesen, dass sie beide nach wie vor sinnlich und vital waren. Hadia begann, ihre Hüften wiederholt in einer schrägen Bewegung hin und her zu schwingen, was Xiaoli ihr mühelos nachmachte. Die beiden Frauen zusammen zu sehen, war dermaßen verblüffend, dass alle anderen im ersten Moment wie erstarrt dastanden. Aus den anfangs unterschiedlichen Stilen wurde bald eine Kombination. Hadia übernahm ein paar Bewegungen, um Xiaolis Haltung nachzuahmen, und Xiaoli bewegte sich so flüssig und frei, wie die Musik spielte.

Lil stellte sich neben Zhang und raunte: »Sag deinem Vater, dass er sich für das hier später gern bei mir bedanken darf.«

Nein, nein, nein! Zhang stöhnte. *Mach mir doch nicht eine ehemals heiße Fantasie zunichte! Wahrscheinlich bin ich jetzt für den Rest meines Lebens traumatisiert.*

Lil nahm Zhangs Hand. »Na los, komm, wir wollen auch was vom Spaß abhaben.«

Es klopfte an der Tür. Eine Dienerin trat ein, gefolgt von der Hennakünstlerin.

Etwas an dem amüsiert-überraschten Ausdruck der Künstlerin brachte Zhang zum Lachen. Als sie erst mal angefangen hatte, konnte sie nicht wieder aufhören. Plötzlich war es ihr egal, wie dieser Abend auf einen Außenseiter wirken könnte. Hadia hatte recht.

Ich muss mich entspannen und die guten Zeiten genießen.

Und es ist einfach ausgeschlossen, dass meine Mutter bei meiner eigenen Junggesellinnenabschiedsparty mehr tanzt als ich.

Zhang hob den Karton mit ihrem grünen und leicht transparenten Kostüm hoch. »Lil, wie bist du nur auf so was gekommen?«

Lil zog Zhang hinter sich her und warf ihr einen Blick über die Schulter hinweg zu. »Ich weiß, dass du dir wegen morgen Gedanken machst. Ich wollte dich zum Lachen bringen.«

Zhang drückte die Hand ihrer jungen Freundin. *Ziel erreicht.* Sie hatte tatsächlich vergessen, sich wegen Raschids emotionaler Distanzierung zu sorgen. Oder wegen Ghalils Drohung und des überaus gefährlichen Risikos, das sie am nächsten Tag eingehen würde, während alle anderen ihr Dinner genossen. Auch wenn es nicht ewig anhalten würde, Lils Ablenkung hatte gereicht, um alles andere auszublenden, und Zhang hatte einfach nur eine nervöse Braut sein dürfen – wenn auch nur für einen Moment.

Kaum hatte Lil das Badezimmer betreten, ließ sie auch schon die Klamotten fallen, also schloss Zhang hastig die Tür. Als sie Abby hinter sich leise lachen hörte, drehte sie sich zu ihr um.

»Daran gewöhnt man sich nie wirklich.«

Zhang nickte verständnisvoll. »Und trotzdem kann ich mir den heutigen Tag nicht ohne sie vorstellen.«

Augenblicklich gesellten sich Tränen zu Abbys Lächeln. »Ich auch nicht.«

»Alles in Ordnung mit dir, Abby?«, fragte Zhang, und aus Belustigung wurde Sorge.

Ihre Freundin wischte sich schnell eine verirrte Träne aus dem Gesicht und setzte ein tapferes Lächeln auf. »Ja, entschuldige. In letzter Zeit bin ich so emotional.«

»Das haben Hochzeiten so an sich«, sagte Zhang mitfühlend. »Vor allem Hochzeiten, die die eigenen Flitterwochen unterbrechen. Danke, dass du hier bist, Abby.«

»Wenn du gesehen hast, wie ich tanze, bist du vielleicht nicht mehr so dankbar«, witzelte Abby, und die Stimmung hob sich wieder.

Es gibt nichts, das den Anblick toppen kann, wie meine Mutter freudestrahlend in einem Haremsoutfit aus dem Kaufhaus bauchtanzen lernt, dachte Zhang.

Lil platzte in ihrem knallroten Kostüm aus dem Badezimmer. »Und jetzt gibt's Henna!«

Zhang lachte laut auf und umarmte Lil.

Okay, von meiner bauchtanzenden, mit Hennatätowierungen geschmückten Mutter sollte ich vielleicht ein Foto machen, denn diese Geschichte werde ich morgen nicht einmal mir selbst glauben.

KAPITEL 17

Es war unmöglich, die nüchterne Ehevertragszeremonie mit dem zu vergleichen, was viele moderne Frauen in Peking genossen. Eine Hochzeit sollte eigentlich nicht an nur einem Tag durchgezogen werden und die Unterzeichnung dieser rechtsgültigen Dokumente nicht zum gleichen Zeitpunkt wie der Austausch der Geschenke erfolgen.

Ist heute überhaupt ein glückverheißendes Datum? Da sie den Tag nicht hatte aussuchen können, hatte sie gar nicht erst im chinesischen Kalender nachgesehen. *Manchmal ist es besser, wenn man etwas nicht weiß.*

Glückbringend oder nicht, heute ist mein Hochzeitstag. Es sollte ein Feuerwerk geben und Streiche und für mich mehr als nur das eine Kleid. Kaum etwas war so, wie sie es sich immer vorgestellt hatte. *Abgesehen davon, dass ich am Ende mit dem Mann verheiratet bin, den ich liebe.*

Zhang musterte die Menschen, die am rechteckigen Tisch des Raumes saßen, der sonst anscheinend als Konferenzsaal des Palastes diente; auf einer Seite sie mit ihren Eltern und ihr gegenüber Raschid mit seinem Vater.

Sowohl der König als auch Zhangs Vater lasen sich aufmerksam die Verträge durch, die Raschids Anwälte auf Arabisch und Chinesisch vorbereitet hatten. Das Dokument musste zwar von dem Brautpaar unterschrieben werden, doch was die Mitgift und den Brautpreis anbelangte, oblag es dem jeweils ältesten Mann der beiden Familien, seine Zustimmung zu erteilen. Einige Dinge stellte man besser nicht infrage, und was Zhang anbetraf, gehörte die Familienehre dazu. Sie hätte einfordern können, dass all diese Fragen ihrer alleinigen Entscheidung vorbehalten waren, doch ihr Vater wirkte so stolz, als er den Vertrag mit dem König von Najriad besprach.

Bevor die Väter unterschrieben, überreichte der König Zhangs Eltern einen dicken roten Umschlag voller Geldscheine. Dann überreichte Raschid ihnen eine große Geschenkbox mit Goldstücken und Schmuck. Der König übergab Zhang eine ebenso große Kiste mit Goldschmuck und Diamanthalsketten. Ihre Mutter schenkte ihr Bettlaken, ein neues Teeservice und noch mehr Gold.

Als nur noch die Unterschriften des Brautpaars fehlten, bat König Amir Zhang, neben Raschid Platz zu nehmen. Er stand über ihnen und fragte Zhang, ob sie diese Ehe aus freiem Willen einging. Vor einer Woche wäre diese Frage noch ein Problem gewesen, doch jetzt antwortete Zhang aus voller Überzeugung mit Ja.

Der König sprach kurz ein paar Worte, dass Raschid seine Frau ehren würde, indem er ihr für alle Zeit zugetan war und für sie sorgte. Daraufhin drehte er sich zu Zhang und erklärte auch ihr, es sei ihre Pflicht, ihren Mann zu ehren und für alle Zeit für ihn zu sorgen. Wenn sie dem zustimmte, bräuchten sie nur noch die beiden Verträge zu unterzeichnen.

Es wurde weder gelacht noch geküsst. Es gab nur schnelle Unterschriften und den Austausch der Ringe. Vielleicht hätte Zhang mit der Steifheit der Zeremonie umgehen können, wenn Raschid sie auch nur einmal angelächelt hätte. *Denkt er auch an all das, was unsere Hochzeit nicht ist?*

Sie ist kein Teil einer einwöchigen Feier. Das abendliche Dinner ersetzt einen sonst üblichen großen Empfang. Der morgige Tag sieht nur eine stille Zusammenkunft von Freunden und Familie vor.

Womöglich kann man nicht viel mehr erwarten, wenn man beide Familien auf internationalem Niveau blamiert hat.

Nach der Vertragsunterzeichnung entschuldigten sich die Eltern. Der König beugte sich herab, setzte Zhang einen Kuss auf die Stirn und sagte etwas für sie Unverständliches auf Arabisch. Ihre Eltern schüttelten Raschid die Hand und sagten, sie würden sich bis zum Dinner auf ihr Zimmer zurückziehen.

Endlich allein mit ihrem frisch angetrauten Ehemann, war Zhang gleichermaßen von Hoffnung und Bange erfüllt. *Wird er mich an sich ziehen und küssen, bis ich den Verstand verliere? Oder sogar die Ehe gleich auf dem stabilen Tisch hinter uns vollziehen?*

Vielleicht gesteht er mir seine Liebe und verrät mir, dass er diese Schwüre völlig ernst gemeint hat. Du bist mein, Zhang!, sagt er dann auf seine typische heiße, fordernde Art, und ich werde erst so tun, als wollte ich das nicht, und mich dann von ihm überzeugen lassen.

Als Raschid einfach nur schweigend vor ihr stand, dachte Zhang: *Oder wir starren uns einfach in einer ausgedehnten, qualvollen Stille an.*

»Das Dinner findet in einer Stunde im großen Saal statt«, sagte Raschid.

Und?

Zhang wartete.

»Warum nutzt du nicht die Gelegenheit, dich ein wenig auszuruhen?«, schlug er vor.

Ausruhen?

Zum Glück verbringen wir den Rest unseres Lebens zusammen. Du wirst also mehr als genug Zeit haben, um den heutigen Tag bei mir wiedergutzumachen.

Zhang schenkte ihrem frisch Angetrauten ein kleines Lächeln. »Ja, ich bin müde. Danke.«

Ich hab's satt, nicht zu wissen, was los ist.

Und satt, darauf zu warten, dass du es mir sagst.

»Möchtest du, dass ich dich zurück zu deiner Suite begleite?«, bot er höflich an.

Zhang war kurz davor, ihm eine Ohrfeige zu verpassen, doch stattdessen beschloss sie, ihre Energie besser einzusetzen und die kurze Zeit zwischen der Unterzeichnung und dem feierlichen Dinner zu nutzen; also lehnte sie sein Angebot ab.

Muss er denn so erleichtert reagieren, dass ich seine Begleitung abgelehnt habe?

Es wäre leicht gewesen, Raschids aktuellen Sinneswandel als Beweis dafür zu werten, dass er nie mehr als nur vergängliche Lust für sie empfunden hatte. Aber Zhangs Instinkt verriet ihr, dass er in irgendwelchen Schwierigkeiten steckte. Verlangen konnte man nicht so schnell ein- und wieder ausschalten. Es gab einen Grund, weshalb Raschid sich der Leidenschaft zwischen ihnen verweigerte.

Dennoch hatte er sein Wort gehalten und sichergestellt, dass der Ehevertrag ihr Eigentum schützte. Also hatte er sie trotz allem, was sonst noch geschah, ein weiteres Mal in Schutz genommen. Für Zhang hatte das größere Bedeutung als all die süßen Worte, die er ihr in der Hitze der Leidenschaft zugeflüstert hatte.

Nicht, dass ein wenig Leidenschaft jetzt nicht schön gewesen wäre. Aber sie wusste, dass solche Dinge wie Finanzen, Körpergewicht und Lust sogar in der besten Ehe schwankten.

Integrität und Charakter dagegen nicht.

Raschid ist ein guter Mann.

Mein Mann.

Zhang klopfte einmal an Jeremys Tür, öffnete sie und trat ein, ohne auf seine Erlaubnis zu warten. Er saß vornübergebeugt auf dem Bettrand und war gerade dabei, den ersten seiner Schuhe zu schnüren. Er trug einen Anzug, so als würde er Gast bei ihrem Dinner sein.

Als er sie erblickte, stand er auf, schlüpfte in den anderen Schuh und band ihn zu, während er auf sie zuhüpfte. »Zhang? Was machst du hier?«

Sie sah sich suchend im Zimmer um und verschwendete keine Zeit an Nettigkeiten. »Hast du dein Laptop mitgebracht?«

Er zeigte auf den kleinen Schreibtisch, der eher Dekoration als ein Arbeitsplatz war. »Ich gehe nie ohne es aus dem Haus.«

Zhang atmete zur Stärkung tief durch, ging quer durchs Zimmer zum Schreibtisch und beschloss, sofort auf den Punkt zu kommen. »Du bist nicht einfach nur hier, um an der Hochzeitsfeier teilzunehmen.«

Diese Offenbarung schien ihn nicht zu überraschen. »Das dachte ich mir bereits.«

Nachdenklich berührte Zhang das geschlossene Notebook. »Was hat Dominic dir erzählt?«

Jeremy trat zu ihr an den Schreibtisch. »Nichts, aber komm schon, Leute wie du laden Leute wie mich nicht zu einem derart wichtigen Event ein, außer sie wollen etwas.«

Das abzustreiten, war sinnlos. Zhang hielt die Luft an und wartete. Er starrte vielsagend auf ihre Hand an seinem Laptop, bis sie sie wegnahm. Würde er ihr helfen oder nicht? Schwer zu sagen.

Als er den Blick wieder auf ihr Gesicht richtete, sagte er: »Du solltest wissen, dass ich nicht wirklich für Dominic arbeite.«

»Ach nein?«

»Es ist mehr eine Art Abmachung als eine Anstellung«, erklärte Jeremy.

»Und das heißt?«

»Wenn ich dir helfen soll, wird dich das was kosten.« Seine Intelligenz beschränkte sich nicht nur auf seine

Hackerfähigkeiten. Er wollte etwas, und jetzt wussten sie beide, dass er am längeren Hebel saß und es bekommen konnte.

»Nenn deinen Preis«, sagte Zhang und verlagerte ihr Gewicht in die aggressive Haltung, die typisch für sie war.

Mit stahlhartem Ton, den sie bei ihm überraschend fand, antwortete er: »Einen Gefallen, wenn ich ihn brauche.«

Sie hatte diesen Mann falsch eingeschätzt. Nur wenigen gelang es, den Kreis der Macht, in den er sich hineinkatapultiert hatte, zu betreten. Und einmal im Kreis angekommen, konnte sich nur ein Bruchteil von ihnen in eine einflussreiche Position lavieren. Sie würde ihn nie wieder unterschätzen.

»Welche Art Gefallen?«, fragte Zhang und warf ihm einen reservierten Blick zu.

Mit vor der Brust verschränkten Armen lehnte er sich seitlich an den Schreibtisch und antwortete: »Das ist unwichtig. Ich setze hier mein Leben für dich aufs Spiel. Ich will dein Wort, dass du für mich ebenso weit gehen wirst, wenn ich dich darum bitte.«

Sie brauchte Jeremys Hilfe, um herauszufinden, was Raschid vor ihr verbarg, also hatte sie keine Wahl. Nichtsdestotrotz hatte sie in ihrem Leben mit genug Männern zu tun gehabt, um zu wissen, dass ein paar Grenzen gezogen werden mussten. »In Ordnung«, sagte sie. »Pass nur auf, dass es keine Bitte ist, die mich zwingt, dich umzubringen, statt sie dir zu erfüllen.«

Ein Ausdruck echter Überraschung huschte über Jeremys Gesicht. Dann lächelte er über die Vorstellung. »Keine Sorge, Zhang, ich habe mich auf eine Frau eingeschossen. Schon immer. Wenn das funktioniert, werde ich einen Schritt näher dran sein, die Art Mann zu sein, den sie will.«

Zhang neigte fragend den Kopf leicht zur Seite.

Jeremy richtete sich zur vollen Größe auf und stellte klar: »Gefährlich.«

»Du tust das für eine Frau?«, fragte sie ungläubig. *Mein Leben ist wirklich zu einer Seifenoper mutiert.*

Seine Lippen pressten sich entschlossen zusammen. »Nicht irgendeine Frau. Alethea ist alles, was ich je wollte. Sie denkt, ich sei nicht ihr Typ, aber ich werde ihr beweisen, dass sie sich irrt.«

Zhang versuchte, der Situation eine rationale Perspektive zu verleihen. »Du weißt, dass du nie jemandem davon erzählen kannst, was an diesem Wochenende geschieht.«

»Niemand braucht davon zu wissen. Das weiß ich. Okay, was soll ich für dich hacken?«

Hab jetzt keine Bedenken.

»Im Palast gibt es einen internen Server. Du musst in jede mögliche Datei reinschauen.«

Jeremy öffnete seine Tasche, holte ein paar Kabel heraus, verband seinen Computer mit einem Zugang in der Wand und schaltete ihn ein. »Wonach soll ich Ausschau halten?«

Zhang zuckte mit den Schultern. »Ich weiß nicht. Nach etwas Ungewöhnlichem.«

Jeremy öffnete bereits Programme und monierte: »Scheiße, wir sind in einem Palast in Najriad. Mir wird alles ungewöhnlich vorkommen.«

Zhang rang mit einem Adrenalinstoß, den ihre Nervosität ihr bescherte, und fing an, hinter ihm auf und ab zu gehen. »Mein Gefühl sagt mir, dass die königliche Familie in Gefahr ist, aber ich weiß nicht, von wem diese ausgeht. Auf dem Server muss es einfach einen Hinweis geben.«

Jeremy hielt inne und warf ihr über die Schulter hinweg einen Blick zu. »Basiert das Gefühl auf etwas Konkretem?«

»Auf meinem Instinkt«, konstatierte Zhang bestimmt.

Er musterte sie noch einen Moment länger. »Gut genug für mich«, sagte er und wandte sich wieder seinem Notebook zu.

»Das ist ja interessant«, sagte er wenig später.

Zhang machte auf dem Absatz kehrt, lief zu ihm und sah ihm über die Schulter. »Was?«

Er zeigte auf eine frisch übersetzte Tabelle. »Wusstest du, dass man hier Maschinengewehre übers Haushaltsbudget abrechnet?« Er stieß einen leisen Pfiff aus. »Da wäre ich gern mal dabei, wenn die kurz in den Laden flitzen. Ich hätte gern zwei Stück Butter, sechs M-16, eine Kiste Munition und etwas Brot, bitte.«

Frustriert stieß Zhang Luft aus und blickte kurz zur Tür. »Wir haben nicht viel Zeit, Jeremy. Konzentrier dich.«

»Tut mir leid, das ist einfach zu cool. Keine Ahnung, wie viel ein najriader Dinar umgerechnet ist, aber es kostet zweitausend im Monat, um den königlichen Fuhrpark sauber und in Schuss zu halten.«

»Jeremy!«

»Okay, okay«, murmelte er. »Hey, Moment mal, hier ist was.«

»Was?«

»Letzte Woche hat jemand Kissen im Wert von fünftausend Dinar geordert. Das ist ein klassischer Deckmantel, wenn man in Wahrheit etwas anderes gekauft hat. Kein Mensch braucht so viele Kissen.«

Zhang schloss kurz die Augen, um sich die plötzliche Peinlichkeit nicht anmerken zu lassen. »Das ist nichts. Such weiter.«

»Warte mal, die behaupten außerdem noch, zehntausend Dinar für ein Haremskostüm, Stoffe und Seidentücher ausgegeben zu haben. Das alles wurde raus in die Salnyra-Oase gebracht. Da kann mir niemand erzählen, dass dort nicht was Versautes abgegangen ist.«

Keine Zeit, um jetzt in Erinnerungen zu schwelgen, und nichts, worüber ich reden will. »Kannst du das endlich mal vergessen? Vielleicht solltest du lieber E-Mails checken.«

Jeremy sah sie forschend über die Schulter hinweg an. »Warst du nicht letztes Wochenende in der Oase?«

»Bist du gern am Leben?«

Er lächelte einfach nur. »Die anderen wissen gar nicht, wie cool du in Wirklichkeit bist.«

»Jeremy …«

Gott sei Dank drehte er sich um und fing wieder an zu tippen. »Aber nächstes Mal sollten du und dein Prinz eure privaten Einkäufe nicht im Budget des königlichen Haushalts auftauchen lassen – außer, ihr steht auf so was.«

Zhang fluchte auf Chinesisch.

Nicht im Mindesten beunruhigt lachte Jeremy auf. »Hör mal, das wird eine Weile dauern. Meine Software übersetzt die E-Mails zwar, aber nie ganz exakt, also werde ich ein paar Stunden brauchen, um alles durchzusehen. Wie wär's, wenn ich dir eine Nachricht schicke, sobald ich auf etwas stoße?«

Zhang sah auf die Uhr und willigte widerstrebend ein. Das Dinner fand in weniger als dreißig Minuten statt. »Ich werde dich entschuldigen und sagen, dass es dir nicht gut geht.«

»Aber sei überzeugend, sonst wird Jeisa mich aufstöbern und zum Dinner schleifen. Sie hat sich persönlich das Ziel gesetzt, mich zu sozialisieren.« Ohne aufzublicken, winkte er ihr über die Schulter hinweg zu. »Okay, mach dich dünn, ich muss mich konzentrieren. Vor allem, wenn wir nicht viel Zeit haben.«

»Zeit ist das Einzige, was wir nicht in Unmengen haben.«

»Im Vergleich zu Kissen«, witzelte er.

Zhang griff so fest nach der Türklinke, dass ihre Knöchel weiß hervortraten. Ihre Emotionen schlugen hohe Wellen und sie fand seinen Kommentar kein bisschen lustig. Vertraute sie ihr und womöglich auch Raschids Leben einem Mann an, den dieser Auftrag wahrscheinlich nicht mehr herausforderte als sein letztes Videospiel?

Habe ich denn eine Wahl?

Jeremy, der spürte, dass sie noch im Raum war, hielt inne und sagte: »Dominic hat mich hergebracht, weil er weiß, dass ich der Beste bin. Ich kann sofort aufhören, wenn du glaubst, dass er sich irrt.«

Seine Selbstsicherheit hatte etwas Beunruhigendes an sich. Wusste er, wie schnell die Lage kippen und tödlich werden konnte? »Das hier ist gefährlich, auch wenn du nichts finden solltest.«

Jeremy schaute sie vom anderen Ende des Zimmers her an. »Ich weiß ja nicht, wie's dir geht, Zhang, aber ich hab's satt, mich mit einer abgedroschenen Vorstellung davon, wie mein Leben zu sein hat, abzufinden. Lieber sterbe ich dieses Wochenende im Kampf für meinen Traum, als die nächsten fünfzig Jahre als der Mann zu leben, der ich mal war.«

Zhang dachte an die Zeiten, in denen sie genauso empfunden hatte. »Sei sehr vorsichtig mit dem, was du dir wünschst, Jeremy. Es kommt nicht immer so, wie wir es planen.« Mit diesen Worten öffnete sie schnell die Tür und trat in den Korridor hinaus.

Als sie sich von Jeremys Zimmer entfernte, spürte sie, dass sie nicht allein im Korridor war.

Ghalil. Seine Missbilligung war eindeutig, doch er stellte sie nicht zur Rede. Stattdessen drehte er sich um und marschierte mit langen Schritten in die entgegengesetzte Richtung davon. Sie konnte sich nur vorstellen, welche Schlussfolgerungen er zog, was sie mit Jeremy getan hatte.

Scheiße.

Ich brauche einen Plan B.

KAPITEL 18

Das Hochzeitsdinner war eine schrecklich formelle Angelegenheit. Zum Glück für Zhangs Pläne nahm Ghalil auch daran teil. Hoffentlich überlegte er noch, wie er seine lasterhafte Schwägerin ausschalten konnte, und hatte nicht bereits Wachen in Jeremys Zimmer geschickt. Was sie dort vorfänden, würde ihnen nicht gefallen.

Zhang bezweifelte, dass der junge Mann so finster dreinschauen würde, wenn er ihr Geheimnis aufgedeckt hätte. Nein, er würde wohl kaum in der Lage sein, seine Freude für sich zu behalten.

Zhang musterte die nüchterne Gesellschaft. Der König saß am Kopfende des Tisches. Neben ihm Hadia, mit Ghalil und dessen Mutter auf ihrer anderen Seite. Die Königin hatte die ganze Woche über Ausreden gefunden, um Zhang nicht treffen zu müssen, weshalb sie sich jetzt zum ersten Mal sahen. Sie war angemessen verhüllt, und obwohl sie aufrecht auf ihrem Platz saß, spürte Zhang, dass es ihr unangenehm war, so vorgeführt zu werden. Die meiste Zeit über hielt sie den Blick gesenkt.

Mit seiner zweiten Frau hatte der König eine solide Wahl getroffen. Schön, zurückhaltend, respektvoll schweigend und eine Araberin. Nichts, an dem man Anstoß nehmen konnte.

Höchstwahrscheinlich das, was man als eine perfekte Ehefrau ansah.

Das genaue Gegenteil von mir.

Zhang warf ihrem frisch Angetrauten einen verstohlenen Blick zu. Er saß neben ihr, an der Seite seines Vaters, und sah von Kopf bis Fuß wie der Scheich aus, der er war.

Er bemerkte ihren Blick und presste seine Lippen zu einer entschlossenen Linie zusammen. Unter der Tischdecke griff er nach ihrer Hand. Sie verflocht ihre Finger mit seinen und klammerte sich an ihre Hoffnung. Sie suchte in seinem Gesicht nach einem Hinweis darauf, dass er nach wie vor der Mann war, der ihr geschworen hatte, den Rest ihres Lebens zusammen zu verbringen.

Raschid senkte den Kopf zu ihr und sagte so leise, dass nur sie es hören konnte: »Egal, was passiert, misch dich nicht ein. Versprich es mir.«

»Ich verstehe nicht«, erwiderte sie ausweichend.

»Versprich es mir.«

Sie konnte nicht in diese gequälten dunklen Augen schauen und lügen, also sagte sie: »Nein.«

Ein grimmiger Ausdruck legte sich über seine Züge.

Der König erhob sich, und als er anfing zu sprechen, übertönte seine Stimme mit Leichtigkeit die respektvoll gedämpfte Lautstärke der Gespräche am Tisch. »Ich möchte gern allen meinen Dank aussprechen, dass Sie heute Abend gemeinsam mit uns feiern. Einige von Ihnen haben weite Reisen auf sich genommen, um hier zu sein. Einige von Ihnen hatten aufgrund des überraschenden Eintretens dieses Ereignisses ihre Pläne ändern müssen. Ihre Güte werden wir niemals vergessen.« Er nickte Raschid zu und lächelte. »Ich weiß, dass mein Sohn auch ein paar Worte sagen möchte, falls er sich für einen Moment vom Anblick seiner frisch Angetrauten losreißen kann.«

Raschid ließ Zhangs Hand los, stand auf, verbeugte sich vor seinem Vater und drehte sich dann zu den Gästen. »Ich möchte ebenfalls allen hier Anwesenden danken. Als ich an der Hochzeit eines alten Freundes von der Universität teilnahm, wusste ich noch nicht, dass ich ihn so bald zu meiner eigenen einladen würde.«

Dominic nickte zustimmend von der anderen Seite des Tisches her. Mehrere Gäste lachten leise bei Raschids Worten.

»Da heute viele mir wichtige Menschen hier zusammengekommen sind, hoffe ich, dass Sie mir gestatten, die Gelegenheit wahrzunehmen und eine Ankündigung zu machen.«

Amir bedachte ihn mit einem skeptischen Blick und war ganz offensichtlich nicht sehr glücklich darüber, überrascht zu werden. Dennoch ließ er seinen Sohn gewähren.

»Wie Sie wissen, habe ich eingewilligt, an meinem nächsten Geburtstag die königliche Krone anzunehmen. Doch mit dem Segen meines Vaters möchte ich die Krönung vorziehen. Also, Vater, mit deiner Erlaubnis möchte ich den 1. Oktober als Tag meiner Krönung und unserer nächsten großen Feier ansetzen.«

Im Saal herrschte absolute Stille, während Gäste und Familie auf die Antwort des Königs warteten. Amirs Lächeln erreichte nicht ganz seine Augen, als er sagte: »Nichts würde mir mehr Freude bereiten. Natürlich hast du meinen Segen.«

Ghalil erhob sich mit hochrotem Kopf.

Amir richtete den Blick auf seinen Jüngsten und warnte: »Lass deine nächsten Worte Worte des Glückwunsches sein, mein Sohn, oder lass sie unausgesprochen auf deiner Zunge verlöschen.« Als Ghalil nichts darauf sagte, befahl sein Vater barsch: »Dann setz dich.«

Die Rage des jungen Mannes schien die Luft zum Vibrieren zu bringen, doch er folgte der Anweisung seines Vaters. Seine Mutter legte ihm die Hand auf den Arm, doch er schüttelte sie ab und starrte finster auf den Tisch.

Raschid fuhr fort, als hätte der Austausch zwischen seinem Vater und seinem Bruder gar nicht stattgefunden. »Lasst uns essen.«

König und Kronprinz nahmen gleichzeitig wieder Platz; ein Zeichen, dass ihm die Macht bereits zugestanden wurde.

Lil flüsterte Jake etwas zu, doch in der einsetzenden Stille konnten alle ihre Worte hören. »Ich glaube, wir sollten klatschen.«

Jake schüttelte erstaunt den Kopf, doch sein Lächeln machte deutlich, dass er ihre Bemerkung nicht peinlich fand. Er hob die Hände und klatschte langsam dreimal. Beim dritten Klatschen spendeten fast alle am Tisch enthusiastisch Applaus.

Als er langsam nachließ, schaute der König mit einem spitzbübischen Funkeln in den Augen über den Tisch hinweg und fragte: »Dominic, wie gefällt Ihnen Ihr Besuch dieses Wochenende?«

Dominic zeigte das selbstsichere Lächeln, für das er bekannt war. »Viel besser als der letzte, Eure Majestät.«

»Gut«, erwiderte der König. »Vielleicht werden sich die Dinge jetzt beruhigen.«

Zhang schaute hinüber zum Prinzen, der nach wie vor sichtlich wütend war und unglücklicherweise wusste, dass sie bei Jeremy gewesen war. Diese Information würde er gegen sie einsetzen, sobald er herausgefunden hatte, wie.

Was sie nicht ganz verstand, war, weshalb Raschid die Krönung vorverlegte, obwohl er sich nicht sicher war, ob er den Titel überhaupt wollte. Vor allem, wenn etwas faul war.

Außer er glaubte, jemand wollte nicht, dass er die Krone bekam.

Drohte ihm aus dieser Richtung Gefahr? Bei dem Gedanken beschleunigte sich ihr Puls.

Ging es bei seiner Bitte, sich nicht einzumischen, etwa darum? Je länger sie darüber nachdachte, wie schnell sein

Verhalten umgeschlagen war, desto stärker wurde das Gefühl, dass sie richtig getippt hatte.

Die Vorverlegung der Krönung wird denjenigen, der Raschid aufhalten will, in Zugzwang bringen.

So etwas tut man nur, wenn man nicht weiß, von wem die Gefahr ausgeht. Ist das dein Plan? Willst du deinen Feind herauslocken? O Gott, Raschid. Ich verbiete dir, dich umbringen zu lassen, wenn mir doch eben erst klargeworden ist, dass ich dich liebe.

Unter dem Tisch suchte sie nach seiner Berührung und erbebte, als sich seine große Hand um ihre schloss. Sie wollte daran zerren und von ihm verlangen, dass er ihr alles erzählte, aber sie bezweifelte, dass er es tun würde – nicht mal, wenn sie alleine wären.

Er lächelte sie an und sie schwor wortlos: *Ich werde dich retten, Raschid, falls ich dir nicht erst noch den Hals umdrehe, weil du mir nicht vertraust.*

KAPITEL 19

Als Raschid sie am Ende des Dinners darüber informierte, dass er sich noch um einige Angelegenheiten kümmern musste, bevor er später zu ihr kommen konnte, war Zhang gleichzeitig erleichtert und besorgt. Eine andere Frau hätte es womöglich verletzt, von ihrem Mann in der Hochzeitsnacht hintangestellt zu werden, doch eine andere Frau hätte auch nicht das halbe Dinner mit der Hoffnung verbracht, dass er ihre Bitte um etwas Zeit alleine, um sich auszuruhen, erfüllen würde.

Und mit »ausruhen« meine ich »herausfinden, ob Jeremy inzwischen etwas ausgegraben hat«. Auf direktem Weg zu seinem Zimmer zu gehen, war zu riskant. Die Chancen standen gut, dass Ghalil nur darauf wartete, dass sie genau das tat. Stattdessen steuerte Zhang auf die Suite der einzigen Person zu, die verrückt genug war, um ihr zu helfen.

Noch immer in dem Anzug, den er zum Dinner getragen hatte, öffnete Dominic die Tür. Ein kurzer Blick über die Schulter, um sicherzugehen, dass niemand sie beobachtete, und Zhang glitt ins Zimmer.

»Ich muss mit dir reden, Dominic.«

»Ist das nicht etwas, was du mit deiner Mutter besprechen solltest?«, fragte er trocken.

Mit bereits sehr dünnem Geduldsfaden erwiderte Zhang: »Wovon redest du da, verdammt noch mal?«

Dominic schloss die Tür und lud sie mit einer Handbewegung zum Sitzen ein. »Entschuldige, fehlgeleiteter Hochzeitsnachthumor. Was kann ich für dich tun?«, fragte er wieder ganz ernst.

Zhang lief in dem schmalen Bereich zwischen den beiden Sofas auf und ab. »Jeremy hat sich eingerichtet und durchsucht jetzt die Dateien. Ich habe ihm gesagt, dass ich nach dem Dinner zu ihm komme, aber Ghalil hat gesehen, wie ich vorhin aus seinem Zimmer gekommen bin. Ich weiß nicht, was er glaubt, was ich dort gemacht habe, aber für mich ist das Risiko zu groß, jetzt wieder hinzugehen. Kannst du das übernehmen? Ich will es vermeiden, unsere Handys zu benutzen. Hier stimmt was nicht.«

Dominic kam durch das Zimmer zu Zhang und sagte bestätigend: »Dein Bauchgefühl liegt wie immer richtig. Raschids Ankündigung kommt mir kalkuliert vor – als versuchte er, jemanden zum Handeln zu verleiten. Glaubst du, dass es sein Bruder ist?«

»Ich weiß es nicht, aber ich hoffe, Jeremy hat etwas gefunden. Hilfst du mir?«

Abby kam mit einem Morgenmantel über dem langen blauen Seidennachthemd aus dem Schlafzimmer. »Wobei soll er dir helfen?«

Wie zwei Kinder, die man auf frischer Tat erwischt hat und die sich nun eine überzeugende Ausrede einfallen lassen mussten, wechselten Zhang und Dominic schuldbewusste Blicke.

Abby kam auf sie zu und baute sich vor ihrem Mann auf. Mit auf den Hüften aufgestützten Händen sagte sie verärgert: »Dom, du hast mir versprochen, dass wir keine Geheimnisse voreinander haben würden.«

Dominic nahm ihre Hände. »Ich will dich hier nicht mit reinziehen, Abby. Es ist zu gefährlich.«

»Noch ein Grund mehr, weshalb ich wissen sollte, was hier vorgeht«, erwiderte Abby mit stur vorgeschobenem Kinn.

Ebenso stur schüttelte Dominic den Kopf. »Nein, Abby. Je weniger du weißt, desto besser.«

»Das kannst du nicht machen, Dom«, beschwor Abby ihn.

Mit unglücklichem, aber entschlossenem Ausdruck erwiderte Dominic: »Zhang braucht meine Hilfe. Gib mir nur dreißig Minuten und ...«

»Ich bin schwanger«, platzte es aus Abby heraus, und plötzlich traten ihr Tränen in die Augen.

Dom ließ sich mit einem dumpfen Plumps aufs Sofa hinter sich fallen. »Schwanger?«

Abby setzte sich neben ihren kreidebleichen Mann, nahm seine Hand und legte sie sich auf den Bauch. »Ja. Verstehst du, weshalb du aufhören musst zu glauben, du seist unzerstörbar?«

»Ich werde Vater«, sagte Dominic und seine Stimme bebte vor Rührung.

Abby nickte und Tränen rannen ihr übers Gesicht. »Ja. Und das bedeutet, dass du aufhören musst, dein Leben aufs Spiel zu setzen, als würde es nichts bedeuten, denn das tut es. Es bedeutet mir etwas. Und es bedeutet unserem Baby etwas.« Sie drehte sich um und sah flehend zu Zhang auf. »Bitte, verlang nicht, dass er etwas Gefährliches tut. Ich weiß, du warst sehr gut zu mir, aber ich kann ihn jetzt nicht verlieren.«

Dominic zog seine Frau an sich, wischte ihr mit einer Hand die Tränen weg und sah hinab in ihre bittenden Augen. »Mir wird nichts passieren, Abby.«

Als er zu Zhang aufblickte, stand so viel Traurigkeit in seinen Augen, dass sie ein tiefes Schamgefühl überkam. Bei Dominic vergaß man nur allzu leicht, dass er kein unverwundbarer Held war, sondern nur ein Mann, der seine Frau liebte und hin und her gerissen war zwischen dem Wunsch, einer Freundin zu helfen, und dem, seine junge Familie zu schützen. Sie konnte nicht von ihm verlangen, dass er mehr riskierte, als er es bereits getan hatte.

Die Tür zur Suite flog auf und Lil platzte herein. Kaum erblickte sie die weinende Abby, eilte sie zu ihr und fragte: »Was ist passiert? Sag bloß, ich hab schon wieder was verbockt!«

Abby löste sich von Dominic, setzte sich wieder aufrecht hin und schniefte. »Nein, diesmal bin ich es, die sich ganz unmöglich benimmt.«

Nein, ich bin es in meiner Selbstsucht. Es ist mein Problem, nicht ihres. »Nein, Abby, du tust das, was jede gute Mutter tun würde – du kämpfst für deine Familie.«

»Ich verstehe nicht«, sagte Lil.

»Ich bin schwanger«, sagte Abby lachend und weinend zugleich.

»O mein Gott, ich freu mich ja so für euch!« Lil setzte sich zu ihrer Schwester auf die Couch und schlang die Arme um sie. »Okay, aber warum sind dann alle so unglücklich hier? Ihr seht so aus, wie ich mich gefühlt habe, als ich …« Sie hielt abrupt inne und stand auf. »Moment mal, das kommt mir doch bekannt vor! Weshalb haben wir Jeremy mitgebracht? Habt ihr denn nichts aus dem gelernt, was ich getan habe?« Sie schaute in die verblüfften Gesichter der drei, die sie mit ihrem Hereinplatzen überrascht hatte, und fuhr fort: »Am besten erzählt ihr mir gleich alles, denn sonst werde ich versuchen, es auf eigene Faust rauszubekommen – und ihr wisst ja alle, wie das enden wird!«

»Ich hätte da keinen von euch reinziehen sollen. Es tut mir leid.«

»Nein, Zhang«, widersprach Abby. »Es war mein Fehler. Dominic hat recht. Ich darf nicht zulassen, dass meine Angst uns davon abhält, den Menschen zu helfen, die uns wichtig sind.«

Zhang schüttelte den Kopf. »Nein, du hattest recht. Das ist mein Problem.«

Dominic stand auf. »Es ist zu gefährlich für dich, wieder hinzugehen, Zhang.«

Jake kam durch die offene Tür herein. »Wo hinzugehen?«

Dominic begann, ihm und damit auch Lil alles zu erklären, was die Aufmerksamkeit aller lange genug ablenkte, dass Zhang sich unbemerkt aus der Suite stehlen konnte.

* * *

Eine Hand lässig in der Hosentasche, stand Raschid im trüben Licht einer überdachten Veranda, von der aus man den Innenhof des Palastes überblickte. Er wusste, dass es realistisch gesehen Wochen dauern konnte, bis sein Plan aufging und den Verräter herauslockte – falls es überhaupt funktionierte. Doch Raschid zählte darauf, dass das Chaos am Hochzeitswochenende eine Versuchung darstellte, der sein Widersacher nicht widerstehen konnte. Versuchung war, abgesehen von der Gefahr, ein weiterer Grund, weshalb er es vermied, mit Zhang alleine zu sein. In diesem oder jenem Sinne, er durfte sie nicht in diese Sache hineinziehen.

Eigentlich hatte er erwartet, dass Zhang durch seine Distanziertheit verletzt sein würde, aber als er ihr gesagt hatte, er bräuchte vor der Hochzeitsnacht noch Zeit für sich, hatte sie beinahe erleichtert gewirkt. Zwar sollte es ihm egal sein, aber es hatte ihm einen Stich versetzt, wie gelassen sie das akzeptiert hatte. Auch wenn er bereits entschieden hatte, ihrer Bitte nach einer platonischen Beziehung nachzukommen, hatte ein Teil von ihm doch gehofft, es würde ihr ebenso schwerfallen wie ihm.

Direkt an seinem Hinterkopf erklang das unverkennbare Geräusch von aneinander reibendem Metall, als eine Kugel von der Kammer in den Lauf befördert wurde und der Hahn einer Pistole klickend einrastete. Raschid erstarrte. Sich von den wachsamen Augen der Garde zu entfernen, hatte anscheinend funktioniert. Ohne sich umzudrehen, sagte Raschid auf Arabisch: »Du hast keine Zeit verschwendet.«

Er wartete und betete, dass die Stimme des Verräters keinem der ihm nahestehenden Menschen gehörte.

»So weit hätte es nicht zu kommen brauchen. Du hättest von hier verschwinden sollen, als du die Gelegenheit dazu hattest.« Die Stimme des Mannes war ihm unbekannt.

Raschid straffte die Schultern. »Ich bin nach Hause gekommen, weil mein Vater mich darum gebeten hat, und aus demselben Grund bin ich geblieben. Wirst du mir wie ein Feigling in den Hinterkopf schießen?« Als der Mann ihm nicht antwortete, drehte sich Raschid um und erkannte, dass der Verräter einer der Wachen der königlichen Garde war. »Du weißt, dass du nie damit durchkommen wirst, wenn du mich erschießt.«

Der Mann hielt seine Waffe direkt auf Raschids Gesicht gerichtet und erwiderte: »Die Pistole wird man zu einem deiner amerikanischen Freunde zurückverfolgen. Niemand wird eine Wache verdächtigen.«

»Bist du bereit, dein Leben darauf zu verwetten?«

Der Mann zuckte mit den Schultern. »Um sich darüber Gedanken zu machen, ist es ein bisschen zu spät, oder? Ich kann dich nicht leben lassen, du weißt, wer ich bin.«

Raschid beschloss, so lange Zeit zu schinden, bis sich eine Gelegenheit zur Flucht ergab oder Hilfe kam. »Du hast geschworen, die königliche Familie mit deinem Leben zu beschützen. Weshalb willst du mich umbringen?«, fragte er ruhig.

Mit wutverzerrtem Gesicht antwortete der Mann: »Du bist keiner von uns. Du und deine ausländische Frau werdet die Krone zum Gespött machen. Ich *beschütze* die königliche Familie.« Voller Überzeugung sagte er: »Ich beschütze die Familie vor dir.«

Aus dem Augenwinkel bemerkte Raschid eine Bewegung in der Tür hinter dem Schützen. Anfängliche Erleichterung verwandelte sich augenblicklich in Furcht, als er sah, wer zu ihnen gestoßen war.

* * *

Kaum hatte sich Zhang aus Dominics Zimmer geschlichen, gelangte sie zu der Überzeugung, dass eine kurze Nachricht an Jeremy nicht ausreichen würde. Also kehrte sie trotz allem zurück zu seinem Zimmer. Wie erwartet, lungerte Ghalil im Korridor davor herum.

Kämpfe, hatte Hadia gesagt. *Kämpfe um Raschid und der Rest wird sich von selbst ergeben.* Kurz entschlossen ging Zhang direkt auf Ghalil zu. »Warten Sie etwa auf mich?«

Ghalil lächelte höhnisch. »Ich wollte sehen, ob Sie die Frechheit besitzen, in Ihrer Hochzeitsnacht ins Zimmer Ihres Liebhabers zurückzukehren.«

Zhang trat aggressiv nahe an ihn heran. »Sind Sie wirklich so blind vor Neid auf Ihren Bruder, dass Sie nicht sehen können, was hier vorgeht?«, donnerte sie.

Ghalil griff sie beim Arm und erwiderte bissig: »Ich bin nicht neidisch auf meinen Bruder.«

»Stolz ist die dümmste Verteidigung überhaupt, weil man dadurch gleichzeitig falschliegt und angreifbar wird.«

Die Augen des jungen Mannes blitzten vor Wut. »Falsch ist, zu einem anderen Mann zu gehen, wenn Sie mit meinem Bruder verheiratet sind!«

»Ach was, plötzlich liegt Ihnen etwas an Raschid?«

»Er war mir immer wichtig.« *Gut. Vielleicht gibt es doch noch Hoffnung für dich.*

»Dann beweisen Sie es. Legen Sie Ihre Kleinlichkeit ab und helfen Sie ihm, bevor er sich noch selbst umbringt.«

Die Hand des jungen Mannes schloss sich fester um Zhangs Arm. »Was soll das heißen?«

»Finden Sie es nicht seltsam, dass Raschid sein Hochzeitsdinner für seine Ankündigung gewählt hat?«

»Nicht, wenn er die Krone unbedingt haben will.«

»Aber das will er nicht, Ghalil. Das ist nicht einmal Ihnen entgangen. Warum also sollte er die Krönung vorverlegen wollen?«

»Weil er die Schande fürchtet, die Sie unserem Haus bringen«, konterte Ghalil.

Zhang riss ihren Arm los und stieß ihm mit beiden Händen vor die Brust. »Hör mal, du aufgeregter kleiner Kläffer! Ich liebe deinen Bruder, und wenn du ein Beispiel dafür bist, mit wie viel Unterstützung er hier rechnen kann, dann wird er alle Hilfe brauchen, die ich ihm geben kann. Er hat diese Ankündigung gemacht, um jemanden herauszulocken. Dessen bin ich mir sicher. Es gibt einen Verräter im Palast.«

Ghalil schüttelte verwirrt den Kopf. »Wenn dem so wäre, wüsste ich davon. Wenn Raschid einen Verdacht hegt, hätte er das mit den königlichen Sicherheitskräften besprochen, oder er hätte es mir gesagt.«

»Außer, wenn er sich nicht sicher ist, wem er hier vertrauen kann.«

»Wenn all das wahr ist, was machst du dann mit diesem Amerikaner?«

Zhang seufzte. Sie wollte ihre Taten nicht offenlegen, aber sie brauchte seine Hilfe. »Also glaubst du mir?«

Der junge Mann war unschlüssig. »Einiges von dem, was du sagst, klingt logisch.«

»Dann hilf mir!« Sie schaute hinauf in das Gesicht ihres Schwagers und beschwor ihn nachdrücklich: »Hilf mir, deinen Bruder zu retten.«

Ghalil nickte, straffte die Schultern, und als er sich der Verantwortung stellte, die sie ihm vor die Füße legte, wirkte er plötzlich um Jahre reifer. »Okay.«

Nach einem schnellen Blick in beide Richtungen des Korridors zog Zhang Ghalil in Jeremys Zimmer, der erstaunt den Blick von seinem Notebook hob. »Mein Boxtraining beginnt erst nächste Woche, falls du jemanden brauchst, der ihn k. o. schlagen soll.«

»Er ist hier, um uns zu unterstützen.«

»Ist das klug?«, fragte Jeremy zweifelnd.

Zhang zog Ghalil zu Jeremy und dem Computer. »Hast du was gefunden?«

Jeremy schüttelte den Kopf. »Nichts, wofür es sich gelohnt hätte, dir eine Nachricht zu schicken.«

Ghalil schüttelte Zhangs Hand ab und schaute Jeremy über die Schulter. Vor Zorn lief sein Gesicht tiefrot an. »Das ist der Palastserver!« Er überflog das Dokument, das Jeremy las. »Ihr habt unsere E-Mails übersetzt.«

»Das mussten wir, Ghalil«, sagte Zhang. »Etwas darin könnte uns offenbaren, wer der Verräter ist.«

»So wie ich das sehe, bist das anscheinend du, Zhang. Für diesen Verrat wirst du im Gefängnis verrotten!« Ghalil wandte sich zum Gehen.

Jeremy stand auf, lief zur Tür und verstellte sie mit einem ironischen Lächeln auf den Lippen. »Ich hab zwar seit der Mittelschule niemanden mehr geschlagen, aber vielleicht verlernt man das ja nicht, so wie Rad fahren.« Gut einen Kopf größer als der junge Prinz, stand er da und knackte sich die Fäuste aus.

Zhang stellte sich hastig zwischen die beiden Männer. »Du brauchst nicht mal einen Finger an ihn zu legen, Jeremy, weil er nämlich die Augen aufmachen und begreifen wird, dass wir die Guten hier sind.«

»Wie kann ich das wissen?«, fragte Ghalil barsch.

»Hätte ich dich eingeweiht, wenn nicht?«, argumentierte Zhang. »Weshalb sonst würde ich dir zeigen, was wir hier machen?«

Ghalil musterte erst den großen Mann, der ihm den Weg verstellte, und dann Zhang, die wartete und bereit war, sich auf ihn zu stürzen, falls er versuchen sollte, das Zimmer zu verlassen. »Glaubst du wirklich, dass ihr den Verräter über das Netz finden könnt?«

Zhang atmete zittrig auf. »Ja, wenn er nicht alleine arbeitet. Das Problem ist, dass wir nicht wissen, wonach wir Ausschau halten sollen. Vielleicht fällt dir etwas auf, wenn du dir die E-Mails durchsiehst.«

Ein belastendes Schweigen zog sich in die Länge, bis Ghalil endlich sagte: »Zeig sie mir.«

Jeremy ging voran zu dem kleinen Arbeitsplatz und deutete auf den Stuhl. »Ich habe sie alle hier aufgelistet. Hau rein.«

Mit einem letzten Blick auf Zhang und Jeremy setzte sich Ghalil vor das Notebook und fing an zu lesen. Er beugte sich weiter vor, je tiefer er in seine Aufgabe eintauchte.

»Du hättest ihn nicht einweihen sollen, Zhang«, flüsterte Jeremy.

»Ich hatte keine Wahl«, raunte Zhang.

»Er ist noch ein Junge.«

Zhang sah den jungen Prinzen an. »Er ist zwanzig. Wenn die Leute aufhören, ihn wie ein Kind zu behandeln, wird er auch aufhören, sich wie eins zu benehmen.«

Ghalil sagte etwas auf Arabisch und wechselte dann ins Englische. »Wie es aussieht, hast du recht. Ein Mann der königlichen Garde, Kalim, hat mit dem General der Nationalgarde kommuniziert. Anscheinend waren die Angriffe auf unsere Grenzen koordiniert. Das ist nicht gut. Sie haben Raschid überwacht und nach Möglichkeiten gesucht, ihn zu diskreditieren. Ich bin mir sicher, dass sie hinter dem Foto von dir und Raschid auf Dominics Insel stecken. Wie es aussieht, hat Kalim den General darüber auf dem Laufenden gehalten, wo sich mein Vater aufhält. Hier beschreibt er sogar im Detail, wie die leere Autokolonne angegriffen werden soll. Aber wieso schreibt er das so unverhohlen in seinen E-Mails?«

»Diese Nachrichten waren verschlüsselt und wurden als verborgene Anhänge gesendet«, erklärte Jeremy. »Die meisten Leute wissen nicht mal, dass man nach so etwas suchen sollte.«

Schockiert schüttelte Ghalil den Kopf. »Ein Mitglied der königlichen Garde, und er arbeitet nicht alleine. Haben sie etwa vor, einen Umsturz zu wagen? Weshalb haben sie es nur auf Raschid abgesehen?«

»Wer weiß? Aber er muss davon erfahren«, erwiderte Zhang.

Ghalil stand auf. »Das mache ich.«

»Wir machen das«, korrigierte Zhang.

»Ich komme auch mit. Es ist immer besser, ein Held zu sein statt eine der entbehrlichen Nebenfiguren«, warf Jeremy ein.

»Das ist kein Spielfilm, Jeremy. Bleib hier«, sagte Zhang.

Jeremy holte ein kleines Gerät hervor und sagte: »Ihr braucht mich.« Als weder sie noch Ghalil zustimmten, fügte er hinzu: »Kann einer von euch Raschid über sein Handy orten? Nein? Dachte ich mir. Also dann mal los.«

KAPITEL 20

Als Zhang hinter dem Bewaffneten in der Tür auftauchte, blieb Raschid fast die Luft weg. Hätte diese Frau nicht zumindest dieses eine Mal auf ihn hören können? In der königlichen Garde dienten die am besten ausgebildeten Soldaten des königlichen Militärs. Sehr wahrscheinlich würde Zhang gleich mit ansehen müssen, wie ihr brandneuer Ehemann starb. Er hätte alles gegeben, um ihr das zu ersparen. Kurz hoffte er, sie würde die Waffe sehen und klug genug sein zu fliehen. Doch als sich ihre Blicke kreuzten, sah er die Wahrheit in ihren Augen.

Größere Geschütze als eine Pistole wären nötig, bevor sie ihn im Stich ließ.

Sein Herz zog sich schmerzhaft in der Brust zusammen.

Direkt hinter ihr tauchte Ghalil auf. Verwirrung durchfuhr Raschid. Er weigerte sich zu glauben, dass sein Bruder etwas mit der Sache zu tun hatte, aber weshalb brachte er Zhang mit? *Es sei denn, er will uns beide tot sehen.*

Sein jüngerer Bruder verfügte nicht über die Selbstbeherrschung, die seine Frau bewies. »Raschid!«, rief er aus, kaum dass er ihn erblickt hatte.

Der Wachmann hörte die Stimme des jüngeren Prinzen und drehte ihm für den Bruchteil einer Sekunde das Gesicht zu. Raschid versuchte, seinem Angreifer die Pistole aus der Hand zu schlagen, doch es gelang ihm nicht. Stattdessen landete die Faust des Soldaten an seinem Kinn und schickte ihn rücklings zu Boden.

Ghalil rannte los, doch der Wachmann drehte sich um und zielte mit der Waffe auf seine Brust.

Raschid stand bereits wieder auf den Beinen. Für die Erleichterung darüber, dass sein Bruder nichts mit dem Attentat zu tun hatte, blieb keine Zeit. »Ich bin es, den du willst«, sprach er den Angreifer von der Seite her an. »Meinen Tod kannst du vor dir selbst rechtfertigen. Aber sein Blut wird für alle Ewigkeit an deiner Seele kleben, und das weißt du.«

»Lass die Pistole fallen, Kalim«, befahl Ghalil.

»Eure Hoheit, Sie haben selbst gesagt, dass es das Ende von Najriad sein wird, wenn Ihr Bruder die Krone bekommt. Der Titel sollte Ihnen gehören.«

Mit angespannten Zügen und schuldbewusstem Blick näherte sich Ghalil Zentimeter um Zentimeter Kalim. »Stimmt, das habe ich gesagt, aber das hier wollte ich nicht.« Er sah Raschid an und sagte: »Es war nie meine Absicht, dass so etwas geschieht.«

Ich weiß, kleiner Bruder. »Ghalil, geh zurück. Ich bin es, den er haben will.«

Ghalil blieb, wo er war. »Dann wird er uns beide überwältigen müssen.«

Der Gardist schwenkte seine Waffe von einem Bruder zum anderen, während Raschid sich langsam immer näher an ihn heranschlich.

Ich kann nicht zulassen, dass du für mich stirbst, Ghalil.

Raschid machte einen großen Schritt auf Kalim zu und zog seine Aufmerksamkeit auf sich. »Heute braucht niemand hier zu sterben.«

Der Wachmann richtete die Waffe auf Raschids Brust und sagte: »Du irrst dich. Sogar wenn ich hier draufgehe, wird es nicht umsonst sein, denn dich werde ich mitnehmen. Ich tue das für Sie, Prinz Ghalil, und für Najriad.«

Raschid hielt die Luft an.

Ghalil machte einen Satz nach vorn und griff nach der Waffe. Blitzschnell drehte sich der Gardist dem jungen Prinzen zu und gab Raschid damit die Chance, nach der Pistole zu greifen. Im einsetzenden Handgemenge löste sich plötzlich ein Schuss und Ghalil sank auf den steinernen Boden der Veranda.

Raschid stieß ein wütendes Brüllen aus und landete einen Schlag, der den Wachmann in die eine und die Pistole in die andere Richtung davonfliegen ließ. Dann schnappte er sich den Mann beim Kragen seiner Robe, hob ihn vom Boden hoch und sandte ihn erneut mit einem donnernden Schlag taumelnd zu Boden.

Eine Kugel ist noch zu gut für dich! Dich werde ich mit bloßen Händen umbringen!

Bevor er ihn sich erneut schnappen konnte, bemerkte er Jeremy, der sich mit der Waffe in der Hand über dem Mann aufbaute. »Ich hab ihn, Raschid. Geh zu deinem Bruder.«

Ghalil!

Raschid eilte zu seinem Bruder und fiel neben ihm auf die Knie. Ghalil versuchte, sich aufzusetzen.

»Bleib ganz still liegen«, sagte Raschid auf Arabisch. »Du wurdest angeschossen.«

Ghalil griff nach der Hand seines Bruders. Die Farbe wich ihm langsam aus dem Gesicht. »Das ist alles meine Schuld. Es tut mir so leid, Raschid.«

Ghalil verlor das Bewusstsein, und Raschid presste den schlaffen Körper seines Bruders an sich. »Stirb nicht, kleiner Bruder. Wag es ja nicht zu sterben.«

Augenblicklich füllten sich Veranda und Innenhof mit Männern der königlichen Garde. Der Attentäter wurde sofort abgeführt. Ärztliche Notfallhilfe tauchte derart prompt auf, dass es schien, als hätte man sie bereits vor dem Schuss gerufen. Widerstrebend ließ Raschid seinen Bruder los, damit sie ihn versorgen konnten.

Erst als Ghalil vom Boden gehoben und auf eine Trage gelegt wurde, bemerkte Raschid Zhang an seiner Seite. Er legte den Arm um sie und hielt sie fest. Tränen traten ihr in die Augen. Sie zog seinen Kopf zu sich und einen Augenblick lang verlor er sich in ihrem Kuss. Er wollte sie küssen, bis sie ihm schwor, dass sie in Zukunft immer auf ihn hören würde – oder bis die Angst nachließ, die sich beim Gedanken daran, sie zu verlieren, wie eine Klammer um seinen Brustkorb gelegt hatte. Der Kuss wurde tiefer und ließ ihn alles vergessen, außer wie sehr er diese Frau liebte. Ruckartig stellte sich die Realität wieder ein, und er schob sie von sich.

Die Qual in ihren Augen zerrte an ihm und er schwor, nie wieder der Grund dafür zu sein, dass sie sich so fühlte. Er würde sie beschützen, auch wenn das hieß, dass er sie verlor.

»Ich muss gehen.« Er machte eine Handbewegung zu seinem Bruder hin, der weggebracht wurde. »Vielleicht komme ich heute Nacht noch nicht zurück.«

Zhang wischte sich die Tränen weg. »Ich werde auf dich warten.«

Er berührte zärtlich ihre feuchte Wange. »Nein, schlaf heute Nacht im Frauenflügel. Ich komme dich morgen holen.«

Sie lächelte vage, widersprach ihm jedoch nicht.

Habe ich endlich eine Anweisung ausgesprochen, die sie befolgen wird?

Dieser Gedanke amüsierte ihn, während er davoneilte, um zu seinem Bruder in den Ambulanzwagen zu steigen. Wie ironisch, kurz bevor er sie bitten wollte, ihn zu verlassen, gehorchte sie ihm endlich.

* * *

Zhang bebte sichtlich, als ihre amerikanischen Freunde sich an den Wachen vorbeidrängten. Dominic erreichte sie als Erster. Jake folgte ihm auf den Fersen. Ein Team ihrer eigenen Sicherheitsleute umringte sie, schirmte Zhang ab und geriet dabei mit der königlichen Garde aneinander. Auf beiden Seiten wurden Waffen gezogen.

Da erklang von der offenen Verandatür her eine dröhnende Stimme, und alle Männer der Garde senkten ihre Waffen und nahmen Habachtstellung ein. Zhang kannte den Mann, der auf sie zukam. Es war derselbe Gardist, der sie bei ihrer ersten Auseinandersetzung mit Ghalil gerettet hatte.

Er verbeugte sich vor ihr und fragte: »Eure Hoheit, sind Sie verletzt?«

»Nein«, antwortete Zhang mit zittriger Stimme.

»Benötigen Sie Unterstützung?«

Zhang kämpfte gegen die Tränen an, die eine Nebenwirkung des langsam absinkenden Adrenalinspiegels waren. »Nein, diese Männer sind meine Freunde.«

Der Kommandeur der königlichen Garde erteilte einen Befehl und seine Männer zogen sich auf Positionen am Rand der Veranda zurück. Ein Mann blieb jedoch stehen und zog Dominics Aufmerksamkeit auf sich. Angespannt gab er seinen Sicherheitsleuten ein Zeichen, den unbekannten Mann festzusetzen.

»Er gehört zu mir«, griff Zhang schnell ein.

Jeremy trat in den Kreis, den Dominics Sicherheitsleute um alle gebildet hatten. »Die Palastwache hat den Attentäter. Ich glaube nicht, dass wir den noch mal wiedersehen. Ich spreche zwar kein Arabisch, aber ich bin mir ziemlich sicher, dass sie ihm gesagt haben, er habe nicht mehr lange zu leben.«

»Du hättest auf uns warten sollen, Zhang«, rügte Dominic.

»Wenn sie das getan hätte, wäre Raschid jetzt tot«, widersprach Jeremy. »Wir sind schon so gerade noch rechtzeitig gekommen.«

Die Erkenntnis, dass sie Raschid um ein Haar verloren hätte, überwältigte Zhang. Tränen liefen ihr ungehindert übers Gesicht, und die hochkommenden Gefühle schnürten ihr den Hals zu.

»Schau, was du angerichtet hast!«, sagte Dominic vorwurfsvoll zu Jeremy.

Jeremy stellte sich Stirn an Stirn vor Dominic auf. »Das sind Tränen der Dankbarkeit, weil ich ihren Prinzen gerettet habe!«

Dominic wollte etwas erwidern, doch Zhang hielt ihn mit einer leichten Berührung seines Unterarms davon ab. »Er hat Raschid tatsächlich gerettet. Ohne ihn würde ich jetzt aus einem vollkommen anderen Grund weinen.« Sie versuchte erfolglos, ihre Tränen aufzuhalten. »Als wir auf die Veranda kamen und ich den Mann mit der Pistole an Raschids Kopf gesehen habe, dachte ich, wir seien zu spät gekommen. Alles, worüber ich mir in der letzten Woche Sorgen gemacht habe, war nicht mehr wichtig. Ich durfte Raschid nicht verlieren – nicht so kurz nachdem mir klar geworden ist, dass ich ihn liebe. Aber ich habe keine Möglichkeit gesehen, wie ich ihn retten konnte.«

»Du solltest sie vielleicht in den Arm nehmen oder so«, flüsterte Jeremy Dominic zu.

Dominic wand sich betreten und erwiderte: »Ich bin nicht wirklich gut mit weinenden Frauen. Umarm du sie.«

»Du kennst sie viel länger«, protestierte Jeremy.

Jake trat einen Schritt vor und zog Zhang in eine tröstende Umarmung. Sie versuchte nicht einmal vorzugeben, das nicht zu brauchen, und er ließ sie in sein Hemd schluchzen. Sie weinte und ließ alle Emotionen der vergangenen Woche heraus; sie weinte um die Ängste, die sie bereit war beiseitezuschieben, um den Mann, den sie beinahe verloren hätte, und um den Bruder, der Raschid letzten Endes verteidigt hatte. Als sie sich so weit beruhigt hatte, dass sie tief durchatmen konnte, hörte sie Jake sagen: »Mit Frauen und Kindern ist es vertrackt, aber man gewöhnt sich daran.«

Zhang löste sich von ihm, wischte sich die Augen trocken und lächelte die drei über sie hinausragenden großen Männer an. Sie hatte zwar keine Brüder, aber diese drei kamen ziemlich nah dran. Sie zog ihr Kleid zurecht und sagte: »Wenn ihr niemandem verratet, dass ich eben die Nerven verloren habe, werde ich auch niemandem verraten, dass ihr alle Idioten seid.«

»Abgemacht«, sagte Dominic. »Je weniger Abby von einem Attentäter weiß, desto besser.«

»Wie wär's, wenn wir dich in deine Suite zurückbringen? Ich kann dir Lil rüberschicken«, bot Jake an.

Zhang nahm die Eskorte gern an, meinte jedoch: »Sag Lil, dass wir uns morgen sehen.«

Jake nickte.

Zusammen mit ihren drei Bodyguards im Smoking und deren Sicherheitsleuten im Schlepptau ging Zhang die Korridore entlang zu ihrer Suite. Normalerweise hätte sie Lil sehr gern gesehen, doch sie hatte nicht die Absicht, geduldig darauf zu warten, bis Raschid am nächsten Tag zu ihr kam.

Ich will nicht allein sein.

Und das werde ich auch nicht – nicht, solange ich was damit zu tun habe.

KAPITEL 21

Kurz nach drei Uhr morgens betrat Raschid völlig erledigt seine Suite im Palast. Ghalils Zustand war stabil gewesen, als er das Krankenhaus verlassen hatte. Er hatte zwar viel Blut verloren, aber die Ärzte hatten ihm versichert, es sei kein wichtiges Organ verletzt worden und er würde sich wieder voll und ganz erholen.

Raschid war sich nicht sicher, ob man das Gleiche auch von ihm sagen konnte. Er ließ die Kleidung fallen, als würde ihm das irgendwie etwas von der Last seiner Gedanken nehmen können. Für den Augenblick hatte man das Wissen um den Vorfall auf wenige Außenstehende begrenzen können und die offizielle Begründung für Prinz Ghalils Krankenhausaufenthalt lautete Erschöpfung. *Eine Schusswunde ist mit Sicherheit erschöpfend.* Mit dem behandelnden Personal war gesprochen worden und alle hatten Stillschweigevereinbarungen unterschrieben. Zum Glück war im Krankenhaus keine ausländische Presse anwesend gewesen. Die *Najriader Zeitung* würde das drucken, was die königliche Familie vorgab. König Amir hatte einen gewichtigen Teil des Reichtums aus dem Erdöl des Landes in die Verbesserung der Lebensbedingungen seines Volkes gepumpt. Doch die Hand, die gütig verteilte, konnte ebenso schnell einen tödlichen Schlag versetzen, wenn man sich ihr entgegenstellte.

Ein effektiver Monarch musste zugleich geliebt und gefürchtet werden.

Ich bewirke weder das eine noch das andere.

Nackt und hundemüde stellte sich Raschid unter die Dusche und ließ das heiße Wasser auf sich herunterprasseln. Seine Gedanken rasten, während er sich wie automatisch einseifte. Eigentlich sollte er die Festnahme seiner Feinde feiern. Dank Dominics Hacker hatte Marschid alle Verschwörer überraschen und ohne Gegenwehr festnehmen können. Sogar der in den E-Mails genannte General war bereits überrumpelt und gefangen genommen worden, was der schnellen Reaktion der vertrauenswürdigsten Männer der königlichen Garde zu verdanken war. Die Strafen würden hart ausfallen und dann rasch und unter Ausschluss der Öffentlichkeit vollzogen werden.

Raschid wusste, dass er sich genau überlegen musste, wie er seinem Vater die Taten seiner Freunde erklären sollte. Allermindestens sollte er anfangen, einen Plan zu entwickeln, damit so etwas nie wieder geschehen konnte.

Stattdessen kehrten seine Gedanken jedoch immer wieder zum schlimmsten Moment seines Lebens zurück: der kurze Augenblick, als er dachte, Zhang würde seinetwegen sterben. Als er sie in der Verandatür gesehen hatte, konnte er nur noch daran denken, dass er sie retten musste. Sein eigenes Leben, traurigerweise sogar das seines Bruders, hatte gegenüber dem Drang, sie zu beschützen, an Bedeutung verloren.

Raschid drehte den Wasserhahn zu, trocknete sich ab und schlang sich auf dem Weg ins Wohnzimmer das angenehm weiche Handtuch um die Hüften.

In einem anderen Leben, zu einer anderen Zeit hätte er Zhang seine Liebe gestanden, aber wie konnte er von ihr verlangen, ihre Freiheit und ihre Karriere aufzugeben, wenn er nicht einmal wusste, ob er für ihre Sicherheit sorgen konnte? Der Gedanke daran, dass Zhang den königlichen Server gehackt und wie eine Geheimagentin unter den Augen seiner Sicherheitsleute agiert hatte, ließ ihn kopfschüttelnd die Augen schließen. All dieser Ungehorsam hatte ihm das Leben gerettet, und er schuldete es ihr, ebenso selbstlos zu sein.

Egal, was sein Volk davon hielt oder was sein Vater dazu sagte, er würde Zhang morgen gehen lassen. Wenn sie den Deckmantel seines Namens brauchte, konnten sie so lange verheiratet bleiben, wie sie es wünschte. Aber er würde sie nicht in Najriad festhalten. Sie verdiente die Freiheit, um die sie so hart gekämpft hatte. Und sie würde sie bekommen.

Auf einer Seite des Schlafzimmers ging auf einmal das Licht an. Und dort lag mitten auf seinem Bett genau die Frau, die ihm diese quälenden Gedanken verursachte. Sie schlug die Decke zurück und stand auf. In ihrem seidenen roten Mininachthemd stellte sie sich ihm frech gegenüber, als hätten sie sich schon immer das Schlafzimmer geteilt.

»Wie geht's deinem Bruder?«

Raschid war wie erstarrt. Zerzaust vom Schlaf und die Hand nach ihm ausstreckend, war ihr Anblick fast zu verführerisch, um dem widerstehen zu können. Sie verdiente etwas Besseres – jemand Besseren als ihn. Er wandte sich von ihr ab, bevor er dem überwältigenden Verlangen, sich in ihren Armen zu verlieren, nachgeben musste. »Er wird wieder gesund.« Ihr den Rücken zugewandt, sagte er: »Du musst gehen, Zhang. Du solltest nicht hier sein. Ich habe dir gesagt, dass wir morgen sprechen werden.«

Anstatt ihm zu gehorchen, kam sie zu ihm und legte ihm ihre zarte Hand auf den Rücken. Er erbebte vor Begehren nach ihr, drehte sich jedoch nicht um.

»Was hast du, Raschid? Weshalb weist du mich ab?«

Er klammerte sich an die letzten Reste seiner Entschlossenheit. »Es war falsch von mir, dich zu einer Ehe mit mir zu drängen. Du kannst morgen mit deinen Freunden heimkehren.«

»Und was, wenn ich nicht will?«

»Du musst.«

Sie glitt um ihn herum, und als sie vor ihm stand, ballte er die Hände an den Seiten zu Fäusten, um sich davon abzuhalten, sie an seine Brust zu ziehen. Er versuchte, das Richtige zu tun, aber das Falsche fühlte sich rasend schnell wie die bessere Wahl an, und er kämpfte gegen seine Schwäche an.

»Wieso?«, flüsterte sie, und er machte den Fehler, hinab in ihre wundervollen dunklen Augen zu schauen.

»Ich liebe dich«, gestand er ihr schroff.

Sie legte den Kopf in den Nacken und lachte sanft, was den Blick auf ihren langen, schönen Hals freigab. »Das würde ich nicht gerade als ein Ausschlusskriterium für eine Ehe bezeichnen. Manche Leute halten das sogar für eine gute Sache.«

Raschid ergab sich dem Bedürfnis, sie zu berühren, zog sie an sich und umarmte sie einfach nur. Erneut durchzuckte ihn sein Verlangen, und er sagte: »Bevor Ghalil angeschossen wurde, habe ich dich in der Tür gesehen, und plötzlich war mir völlig egal, dass ich eine Waffe am Kopf hatte. Noch nie im Leben hatte ich solche Angst. Außer deiner Sicherheit war mir nichts mehr wichtig, und ich wusste nicht, ob ich dich retten kann. Du kannst nicht hierbleiben, Zhang. Das musst du einsehen.«

Zhang schlang ihm die Arme um die Taille und legte ihren Kopf an seine Brust. »Nein, das sehe ich überhaupt nicht ein.«

Er stöhnte und drückte sie enger an sich. »Ich bin kein Märchenprinz, Zhang. Ich bin einfach nur ein Mann – ein Mann mit einer erdrückend großen Verantwortung. Ich wünschte, ich könnte dir sagen, dass die Lage nächste Woche oder nächstes Jahr besser sein wird, aber ich muss mich der Tatsache stellen, dass es vielleicht niemals besser sein wird. Gewalt könnte für immer Teil meines Lebens sein, und ich kann dich nicht bitten, das zu akzeptieren. Ich werde dich nicht wieder in Gefahr bringen.«

Zhang hob den Kopf und sah ihm ins Gesicht. »Du hast kein Recht, diese Entscheidung für mich zu treffen. Du hast kein Recht, mir zu sagen, womit ich umgehen kann und womit nicht. Die Welt ist voller Gewalt, Raschid. Das kleine Dorf, in dem ich aufgewachsen bin, hielt seine ganz eigenen Gefahren bereit. Auch mein Leben ist nicht ganz ohne Risiken, sonst hätte ich keine bewaffneten Männer in meinen Diensten. Gefahr gehört zum Leben dazu. Niemand ist dagegen immun, egal wie sehr man versucht, sich dagegen abzuschirmen. Nein, Gefahr macht mir keine Sorgen.«

Als Raschid etwas einwenden wollte, zwickte sie ihm in die Rippen und fuhr verärgert fort: »Womit ich wirklich zu kämpfen habe, ist, dass du glaubst, du müsstest all die Verantwortung ganz alleine schultern. Du sagst, du liebst mich, aber was genau liebst du eigentlich? Ich bin mir nämlich nicht sicher, ob du mich überhaupt siehst. Alles, was ich besitze, habe ich mir selbst erkämpft, und ich bin bereit, dir bei deinem Kampf um Najriad zu helfen. Aber ich muss wissen, dass du mich so liebst, wie ich bin. Was mich sauer macht, ist dein mangelndes Vertrauen in meine Fähigkeit, diese Last mit dir zu teilen. Und ich vermute, deinem Bruder geht es auch so.«

»Ghalil ist ein Kindskopf.«

»Nein, er ist ein Mann, der sich eine Kugel für dich eingefangen hat. Genau wie du ist er bereit, sein Leben für seine Familie und sein Land zu geben. Vielleicht ist es an der Zeit, dass ihr beiden euch zusammensetzt und darüber sprecht. Du bist nicht allein.«

Raschid dachte an die vergangenen Konversationen mit seinem Bruder, und es fiel ihm wie Schuppen von den Augen, dass er zu seinen Problemen mit Ghalil mit beigetragen hatte. Ihn wie ein Kind zu behandeln, hatte den jüngeren Bruder genötigt, ihm seine Männlichkeit zu beweisen. Es war verständlich, dass sich Ghalil bedroht und zurückgewiesen gefühlt hatte. *Wieso ist mir das nicht aufgefallen?* Raschid strich der schönsten Frau, die er je gesehen hatte, mit der Hand durchs schulterlange Haar. »Prinzessin Zhang, woher kommt nur all deine Weisheit?«

Zhang lachte bescheiden auf. »Ich bin kein Aschenputtel, Raschid. Ich bin einfach nur eine Frau – eine Frau mit festen Ansichten und einem Problem damit, sich unterzuordnen. Ich kann dir nicht versprechen, dass ein Leben mit mir immer leicht sein wird, aber wenn wir zusammen sind, fühle ich mich, als wäre ich …«

»… angekommen«, beendete er den Satz für sie.

Tränen stiegen ihr in die Augen. »Ja. Angekommen. Und solange ich bei dir sein kann, ist mir egal, ob wir in Najriad oder auf dem Mond leben. Entscheide dich für uns, Raschid, und dann kümmern wir uns zusammen um alles andere.«

Die letzte Mauer um Raschids Herz brach zusammen. Er löste sich von ihr und zog ihr das Nachthemd über den Kopf hinweg aus. Dann küsste er sie, und bald erbebten sie aneinander in einer Mischung aus intensivsten Gefühlen und dem Verlangen, ihre Liebe durch heiße Taten auszudrücken. »Wie hab ich es nur geschafft, so eine unglaubliche Ehefrau zu finden?«

»Ich hab da so 'ne Schwäche für Scheiche«, neckte Zhang hüllenlos und stolz unter dem anbetungsvollen Blick ihres Ehemannes.

Raschid hob sie mühelos hoch und warf sie rücklings auf das Bett. »Für Scheiche an sich oder für einen ganz speziellen?« Er ließ sein Handtuch fallen und kroch auf allen vieren über das große Bett, bis er über ihr thronte.

Sie lachte zu ihm hinauf. »Ich weiß nicht so genau. Da war mal einer, der hat immer eine gewisse Sache mit seiner Zunge gemacht, die ich ganz großartig fand. Warst du das?«

Mit einem schelmischen Knurren machte sich Raschid ans Werk. Er spreizte ihre Beine, positionierte sich zwischen ihren Knien und begann, die sensible Haut ihrer Innenschenkel aufreizend langsam zu küssen. Mit seinen großen Händen hob er ihren Po an und hielt sie so, dass er genüsslich eine Spur von Küssen bis zu ihrer Mitte legen konnte. Seine heiße Zunge wärmte und neckte ihren Bauch, bevor er schließlich ihre Falten teilte und gekonnt in sie eintauchte.

Zhang warf den Kopf zurück und krallte sich im Bettzeug neben sich fest. »Ja! Jetzt erinnere ich mich!«, rief sie leidenschaftlich aus.

Raschid lachte leise. »Bist du sicher? Ich könnte nämlich die ganze Nacht damit verbringen, dein Gedächtnis aufzufrischen.« Er umkreiste und leckte ihren empfindsamsten Punkt, während seine Hände fest ihren Hintern massierten. »Ich kann mich nur noch dunkel erinnern, aber mir ist so, als hätte dir das hier gefallen …« Er glitt mit einem Finger in sie hinein, kreiste sacht und genoss, wie sich Zhangs innere Muskeln um ihn spannten.

Er wechselte seine Position, damit er sie weiter intim streicheln und ihr gleichzeitig ins rosige Gesicht schauen konnte. »Gott, ich hoffe, du hast auch gemeint, was du gesagt hast, ich bin nämlich nicht stark genug, um dich gehen zu lassen.«

Zhang nahm sein Gesicht in die Hände, zog ihn zu sich hinab und küsste ihn. »Ich liebe dich, Raschid. Ich gehe nirgendwohin.« Ihre Lippen trafen erneut auf seine, und jegliche zusammenhängende Konversation wurde von dem ursprünglichen Trieb abgelöst, dem beide nicht länger widerstehen konnten. Der Rest der Nacht war erfüllt von intensivem Genuss, heißen geflüsterten Anregungen und gegenseitiger Befriedigung, bis sie irgendwann erschöpft eng umschlungen einschliefen.

* * *

Halb sitzend und halb an Raschid gelehnt, probierte Zhang am nächsten Morgen die verschiedenen Brotsorten aus, die das Personal mit dem Frühstück auf sein Zimmer gebracht hatte. Sie steckte ihm ein kleines Stück in den Mund und erzitterte bei dem Gefühl, das seine Lippen an ihrem Finger hervorriefen, als sie sich um ihn schlossen.

Raschid strich ihr besitzergreifend über den nackten Rücken und versetzte ihr einen Klaps aufs Hinterteil. »Wir haben noch nicht darüber gesprochen, dass du dir mithilfe eines Hackers Zugang zum königlichen Server verschafft hast.«

Zhang lächelte und rieb ihm mit der Hand über die Brust. »Genial, was?«

Raschid fing ihre Hand ein und drückte sie an sich. »Oder Hochverrat. Was, wenn das ganz anders ausgegangen wäre? Du hast Glück, dass du nicht selbst verschuldet im Gefängnis gelandet bist.«

»Hey, das wäre doch eine interessante Fantasie! Aber dann möchte ich lieber der Kerkermeister sein«, spielte sie das Szenario runter, zu dem es ganz eindeutig nicht gekommen war. »Du könntest ein abgrundtief verdorbener internationaler Spion sein, den ich verhören muss.«

Raschid lachte amüsiert auf. »Du und deine Fantasien! Damit hat das alles überhaupt erst angefangen.«

Zhang wollte nicht darüber nachdenken, dass eine einzige Entscheidung ihr ganzes Leben verändert hatte, denn dann müsste sie auch anerkennen, wie knapp sie und Raschid an einer Zukunft vorbeigeschlittert waren, in der sie nie zusammengekommen wären. Ihr fiel wieder Abbys Junggesellinnenabschied ein. Ihre amerikanischen Freundinnen hatten sie ermahnt, ihre Begleitung für die Hochzeit mit Bedacht auszuwählen, und Zhang lachte leise darüber, wie sehr sie recht gehabt hatten. Ein anscheinend zufälliges Ereignis hatte alles auf den Kopf gestellt. Sie schüttelte die Vergangenheit ab und konzentrierte sich wieder auf die köstliche Gegenwart. »Ganz genau. Willst du damit sagen, dass es dir nicht gefallen würde, wenn ich dich fessle und dann langsam foltere?« Sie streichelte leicht über seinen flachen Bauch und den muskulösen Oberschenkel, wobei sie tunlichst vermied, das zu berühren, was begierig zum Leben erwachte und sich nach ihrer Berührung sehnte. »Immer und immer wieder, bis du mich anflehst, dich zu erlösen?«

Er zog sie unter sich und hielt ihre Hände über dem Kopf fest. »Was, wenn ich gern die Kontrolle habe?«

Sie rieb ihre nackten Brüste an ihm und genoss es, wie sich sein Atem beschleunigte und wie er für sie entflammte. »Wir können uns abwechseln«, flüsterte sie an seinen Lippen.

Er lächelte und raunte: » Deine Einstellung gefällt mir.«

KAPITEL 22

Zhang ruhte noch immer auf Raschid, und als es an der Tür zur Suite klopfte, schreckten beide überrascht hoch. Doch Zhang entspannte sich gleich wieder und fand in ihre behagliche Position auf ihm zurück. »Hast du etwa noch mehr Essen bestellt?«

Raschid schüttelte den Kopf und schob sich unter seiner Frau hervor. »Bleib hier, ich sehe nach, wer es ist.«

Sie rollte auf den Rücken, zog die Decke über die Brust und schloss die Augen. »Siehst du, ich kann Anweisungen befolgen.«

Er beugte sich zu ihr hinab, küsste ihre entspannten Lippen und merkte neckend an: »Nur, weil du zu faul bist, um aufzustehen.«

Mit geschlossenen Augen erwiderte Zhang seinen Kuss, streckte sich dann aus und sagte lächelnd in ein Kissen: »Wenn du mich diesen Morgen rebellisch haben wolltest, hättest du mich letzte Nacht nicht so auspowern dürfen.«

Raschid verharrte in der Position über ihr und fragte neckend: »Was, mehr braucht es nicht, damit meine Frau gehorsam wird? Wilde Marathonsexorgien? Das hättest du mir ruhig früher sagen können.«

Zhang riss die Augen auf und schlug mit einem Kissen nach ihm, dem er aber mühelos auswich.

Es klopfte erneut an der Tür, diesmal lauter.

Raschid zog die weiße Pluderhose an, die er am Abend zuvor getragen hatte, und ging barfuß zur Tür. Es drehte ihm fast den Magen um, als er Marschid erblickte, den Kommandeur der königlichen Garde. »Ist etwas mit Ghalil?«, fragte er hastig.

»Nein, Eure Hoheit. Der letzte Bericht aus dem Krankenhaus besagt, dass Ihr Bruder wach und außer Gefahr ist. Aber der König wünscht Sie und Ihre Frau in der Bibliothek zu sehen.«

Raschid warf einen schnellen Blick zurück auf die Schlafzimmertür, die er wohlweislich hinter sich geschlossen hatte. »Hat er gesagt, warum?«

»Nein, Eure Hoheit.«

Raschid nickte. »Sagen Sie ihm, dass wir in fünfzehn Minuten bei ihm sind.«

Der Wachmann verabschiedete sich mit einer leichten Verbeugung, und Raschid kehrte ins Schlafzimmer zurück. »Mein Vater möchte uns beide sehen.«

Zhang setzte sich ruckartig auf. »Ist er verärgert?«

Raschid zuckte mit den Schultern und setzte sich auf den Bettrand. »Ich würde nie zulassen, dass dir etwas passiert.«

Zhang lehnte sich vor und berührte den äußerst ernst gestimmten Mann, mit dem sie nach reiflicher Überlegung den Rest ihres Lebens verbringen wollte. »Das weiß ich.«

»Er könnte infrage stellen, ob es weise ist, dass ich den Titel bereits im Oktober annehme.«

»Möchtest du es?«, fragte sie und sah, wie sich seine Miene anspannte.

»Ja und nein. Was, wenn ich nicht der Richtige dafür bin? Was, wenn mein Bruder recht hat und ich nicht Araber genug bin?«

Zhang krabbelte näher, bis sie direkt vor ihrem Mann kniete, und nahm dann seine Hände in ihre. »Ich habe in meinem Leben viel zu viel Zeit mit dem Versuch verschwendet, entscheiden zu wollen, wer ich bin. Das habe ich erst herausgefunden, als ich dich getroffen habe. Ich bin keine traditionelle, familienorientierte Frau aus einem kleinen chinesischen Dorf. Ich bin keine eingefleischte, erfolgreiche Geschäftsfrau von Welt. Ich bin eine wundervoll komplexe Mischung aus beiden. Die große Leinwand, auf die ich die Details meines Lebens aufmale, veranschaulicht auf faszinierende Weise meinen ganz eigenen kulturellen Hintergrund. Wer würde ich sein, wenn die Elemente einer der beiden Kulturen wegfielen?« Raschid nahm ihre Hände fest in seine und ließ ihre Worte tief einsinken, während sie weitersprach. »Ich glaube, du wirst erst dann hier erfolgreich sein, wenn du dich nicht länger dagegen sperrst, dass das Gleiche auch auf dich zutrifft. Offenbar versuchst du seit deiner Rückkehr nach Najriad den Mann zu verleugnen, der du in den letzten zwanzig Jahren gewesen bist. Ein halber Mann kann keine Nation anführen. Aber was wäre, wenn dir die Erfahrungen da draußen die Stärke gegeben haben, die du brauchst, um hier zu herrschen? Du glaubst, du könntest nur ein guter König sein, wenn die Leute dich gleichermaßen lieben und fürchten, aber diese Ansicht ist überholt. Wenn du hierbleibst und den Menschen zeigst – wirklich zeigst –, was du für sie tun kannst, werden sie dich lieben und respektieren. Vielleicht hat dich dein Vater aus diesem Grund fortgeschickt – damit du zu einer Brücke von der Vergangenheit in die Zukunft wirst.«

Raschid stieß einen tiefen Atemzug aus, zog Zhang in seine Arme und hielt sie fest an sein wild schlagendes Herz gedrückt. »Wenn du bei mir bist, fühle ich mich unbesiegbar.«

Zhang legte die Arme um ihn. »Mir geht es mit dir genauso.«

Raschid lächelte in ihr Haar. »Unbesiegbar hin oder her, wir sollten meinen Vater nicht warten lassen.«

Hastig duschten sie zusammen und warfen sich schnell etwas zum Anziehen über. Zu Zhangs Überraschung hatte Raschid statt des traditionellen weißen Thawbs einen anthrazitfarbenen Anzug gewählt. Dann setzte er sich die weiße Kopfbedeckung mit dem schwarzen Akzentband auf. Die Kombination wirkte beeindruckend und strahlte Macht aus. Vor ihr stand hoch aufgerichtet und stolz ein Mann, den keiner der Zweifel mehr plagte, die sie zuvor bei ihm gespürt hatte.

Er streckte Zhang die Hand entgegen. »Komm, es wird Zeit, dass mein Vater seinen Sohn kennenlernt.«

Als sie die Bibliothek betraten, schien sich König Amir weder über den Anblick des einen noch des anderen zu freuen. Er drehte der Aussicht, die das große Fenster bot, den Rücken zu, setzte sich hin und bedeutete Raschid und Zhang mit einer Geste auf zwei Sessel, sich ebenfalls niederzulassen, was sie auch taten.

Dann warteten sie.

Die Stille wurde immer qualvoller und dauerte an.

»Eure Majestät, es tut mir ungeheuer leid wegen Ghalil«, brach Zhang als Erste die Stille. »Wenn ich gewusst hätte, dass die Gefahr so unmittelbar bevorstand, hätte ich ihn nie mit einbezogen.«

Raschid lehnte sich vor und legte Zhang eine Hand auf den Arm. »Die Schuld liegt bei mir, Vater. Ich hätte dir von meinem Plan erzählen sollen.«

Der König hob ungeduldig eine Hand. »Das reicht. Es ist Zeit, dass ihr beide zuhört.«

Beide lehnten sich in ihren Sessel zurück.

Die ernste Miene des Königs ließ vermuten, dass es ihnen nicht gefallen würde, was er zu sagen hatte. »Ich habe die halbe

Nacht damit verbracht, die gestrigen Ereignisse noch einmal mit allen durchzugehen – angefangen mit meinem Berater bis zu jedem verbliebenen Mann der Garde. Zhang, du hast dir ohne Erlaubnis Zugang zum königlichen Server verschafft. Du hast Fremde in mein Haus gebracht und dich mit diesen Männern alleine in ihren Privatquartieren aufgehalten. Dieses Verhalten gehört sich nicht für eine zukünftige Königin. Du musst lernen, unsere Sitten zu respektieren.«

Ich würde alles wieder so machen, dachte Zhang, doch um Raschids willen schluckte sie ihren Stolz hinunter und sagte: »Das werde ich. Das tue ich.«

»Raschid, glaubst du, dass du in Zukunft fähig sein wirst, deine Frau unter Kontrolle zu halten?«, fuhr der König ungehalten fort.

Raschid sah Zhang an und schaute dann seinem Vater unerschrocken direkt in die Augen. »Nein, und das will ich auch nicht.« Sein Vater zog die Augenbrauen zusammen, und einen Moment lang machte sich Zhang Sorgen, bis ihr Ehemann fortfuhr: »Ich liebe sie so, wie sie ist. Wenn du den Eindruck hast, dass sie als Königin ungeeignet ist, dann bin ich auch als König nicht geeignet, denn sie ist ein Teil von mir.« Er nahm ihre Hand. »Wo sie hingeht, werde ich auch hingehen.«

Die Stimme seines Vaters dröhnte durch den kleinen Raum. »Du würdest auf deine Krone verzichten und fortgehen?«

Raschid straffte die Schultern und drückte Zhangs Hand. »Nur, wenn du es so willst. Damals hast du mich gebeten, in die Welt hinauszugehen und das Beste von dem zurückzubringen, was ich dort vorfinde.« Er hob Zhangs Hand und küsste sie. »Das ist genau das, was ich getan habe. Proximus könnte unseren Leuten eine neue Einkommensquelle bieten, und meine temperamentvolle Frau ist in jeder Hinsicht prädestiniert dafür, mir bei der Umsetzung meines Traumes zu helfen. Wir werden gemeinsam für Ziele kämpfen, die uns wichtig sind – hier und weltweit. Najriad ist meine Heimat, aber bei Zhang bin ich zu Hause.«

»Ich verstehe«, sagte der König und rieb sich nachdenklich über den kurzen Bart. »Ich bin nicht glücklich darüber, wie du und deine Frau mit der Bedrohung aus unseren eigenen Reihen umgegangen seid.« Zhang und Raschid hielten die Luft an. »Andererseits stehe ich in der Schuld deiner Frau.«

Zhang hatte keine Ahnung, welche ihrer Taten der vergangenen Woche ihr seine Dankbarkeit eingebracht hatte, denn sie gab sich nach wie vor selbst die Schuld an Ghalils Verletzung.

»Meine Tochter«, fuhr der König fort, »du bist der Grund, weshalb meine Söhne einander und unseren Widersachern bewiesen haben, dass sie füreinander sterben würden. Ich habe immer gewusst, dass Najriad nur überleben kann, wenn beide zusammenstehen.« Er sah seinen Sohn an und sagte: »Raschid, ich weiß, welchen Preis du gezahlt hast, als du meiner Bitte Folge geleistet hast und fortgegangen bist. Aber ich habe keine andere Möglichkeit gesehen. Mein Vater herrschte durch Angst, und ich habe von Kindesbeinen an gelernt, Blutvergießen zu tolerieren. Es war wichtig, dass du andere Erfahrungen machen würdest als ich. Ich habe vieles getan, das ich bereue, aber dich in die Welt geschickt zu haben, bereue ich nicht. Du wirst einen guten König abgeben, und dein Bruder wird dir helfen, dass du dich in diesen schwierigen Zeiten zurechtfindest. Zusammen könnt ihr unserem Volk wahren Frieden bringen.«

»Vater, ich werde mein Leben der Verbesserung der Lebensbedingungen und dem Schutz unseres Landes widmen.«

Der König nickte billigend. »Mehr kann ich nicht verlangen.« Ein Funkeln trat ihm in die Augen, als seine

Aufmerksamkeit zu seiner Schwiegertochter zurückkehrte. »Das, und natürlich Enkel. Mindestens vier.«

Zhang zuckte zusammen und sah Raschid an. »Vier?«, fragte sie schockiert.

Raschid lächelte. »Willst du mehr?«

»Nur, wenn du dir eine Gebärmutter wachsen lässt«, konterte Zhang.

Raschid und sein Vater warfen lachend die Köpfe zurück.

Als der König seine neue Schwiegertochter musterte, wurde sein Blick etwas trauriger. »Deine Mutter hat ebenfalls kein Blatt vor den Mund genommen, Raschid. Ich habe unsere gemeinsame Zeit damit verbracht, sie ändern zu wollen. Am Ende hat sie mich verändert.«

Zhang stiegen die Tränen in die Augen.

Amir erhob sich und lächelte auf die nächste Generation hinab. »Ich vermisse sie immer noch.« Er berührte sanft Zhangs Wange. »Du hast gut gewählt, mein Sohn.«

Raschid stand auf und zog seine Frau an seine Seite. »Dafür würde ich sehr gern die Lorbeeren ernten, aber es geht das Gerücht um, dass sie mich gewählt hat.«

Der König schien an der Geschichte interessiert zu sein, doch Raschid gab keine weiteren Details zum Besten. *Gott sei Dank*, dachte Zhang. Einige Geschichten mussten erst bereinigt werden, bevor sie in die Familienchronik eingehen konnten.

Mommy, erzähl uns noch mal, wie du dir Daddy aus einer Reihe Fotos mit den begehrenswertesten Junggesellen der Welt rausgepickt hast.

Hast du wirklich gleich mit ihm geschlafen, als ihr euch getroffen habt?

Was heißt, sein Heiratsantrag war orgiastisch?

Zhang würde keinen einzigen Moment an ihrer gemeinsamen Reise ändern wollen, denn alles daran war nötig gewesen, um sie zusammenzubringen. Aber gewisse Aspekte konnten für die Nacherzählung umformuliert werden.

Liebe auf den ersten Blick.

Sich selbst und den anderen im Angesicht von Widrigkeiten entdecken.

Vielleicht sogar, dass Uroma Hadia Oma Xiaoli das Bauchtanzen beigebracht hat.

KAPITEL 23

Einen Monat später stand Zhang geborgen in Raschids Armen auf dem Balkon seiner Palastsuite, wo sie sich den Sonnenuntergang vor der Skyline der Stadt ansahen. Als die Sonne versank, kuschelte Raschid seine Nase an den Hals seiner Frau.

»Abby hat sich gemeldet«, sagte Zhang. »Sie sind endlich zurück von ihrer Hochzeitsreise.«

»Ich habe mit Dominic gesprochen«, erzählte Raschid. »Nach allem, was hier passiert ist, war ich froh zu hören, dass sein Server ohne Zwischenfall online gegangen ist.«

»Denkst du, dass sie zu deiner Krönung kommen werden, oder hat sie unser Hochzeitswochenende abgeschreckt?«, fragte Zhang in den dunkler werdenden Himmel.

»Dominic hat sich in letzter Zeit zu einem nervösen Wrack entwickelt, wenn's um die Gesundheit seiner Frau geht. Aber wir können sie sicher dazu überreden, uns eine zweite Chance zu geben.«

»Lil würde wahrscheinlich hier einziehen, wenn da Jake nicht wäre«, witzelte Zhang.

Raschid lachte tief. »Deine Eltern reichen voll und ganz.«

»Ich finde es zum Totlachen, dass meine Mutter sich nie für Englisch interessiert hat und jetzt ausgerechnet Arabisch lernt.«

Raschid schloss die Arme fester um seine Frau und drückte sie an seine Brust. »Meine Großmutter und sie scheinen unzertrennlich zu sein, seit deine Eltern hier leben. Ich frage mich, ob sie sich immer noch so gut verstehen werden, wenn sie erst mal dieselbe Sprache sprechen.«

Mit einem amüsierten Blick über die Schulter fragte Zhang ihren Mann: »Willst du damit etwas über meine Mutter andeuten?«

Raschid lachte. »Nein. Ich muss sie lieben – sie hat mir dich geschenkt.«

Zhang tätschelte sacht den Arm ihres Mannes. »Ach, das hast du süß gesagt, aber du kannst ruhig ehrlich mit mir sein.«

Er dachte kurz nach. »Deine Mutter ist eine starke und dickköpfige Frau mit festen Ansichten. Genau wie du. Ich hoffe, unsere Töchter werden auch so unerschrocken und loyal sein.« Er rieb ihr mit dem Kinn über den Scheitel. »Aber auf Dates dürfen sie nicht gehen … höchstwahrscheinlich niemals.«

»Und unsere Söhne?«, fragte Zhang mit einer leicht witzelnden Note.

»Für die sind amerikanische Hochzeiten tabu.«

»Weil sie eventuell mit jemandem wie mir enden könnten?«, konterte Zhang und klang nicht mehr ganz so amüsiert.

»Keine ist so wie du, Zhang.« Raschid setzte ihr nach jedem einzelnen Wort einen Kuss auf den Hals.

»Unsere Kinder werden nicht mit einer Doppelmoral aufgezogen.«

»Nein, aber wir werden sie dazu erziehen, sowohl die alten als auch die neuen Sitten zu respektieren. So wie wir es tun. Auf diesem Drahtseil müssen wir alle tanzen, wenn wir dazugehören wollen. Wenn du auf dem Land unterwegs bist, zügelst du deine Zunge und kleidest dich wie wir. Ich weiß, dass du das aus Respekt für mich tust, aber es hat dir auch die Akzeptanz der Menschen eingebracht.«

Zhang seufzte. »Das fällt mir nicht immer leicht.«

Er strich ihr das Haar zurück und legte ihr Ohr für seine Zärtlichkeiten frei. »Wir hätten weggehen und uns überall in der Welt ein Zuhause aufbauen können. Noch können wir es tun, wenn dir das zu viel ist.«

Zhang legte ihre Arme über die ihres Mannes und drückte sie fester an sich. »Nein. Ich sehe, dass du meiner Kultur den gleichen Respekt erweist, wenn wir dorthin reisen. Deine Haltung ist dann anders und du dämpfst diese ganze ›Arroganter-Prinz-Charade‹. Ich weiß auch, wie schwer dir das fällt. Ich werd's schon überleben.«

Raschid knurrte und drehte seine Frau in seinen Armen zu sich. »Nur überleben?«

Zhang schmiegte sich an ihren Mann und wand sich ein wenig in seinen Armen, bis sie spürte, wie er langsam steif wurde. »Königin Zhang. Das wird schwierig, aber irgendwie werde ich schon klarkommen.« Plötzlich schoss ihr ein Gedanke durch das zunehmend von Lust vernebelte Gehirn. »Apropos schwierig: Ich möchte, dass Jeremy ein Teil des Teams vor Ort wird, wenn Proximus nächsten Monat hierher verlegt wird.«

Raschid zog sich zurück. »Wieso brauchen wir einen Hacker?«

»Er ist einfach ein Genie, wenn's um Firewalls und Verschlüsselung geht.« Raschid schien nicht überzeugt zu sein. »Und ich bin ihm was schuldig.«

Mit gerunzelter Stirn erwiderte Raschid: »Nein, wir beide. Was will er?«

»Corisi Enterprise und Andrade Global sind bereits seine Klienten. Wenn er dazu noch Proximus auf seinen Lebenslauf schreiben kann, wird es weltweit kein einziges Unternehmen mehr geben, das nicht bereit wäre, ihm jede Menge Geld für seine Dienste anzubieten. Er sagt, reich zu werden, gehört zu seinem Plan.«

»Was für ein Plan?«

»Das Herz einer gewissen Frau zu erobern.«

Raschid küsste seine Frau zärtlich auf den Mund. »Dann werden wir ihn engagieren. Mir fällt nämlich kein nobleres Vorhaben ein.«

Mit einem spitzbübischen Funkeln in den Augen fragte Zhang: »Glaubst du etwa, dass dir all das Süßholzraspeln heute Nacht eine neue Fantasie einbringen wird?«

Raschid hob vielsagend die Augenbrauen. »Du hast noch mehr davon?«

Zhang stellte sich auf die Zehenspitzen und flüsterte ihrem Mann ins Ohr: »Einen unendlich großen Vorrat.«

Mit einer beherzten Bewegung schwang er Zhang in seine Arme hoch und trug sie durch die Suite zum Schlafzimmer. »Dann haben wir ja Glück, dass wir ein Leben lang Zeit haben, in alle einzutauchen.«

Zhang sank auf das weiche Bett und zog ihren begierigen frischgebackenen Ehemann auf sich. *Universum, es tut mir leid, dass ich je an dir gezweifelt habe,* dachte sie.

Der Kosmos antwortete in einem Flüstern, das noch an ihren Gedanken kitzelte, als sie sich bereits ihrer Leidenschaft hingab: *Junge oder Mädchen?*

Ist mir egal, antwortete Zhang, rollte auf ihren Mann und hielt ihn spielerisch unter sich gefangen. *Ich habe schon alles, was ich brauche.*

Dann also vier.

Zhang hielt inne und setzte sich aufrecht auf Raschid.

Vier?! Ich habe niemals vier gesagt.

»Alles in Ordnung?«, fragte Raschid besorgt.

Ein Blick auf ihren Mann genügte, und Zhang war sich sicher: Ja. Mit einem Kuss ließ sie ihn seine Frage vergessen.

Manchmal gewinnt man, wenn man gegen das Universum verliert.

Okay, vier.

Dann legen wir besser mal los.

Zeitfracht Medien GmbH
Ferdinand-Jühlke-Straße 7
99095 Erfurt, Deutschland
produktsicherheit@kolibri360.de

Druck:
CPI Druckdienstleistungen GmbH
im Auftrag der
Zeitfracht Medien GmbH
Ein Unternehmen der Zeitfracht - Gruppe
Ferdinand-Jühlke-Str. 7
99095 Erfurt